Emma Bieling
Cinderella auf Sylt

D1352943

aufbau taschenbuch

EMMA BIELING lebt mit ihrem Sohn am Rande einer Großstadt in Sachsen-Anhalt, aber ihr eigentlicher Sehnsuchtsort ist das Meer. »Cinderella auf Sylt« ist ihr erster Roman.

Cinderella fühlt sich vom Pech verfolgt. Sie ist pleite, der Vater ihres Kindes hat sie verlassen, doch sie plant einen neuen Anfang: ausgerechnet auf Sylt. Aller Anfang ist jedoch schwer. Sie hat kein Geld für eine Unterkunft und findet nur einen Job als Zimmermädchen. Und Tommy, ihr fünfjähriger Sohn, ist auch nicht immer ein Quell der Freude. Der Junge will etwas, das alle Kinder haben: einen richtigen Vater. Weil Cinderella sich geschworen hat, nie wieder einen Mann anzuschauen, schaltet sie kurz entschlossen eine Anzeige: *Vaterrolle auf Vierhundert-Euro-Basis zu vergeben.*

Damit nehmen die amourösen Verwicklungen ihren Lauf.

Emma Bieling

Cinderella auf Sylt

Roman

aufbau taschenbuch

FSC
www.fsc.org

MIX

Papier aus ver-
antwortungsvollen
Quellen

FSC® C083411

ISBN 978-7466-2799-1

Aufbau Taschenbuch ist eine Marke
der Aufbau Verlag GmbH & Co. KG

1. Auflage 2012
© Aufbau Verlag GmbH & Co. KG, Berlin 2012
Umschlaggestaltung Mediabureau Di Stefano, Berlin
unter Verwendung eines Motivs von Peter Cade/getty-images und
© Guenter Rossenbach/Corbis
Satz LVD GmbH, Berlin
Druck und Binden CPI – Clausen & Bosse, Leck
Printed in Germany

www.aufbau-verlag.de

Für alle Cinderellas dieser Welt

Mein Dank gilt …

… meinem Sohn, der mich zu dieser
Geschichte inspirierte,
Helga Glaesener, die mir immer mit Rat zur Seite stand,
sowie Dirk Meynecke für die engelsgleiche
Geduld mit mir.

Danke!

Sylt, ich komme!

»Sehr geehrte Zug-Gäste, in wenigen Minuten erreichen wir den Bahnhof von Westerland.« Cinderella blickte aus dem Fenster des Zugabteils, aber sie konnte einfach nichts erkennen. Weder das Meer noch die endlos langen Sandstrände. Draußen war es finster, und auch der Mond schien sich an diesem Sommertag frei genommen zu haben. Nur ab und zu huschten ein paar Lichter vorbei, die kurz darauf im Dunkel der Nacht wieder verschwanden.

Tommy schlief seelenruhig und fest. Sein Kopf lag auf ihrem Schoß gebettet, und in seinen Armen hielt er Lumpi, seinen Plüschhasen. Behutsam zog Cinderella das liebgewonnene Stofftier aus dem Klammergriff ihres Sohnes. Lumpi sollte beim Aussteigen keinesfalls verloren gehen. Nicht jetzt, nachdem sie ihn unter Einsatz ihrer ganzen Kräfte aus dem Abfluss ihres Toilettenbeckens geborgen hatte. Cinderella musste bei diesem Gedanken schmunzeln. Tommy hatte doch tatsächlich versucht, das hilflose Häschen hinunterzuspülen. Und das nur, weil ihre Stiefschwester ihm erzählt hatte, dass Jungen, die mit Kuscheltieren spielen, ewig klein bleiben und später als Gartenzwerge arbeiten müssen. Dabei war das noch eine von Sandras harmlosesten Gemeinheiten.

Cinderella betrachtete Lumpi genauer. Sie hatte ihn kurz vor Reiseantritt einer Intensiv-Wäsche unterzogen, um etwaige Reste seines unfreiwilligen Tauchganges zu beseitigen. Jetzt strahlte er wieder im Taubenblau und roch frisch wie der Frühling. Nur seine Ohren schienen etwas kürzer geworden zu sein. Lumpi war also gewissermaßen zum Kurzohrhasen mutiert und ebenso reif für die Insel wie sie.

Der Zug wurde langsamer, und in die Abteile kehrte zunehmend Leben ein. Cinderella rüttelte Tommy wach. »He, kleine Schlafmütze, aufwachen.« Er streckte sich und gähnte. »Mama, sind wir auf der Insel?«

Sie nickte, ohne aufzublicken, konzentriert darauf, Lumpi in eine der Reisetaschen zu quetschen. Tommy, der fast die ganze Fahrt verschlafen hatte, wippte von einem Bein aufs andere.

»Mama, ich muss mal.«

»Was, jetzt?«

»Ja, ganz doll.«

Cinderella holte tief Luft und ignorierte die Information über das gerade sehr unpassende Bedürfnis ihres Sohnes. Der Zug ruckte unterdessen und blieb stehen. »Werte Gäste, wir haben soeben den Bahnhof von Westerland erreicht. Wir hoffen, dass sie eine angenehme Fahrt hatten, und wünschen ihnen einen schönen Aufenthalt vor Ort.«

»Mama, ich muss wirklich ganz doll«, quengelte er weiter.

Cinderella warf ihm einen bösen Blick zu. »Später, Tommy.«

»Ich will aber jetzt aufs Klo.«

Dabei stampfte er mit seinem Fuß auf. Cinderella griff Tommy am Arm und zog ihn zu sich heran. Aber noch ehe sie ihm einen Vortrag über »Ich-will-Sätze« halten konnte, brachte sich eine der älteren Damen ein, die ihr seit Stunden stumm gegenübersaßen.

»Da vorne, junge Frau, da sind die Toiletten«, sagte sie und zeigte mit ihrem Gehstock in Richtung Örtlichkeit …

Das fehlt mir gerade noch, dachte Cinderella.

Wahrscheinlich würde Tommy ewig brauchen, der Zug

weiterfahren und sie letztendlich irgendwo im Nirgendwo landen. Nein! Das wollte sie nicht riskieren. Nicht mit einhundertsiebenundachtzig Euro im Gepäck und den geographischen Kenntnissen eines Erdkunde-Muffels.

»Vielen Dank, aber bis zur Bahnhofstoilette hält er noch durch.«

Cinderella nahm ihr Gepäck, verabschiedete sich und drückte Tommy aus dem Abteil hinaus. Die älteren Damen folgten mit einem Kopfschütteln.

Wahrscheinlich waren sie früher bessere Mütter gewesen. Aber sie hatten bestimmt auch keinen Mann wie Mike – einen singenden Berufsträumer, der sich im Nebenzimmer mit ihrer jüngeren Schwester vergnügte. Als wenn Cinderella das nie gemerkt hätte.

Mit vier übergroßen Reisetaschen und einem bockigen Fünfjährigen im Schlepp drängte sie sich zu einer der Zugtüren. Gleich würde sie das erste Mal auf den Boden einer Insel treten – ihrer Trauminsel. Cinderella schob Tommy vorneweg die Tür hinaus. Sie konnte es kaum erwarten. *Sylt, ich komme!*

Voller Andacht trat sie auf den Bahnsteig und wurde vom Sturm erfasst. Erschrocken ließ sie die Taschen fallen, um ihren Sohn festzuhalten. Was zur Folge hatte, dass der Wind unter ihr Kleid fuhr und es in die Höhe riss. Wie ein bunter Fallschirm flatterte es vor ihrem Gesicht hin und her. Cinderella hatte keine Wahl. Tommy oder die Zur-Schaustellung ihrer Unterwäsche. Sie umklammerte schützend ihr Kind und blickte sich um. Irgendwo musste es doch eine windgeschützte Ecke geben? Einige Meter entfernt stand eine Bank, direkt neben einem Zeitungskiosk. Sturmsicher genug, um auszuruhen und das Kleid mit einem einfachen Trick sylttauglich zu machen.

Nachdem Tommy etliche Liter Limonade auf dem Bahnhofsklo gelassen hatte, half er seiner Mutter, die Reisetaschen auf einen der herumstehenden Gepäckwagen zu stapeln.

Fröhlich gestimmt, setzten sich beide Richtung Westerland in Bewegung. Aber eines der Gepäckwagenräder blockierte, ein anderes wirbelte im Kreis herum.

Tommy zerrte mit ganzer Kraft am Wagen, worauf der in Fahrt kam und geradewegs gegen einen Taxifahrer rollte, der an sein Auto gelehnt dastand.

»Passen Sie doch auf!«

»Verzeihen Sie, aber dieser Wagen macht, was er will«, entschuldigte sich Cinderella.

Der Mann grinste und schnippte den Rest seiner Zigarette weg. »Na, so ein blödes Ding. Kann ich Ihnen vielleicht helfen?«

»Sie könnten mir sagen, wie weit es bis zum ersten Hotel ist?«

»Das Sylter-Dream?«

»Weiß nicht – einfach das erste.«

»Ist gleich da vorne rechts. Aber wenn Sie nicht reserviert haben, besteht null Chance. Alles ausgebucht, selbst in Tinnum und Kampen.«

Cinderella seufzte auf. Wie hatte sie nur denken können, dass ausgerechnet Sylt auf sie gewartet hatte! Sie – das Aschenbrödel der Neuzeit.

Ach, wenn doch Oma Trautchen noch leben würde.

Gewiss wäre ihr diese Dummheit dann erspart geblieben. Einfach wegzurennen vor den heimischen Problemen, um auf einer Insel das Glück zu suchen. Wie albern und unreif, hätte ihre Großmutter sie geschimpft. Ihr hatte sie auch diesen scheußlichen Namen zu verdanken, den Cinderella zu gerne gegen einen üblichen Vornamen getauscht hätte.

Aber sie musste ihrer Oma am Sterbebett versprechen, dass sie immer Cinderella heißen würde. Und nun stand sie inmitten ihrer neuen Wahlheimat, und das Pech klebte an ihr wie dieser Name.

Der Taxifahrer steckte eine neue Zigarette an und kratzte sich seinen Dreitagebart. »Mm …‚Burghotel Sylter Sand. Da könnten Sie eventuell noch Glück haben.«

Cinderella schöpfte neuen Mut. »Wirklich?«

»Ja, ich kenne den Portier dieser übergroßen Luxus-Sandburg.«

»Sandburg?«

»Völlig verrückt, oder? Aber ich sage Ihnen, dieses Hotel ist seit seiner Eröffnung das beliebteste auf Sylt. Ein Hotel in Form einer Sandburg zu bauen … Eine verrückte Idee.« Er zog sein Handy aus der Hosentasche und drückte sich durchs Menü. »Soll ich für Sie mal anfragen?«

»Das wäre gewissermaßen meine Rettung.«

Nach und nach kehrte ihr Lächeln zurück. Vielleicht hatte sie ja doch mal ein bisschen Glück in all dem Unglück. Tatsächlich gab es noch eine freie Juniorsuite.

»Haben Sie tausend Dank. Sie haben uns …, wie soll ich sagen, vor einer Nacht auf der Bahnhofsbank bewahrt.« Dabei strich sie Tommy übers Haar. Er wirkte müde und musste dringend in ein Bett.

Der Taxifahrer schmunzelte. »Für eine hübsche Touristin tue ich fast alles.«

»Nein, ich bin nicht auf Urlaub. Eher eine spontane Neu-Sylterin.«

»Sie wollen auf Sylt bleiben?«

»Das habe ich vor.«

»Dann sieht man sich womöglich öfter? Ich meine hier auf der Insel.«

»Gut möglich.« Cinderella wich seinen Blicken aus und

griff nach dem Gepäckwagen. »Sagen Sie mir noch, in welche Richtung ich muss?«

Der Mann lachte. »Sie wollen doch nicht etwa mit diesem Klapperding und ihrem Sohn bis List laufen?«

Röte stieg ihr ins Gesicht. »Wieso nicht?«

»Zwanzig Kilometer im Dunkeln? Nein! Ich glaube, Sie sollten mir lieber ihr Gepäck überlassen und ins Auto steigen.«

Cinderella zögerte. Zwanzig Kilometer klangen nach einer verdammt hohen Taxirechnung. Nein! Sie musste ihr Geld zusammenhalten und eine günstigere Alternative finden.

»Ach, wissen Sie, wir nehmen lieber den Bus. Stimmt's, Tommy?«

Tommy nickte. »O ja, Busfahren ist cool.«

»Dann müssen Sie aber diese Nacht doch mit einer Bank vorliebnehmen.«

»Wie meinen Sie das?«

»Der letzte Bus ist weg. Und der nächste fährt erst in einigen Stunden.«

In einigen Stunden?

Cinderella schluckte. »Dann werden wir diese Gelegenheit nutzen, um die Insel besser kennenzulernen und laufen.«

Was waren schon zwanzig Mal eintausend Meter? Gerade mal doppelt soviel wie ihr bisheriger Weg zur Arbeit – der Änderungsschneiderei ihrer Stiefmutter. Und dieser Fußmarsch würde sie auf andere Gedanken bringen.

Der Taxifahrer schüttelte verständnislos den Kopf. »Mitten in der Nacht und mit einem Kind? Nun steigen Sie schon ein. Die Wetterfrösche haben Sturmböen vorausgequakt. Und ich berechne auch nur einen Zehner.«

Sie lachte verlegen. »Die Wetterfrösche?«

»Ja. Und die Meteorologen meinen das auch.«

Er öffnete die Hintertür seines Taxis. »Und?«

Cinderella nickte und wies Tommy an einzusteigen. Und während sie den Antisturm-Knoten in ihrem Kleid löste, um das Auto besteigen zu können, verstaute der Taxi-Mann das Gepäck im Kofferraum.

Wenig später kamen sie vor dem Hotel an. Der Taxifahrer blickte in den Rückspiegel. »Darf ich Sie an etwas erinnern?«

Cinderella zückte sofort ihre Geldbörse und hielt ihm einen Zehner entgegen. Er griff danach. »Danke! Aber ich meinte eigentlich Ihr Kleid.«

»Bitte wie?«

»Sie sollten besser diesen witzigen Knoten wieder hineinmachen. Ich dachte ja nur, wegen der starken Brise da draußen.«

Sie lächelte verschämt. »Ja, das sollte ich wohl.«

Draußen wehte ein kühler Nordwind ohne jegliches Mitleid für dauerfröstelnde Großstädter. Im Gegensatz zu Cinderella zeigte Tommy keinerlei Sturmsymptome. Er schien inselwettertauglich zu sein und rannte vorneweg. Cinderella folgte ihm staunend. Vor ihren Augen tat sich ein wahrer Burgpalast auf – prachtvoll und groß, ähnlich den Schlössern aus Großmutters Märchen. Der Name des Hotels leuchtete weit ins Dunkel der Nacht hinaus.

Tommy ergriff ihre Hand. »Ohhh! Guck mal, Mama, ein Sandeimerchen.«

»Ein Sandeimerchen?«

»Ja, dort.«

Sie blickte sich um. Einige Meter entfernt ragte ein übergroßer Nachbau eines Sandeimers aus dem Inselboden empor. Daneben ein ebenso riesiges Schippchen. Fasziniert trat sie näher heran. So etwas hatte sie noch nie gesehen.

Tommy rüttelte an ihrem Arm. »Ist das zum Spielen?«

Cinderella kicherte. »Ich glaube nicht.«

»Du, Mama, können wir hier nicht immer wohnen?«

Seine Augen funkelten heller als die Sterne am Himmel. Und er schien glücklich zu sein – nach langer Zeit das erste Mal. Sie beugte sich herab. »Nur zwei, drei Tage, mein Schatz. Aber ich verspreche, wir finden eine schöne Wohnung.« Sie drückte ihm ein Küsschen auf die Wange und ging hinein.

Im Innern war alles modern, aber dennoch wohltuend harmonisch. Die gedämpfte Beleuchtung spiegelte sich in der goldverzierten Umrandung des Empfanges wider und verlieh der Räumlichkeit einen Hauch Nostalgie. Alles war perfekt, ja fast noch schöner als in Cinderellas Vorstellungen. So viel Luxus kannte sie nur aus Magazinen. Hinter dem Empfangstresen stand ein freundlich blickender Herr im Anzug. Sein graumeliertes Haar war streng nach hinten gekämmt. Als er Cinderella sah, trat er hervor.

»Ich heiße Sie herzlich im Sylter Sand willkommen.« Dann wandte er sich Tommy zu. »Mag der kleine Mann einen Begrüßungslutscher?«

Wortlos griff Tommy nach der glitzernd verpackten Süßigkeit.

Der Taxifahrer brachte derweil das Gepäck.

»Moin, Moin, Johannes.«

»Sei gegrüßt, Hans-Werner. Was macht die werte Familie?«

»Alles im Lot. Und selbst?«

»Auch Hans-Werner, auch.«

»Freut mich zu hören. Moment …« Das Klingeln seines Handys unterbrach das Gespräch.

»Tut mir leid, Johannes, aber die Arbeit ruft.« Der Taxifahrer verabschiedete sich, wünschte Cinderella viel Glück und verließ fröhlich vor sich hin pfeifend das Hotel. Der Portier ging zurück hinter den Tresen. »Sie haben großes Glück. Die Juniorsuite ist vor drei Stunden abbestellt worden. Eine wirklich außergewöhnliche Suite mit Blick aufs Meer.«

»Oh, fantastisch«, freute sich Cinderella.

»Ja, das ist sie in der Tat. Und ich kann Sie Ihnen zum Preis eines Einzelzimmers anbieten. »

Ihr fiel ein Stein vom Herzen. Wahrscheinlich hätte diese Juniorsuite ihre gesamten Finanzen verschlungen – auf einen Schlag.

»Das ist nett von Ihnen. Vielen Dank.«

Er lächelte. »Ich benötige lediglich ihren Namen.«

»Cinderella Preußer.«

Während der Portier das elektronische Anmeldeformular im Ein-Finger-Flug-System ausfüllte, sah sie sich die Fotos an, die hübsch drapiert an den Wänden hingen. Auf jedem von ihnen war das Strandhotel.

»Wie zahlen Sie? Visa, MasterCard oder American Express?«

»Ich würde lieber in bar bezahlen.«

»Sehr gerne. Dann müsste ich allerdings auf Vorauszahlung bestehen.

»Kein Problem.«

»Gut. Und wie lange möchten Sie bleiben?«

»Könnte ich erstmal …, na ja, für eine Nacht einchecken und eventuell morgen verlängern?«

Er blickte etwas skeptisch über den Rand seiner Brille. »Wie Sie wünschen.«

Dann musterte er Tommy. »Kinder bis fünf kosten nur einen geringen Aufschlag. Unser junger Mann ist doch bestimmt nicht älter?«

»Nein. Er ist fünf.«

»Gut. Dann wären das vierhundertsechs Euro.«

Vierhundertsechs? Er muss sich versprochen haben. Ganz sicher hat er das!

Cinderella tastete in ihrer Handtasche umher. »Entschuldigung, was bekommen Sie von mir?«

Der Portier räusperte sich. »Genau vierhundertsechs Euro.«

Entsetzt über den hohen Preis kramte sie noch tiefer in ihrer Handtasche herum. Diese Suite war tatsächlich noch teurer als die Monatsmiete ihrer Wohnung in Halle an der Saale. Immerhin drei Zimmer im topsanierten Plattenbau, mit Balkon und grüner Aussicht.

Was, um alles in der Welt, soll ich jetzt tun?

Verzweiflung kam auf. Tommy saß todmüde auf einer der Reisetaschen. Sein Kopf war gegen die Wand gelehnt, und seine Augen waren halb geschlossen. Er brauchte dringend einen Platz zum Schlafen.

Okay! Ich kann behaupten, ich hätte meine Börse verloren und bezahle später. Oder mit Karte bezahlen und darauf hoffen, dass Kindergeld und Kulanz meiner Bank mich aus dieser peinlichen Situation befreien.

Kleine Schweißperlen drückten sich aus jeder Pore ihres Körpers. *Nein!* Mit einer Lüge wollte Cinderella ihr neues Leben nicht beginnen. Aber die Wahrheit konnte sie auch nicht preisgeben. Sie legte die Geldkarte ihres Girokontos auf den Tresen.

»Kann ich vielleicht auch hiermit zahlen?«

Der Portier schmunzelte verschmitzt. »Das tut mir sehr leid, aber wir akzeptieren nur die erwähnten Kreditkarten. In diesem Fall muss ich auf Barzahlung bestehen. Sie können jedoch gerne den Geldautomaten drüben neben dem Eingang nutzen.«

Sein linker Arm wies die Richtung, während er kritisch

den Knoten ihres Kleides betrachtete. Ein flaues Gefühl überkam sie, als sie sich dem Geldautomaten näherte.

Bitte lass das Kindergeld drauf sein!

Mit einem schlürfenden Geräusch saugte der Schlitz die Geldkarte ein. Dann war für einige Sekunde Stille. Cinderella wurde unruhig.

Komm, mach schon! Bitte!

Aber anstatt der üblichen Monitoranzeige wies die herzlose Finanzmaschine darauf hin, dass von ihrem Konto keine Zahlungsverfügung möglich sei – mit dem Hinweis, sich an ihre zuständige Filiale zu wenden.

Was? Gib sofort meine Karte zurück!

Wütend drückte sie auf den Tasten herum. Aber ohne Erfolg. Die Karte blieb verschwunden.

Der Portier blickte zu ihr herüber. »Gibt es ein Problem?«

»Nein! Ich meine ja. Ach ich weeß och nich.«

»Kann ich Ihnen vielleicht helfen?«, fragte er freundlich, aber bestimmend. Cinderella schüttelte den Kopf. »Ich glob nich. Meine Karte …, der Automat hatse eenfach jeschluckt.« Panik stieg auf, und ihr Herz raste. Der Portier stellte unterdessen eine Tasse Kaffee auf den Tisch der Hotel-Lobby. »Ich schlage vor, Sie legen den kleinen Mann erst einmal auf das Sofa hier und trinken einen Kaffee.« Dabei klopfte er auf das Sitzmöbel. Cinderella blickte hinüber zu ihrem Sohn. Er hatte recht. Tommy hing leicht Backbord und drohte jeden Moment zu kippen. Sie nickte dem Portier dankbar zu. Einige Minuten später brachte er noch eine Decke für Tommy.

»Darf ich fragen, aus welcher Region von Sachsen-Anhalt Sie kommen?«

Cinderella war überrascht. Wie konnte er das wissen? Wo sie sich doch fest vorgenommen hatte, hochdeutsch zu sprechen.

O je, ich habe gesächselt!

»Halle an der Saale«, sagte sie peinlich berührt.

»Ah ja, die Stadt der Halloren.«

»Sie kennen Halle?«

»Nicht persönlich. Aber die leckeren Pralinenkugeln schon. Eine wirklich schmackhafte Köstlichkeit. Passt wundervoll zu einer guten Tasse Tee.«

»Ja, ich mag sie auch. Und danke für die Decke.«

Er lächelte. »Sie sollten sich vielleicht auch etwas ausruhen, es ihrem Sohn gleichtun. Vor acht Uhr können Sie sowieso nichts klären. »

Schlafen in der Lobby? Niemals!

Sie brauchte keinen Schlaf, da war sie sich sicher. Nicht bevor sie einen Job und eine bezahlbare Unterkunft gefunden hatte.

»Nein, ich bin nicht müde. Aber können Sie mir sagen, wo ich eine Zeitung mit Anzeigenmarkt herbekomme?«

»Suchen Sie denn etwas Spezielles?«

»Ja. Ich möchte gerne auf Sylt bleiben und suche eine kleine Wohnung.«

»Ah ja, dann benötigen Sie den Immobilienmarkt. Moment, den kann ich Ihnen bringen.«

»Ach und könnten Sie mir eventuell auch den Stellenmarkt …, ich meine, nur wenn Sie ihn nicht brauchen«, fügte Cinderella leise hinzu.

»Aber natürlich. Ich denke, dass ich auf diesen Teil verzichten kann.«

Der Portier wandte sich ab. Minuten später brachte er den gewünschten Anzeigenmarkt und eine weitere Tasse Kaffee. Dann verschwand er im Hinterzimmer des Empfangs.

Aller Anfang ist schwer

Das Gebrüll zweier Kinder weckte Cinderella auf. Noch etwas benommen, blickte sie sich um. Wo war der Portier? An seiner Stelle stand eine junge Blondine hinter dem edlen Empfangsbereich aus Mahagoniholz und verabschiedete eine holländische Gastfamilie.

O Gott, die Bank. Wie spät war es?

Cinderella sprang auf und betastete ihren Mund. Den ungewöhnlich starken Speichelfluss hatte Tommy von ihr geerbt. Keinesfalls wollte sie mit einem Sabberfleck im Gesicht der hübschen Rezeptionistin gegenübertreten. Nein! Schließlich war sie jetzt auf Sylt. Und sie war eine vollkommen neue Cinderella.

Tommy schlief noch seelenruhig. Blieb also genug Zeit, die Bank zu kontaktieren und das Geheimnis der geschluckten Karte zu lüften. Ihr Kleid sah etwas zerknittert aus. Cinderella fuhr mit ihren Händen darüber und versuchte die Spuren der ungewöhnlichen Nacht zu beseitigen. Mit geringem Erfolg. Dieser Stoff hatte die Eigenschaft von sechzigjähriger Gesichtshaut. Waren die Falten erst einmal drin, bekam man sie ohne technische Tricks nie wieder raus.

Mit leicht zerzaustem Haar und einem prägnanten Sommer-Outfit schlurfte Cinderella zum Empfangstresen. »Verzeihen Sie – darf ich Ihr Telefon benutzen?«

»Selbstverständlich«, erwiderte die auffällige Tresenschönheit.

Cinderella tippte hastig die Nummer ihrer Bankfiliale ein. Gleich würde sich ihre finanzielle Notlage in Wohlgefallen auflösen. Ganz gewiss! Ein Mann mit der Stimme eines Eunuchen meldete sich freundlich und fragte nach ihrem Anliegen.

Schon wieder ein Neuer?

Sie schilderte das peinliche Geschehnis am Geldautomaten.

»Tut mir leid, Frau Preußer. Da kann ich Ihnen nicht helfen. Am besten Sie kommen vorbei und sprechen beim Leiter persönlich vor«, piepste der Banker in den Hörer.

»Persönlich? Ich bin nicht vor Ort, sondern auf Sylt. Und ich brauche dringend meine Karte zurück.«

»Auf Sylt? Verstehe! Ich verbinde. Bitte bleiben Sie am Apparat.«

Unterdessen checkte ein älteres Pärchen aus, das nach einem Taxi zum Bahnhof verlangte.

»Sowie die junge Dame ihr Telefongespräch beendet hat, rufe ich einen Wagen für Sie«, verkündete die gut gestylte Hotelblondine lautstark und wies mit der Hand zum Telefon.

Cinderella wurde nervös. Noch immer hing sie in der Warteschleife.

Nun mach schon, geh ran!

Sie konnte den Unmut der Wartenden regelrecht spüren.

Minuten später hatte Cinderella eine Antwort. Und sie gefiel ihr überhaupt nicht. Der Filialleiter erklärte ihr in wenigen Sätzen, dass ihr Konto astronomisch überzogen war und gesperrt wurde. Sie knallte den Hörer auf die Kabel.

Mike, du verdammter Dreckskerl!

An Mikes Kontoverfügung hatte sie nicht gedacht. Erst recht nicht, sie zu kündigen. Weshalb auch? Schließlich wollten sie heiraten und zusammen alt werden. Da war es doch völlig normal, dass man sich ein Konto teilte. Oder etwa nicht? Und nun das!

Cinderella schlich zurück zur Lobby und ließ sich in einen der Sessel fallen. Ihre Probleme waren gerade zu einem Mount Everest herangewachsen. Schlagartig wurde ihr bewusst, dass sie ihrer Vergangenheit nicht so einfach entkommen konnte, ohne noch einmal darin einzutauchen.

Tommy äugte aus einem kleinen Spalt der Decke hervor. »Mama, gibt's was zu essen?«

Er hatte recht! Vor lauter Sorgen hatte sie gar nicht bemerkt, dass auch ihr der Magen knurrte.

»Komm, Tommy, wir gehen frühstücken.«

»O ja! Ich will einen Krabbenburger.«

Sie half ihm aufstehen und ordnete mit den Fingern sein Haar. »Wie oft muss ich dir noch sagen, dass es keine Krabbenburger gibt.«

»Doch, im Meer.«

»Blödsinn! Die gibt es doch nur im Trickfilm, Tommy.«

»Und im Meer.«

Cinderella kapitulierte. Einen Fünfjährigen von der Realität zu überzeugen war noch schwerer, als einen Krabbenburger aufzutreiben. Sie nahm ihre Reisetaschen auf und steuerte mit wackligen Schritten auf den Ausgang des Hotels zu. Ihre Handtasche baumelte, wie eine tragbare Brotbüchse, vor ihrer Brust hin und her.

Aschenputtel hatte wenigstens noch ein Pferd!

Als sie die Tür öffnen wollte, hörte sie hinter sich die hübsche Hotelblondine rufen. »Frau Preußer, einen Moment noch.«

Cinderella atmete tief durch und drehte sich um.

Bitte lass die Hotellobby nichts kosten!

»Mein Kollege von der Nachtschicht hat Ihnen eine Nachricht hinterlassen. Tut mir leid, ich hätte fast vergessen, sie Ihnen zu geben.«

Cinderella griff nach dem Kuvert. »Vielen Dank.«

Was mag da drin stehen?

Sie hatte nicht die geringste Ahnung. Aber was es auch war, es hatte gewiss bis nach dem Frühstück Zeit.

Die Strandpromenade war gut besucht. Überall schlenderten Touristen umher. Tommy zerrte an einer der Taschen.

»Komm, Mama, dahin.«

Er hatte tatsächlich einen freien Tisch im Innern eines Cafés entdeckt. Cinderella presste sich mitsamt dem Gepäck durch die halb geöffnete Tür und blieb stecken. *Verdammt noch mal! Los, rutsch durch.* Eine der Taschen hatte sich mit der Schnalle am Türrahmen verhakt. So sehr Cinderella auch drückte, sie rührte sich keinen Zentimeter von der Stelle. Tommy saß mittlerweile am Tisch und winkte ihr zu.

»Hierher, Mama.« Ein freundlicher Herr im Quilt eilte zur Hilfe und befreite sie aus der misslichen Lage.

»Haben Sie tausend Dank.«

Er nickte und setzte sich zurück an seinen Tisch.

Cinderella blickte ihm hinterher.

Bestimmt einer dieser Baumstammwerfer, dachte sie, beim Anblick seiner strammen Waden. Sie hatte darüber schon viel gehört, in endlos langen Nächten, in denen ihr Mike von Schottland vorgeschwärmt hatte.

Tommy riss sie aus ihren Gedanken. »Ich will so ein Dings da.«

Mit seinem Finger tippte er auf einen der Crêpes in der Karte.

Super! Er will natürlich den allergrößten. Aber immer noch besser als ein Krabbenburger!

»Okay. Dann lass uns diesen Monster-Crêpe bestellen.«

»Sind da auch Krabben drauf?«

»Nein.«

»Ich will aber welche.«

Cinderellas Augen wanderten nach vorne zur Eistheke. Einer der Kellner erblickte sie und kam sofort angelaufen.

»Guten Tag. Sie haben gewählt?«

»Ja. Wir hätten gerne einen Kakao, einen Cappuccino und den Sylter-Spezial-Crêpe.«

»Gerne. Sonst noch ein Wunsch?«

»Haben Sie Krabben?«

Der Kellner überlegte kurz. »Ja, ich denke schon.«

»Gut! Dann hätten wir gerne eine Portion davon auf dem Crêpe.«

Der Mann schmunzelte, kritzelte die Bestellung auf einen Block und ging. Tommy starrte zum Nebentisch, an dem der hilfsbereite Schotte saß.

»Ich will auch einen Rock haben.«

»Jungs tragen keine Röcke.«

»Der Onkel hat aber auch einen.«

»Das ist ein Schotte!«

»Dann will ich auch ein Schotte sein.«

Cinderella schlug mit der Hand auf den Tisch. »Sei still, Tommy!«

Sie hatte einfach keine Nerven für weitere Erklärungen. In ihren Gliedern steckte die Anstrengung der vergangenen zwei Tage. Kraftlos lehnte sie sich zurück. Die einzige Chance, auf der Insel bleiben zu können, war ein Job mit Unterkunft.

Nachdem der Kellner den ungewöhnlichen Crêpe serviert hatte, machte sich Tommy über die sich krümmenden Tierchen her.

»Guck mal, Mama, die haben Augen«, erklärte er schmatzend, während er ein aufgespießtes Exemplar genauer beäugte. Cinderella verzog ihr Gesicht und nickte.

Igitt, wie kann er diese komischen Dinger nur so mögen?

Diese Vorliebe musste er von Mike geerbt haben. Von ihr jedenfalls nicht! Cinderella zog es vor, sich ihrer italienischen Kaffeespezialität zu widmen, auf deren Sahnehäubchen ein Kakao-Umriss von Sylt gestreut war. Irgendwie erinnerte sie diese Form an eine Maschinenpistole. Genauso wie in den Gangsterfilmen, die sie früher so gerne gesehen hatte. Sie beugte sich herab und zog den Anzeigenteil aus einer der Reisetaschen, die zu ihren Füßen standen. Ein Stellenangebot hatte sie sich vergangene Nacht eingekreist, bevor sie darüber eingeschlafen war. Das Brautmodengeschäft Hubert Moosmayer suchte eine Verkaufsberaterin mit Nähkenntnissen und bot auch eine Unterkunft vor Ort.

Das ist meine Chance!

Und es schien die einzige zu sein. Denn alle anderen Jobs waren ohne Wohnraum ausgeschrieben. Sie riss den Anzeigenteil heraus und signalisierte dem Kellner, die Rechnung zu bringen. Tommy hatte inzwischen den Crêpe verputzt und spielte mit einer übriggebliebenen Krabbe herum. Er tunkte sie in den Rest seines Kakaos.

»Was tust du da?«

»Die Krabbe aufwecken.«

»Die ist tot, Tommy.«

»Nee, ist sie nicht! Die schläft nur und braucht was zum Schwimmen.«

»Kakao?«

»Ja, das ist besser als Cola mit Sprudel.«

Kinderlogik war etwas, das sie nie verstehen würde. Und so dachte sie nicht weiter darüber nach.

Der Laden von Hubert Moosmayer lag nur wenige Schritte entfernt. Cinderella betrachtete das Schaufenster, in dem ein Brautkleid mit Schleppe hing, das ziemlich viel Beinfreiheit zuließ. Zu gewagt, wie sie fand, aber es schien der Trend zu sein. Über dem sündhaft teuren Stück stand »Modisch zum Ja-Wort«. Schweißdurchtränkt stolperte sie hinein – geradeswegs in ein Kundengespräch.

»Oh, verzeihen Sie«, entschuldigte sich Cinderella.

Die beratende Verkäuferin musterte sie argwöhnisch.

»Einen Moment bitte. Ich bin sofort für Sie da.«

Cinderella stellte ihre Taschen ab und wandte sich zu Tommy. »Bitte benimm dich! Hörst du?«

Er nickte und zeigte auf eine Vitrine, in der das Modell einer Hochzeitskutsche stand.

»Guck mal, Mama, coole Pferde.«

»Ja. Aber die sind nicht zum Spielen.«

»Darf ich hin – zum Angucken?«

»Lieber nicht.«

Fünf Minuten später hatte sich Cinderellas Körpertemperatur auf sechsunddreißig Grad Celsius abgekühlt. Der Laden hatte eine gut funktionierende Klimaanlage. Sie fror in ihrem feucht und unförmig herabhängenden Sommerkleid. Tommy hingegen schien der Temperaturwechsel nichts auszumachen. Er schlich um die Vitrine und murmelte vor sich hin. Cinderella strich sich rhythmisch über ihre nackten Oberarme.

Ich brauche diesen Job!

Die Verkäuferin versuchte zwischenzeitlich, die etwas zu rund geratene Kundin von einem gerafften Hochzeitsoutfit zu überzeugen. Leider erfolglos. Die stramme Kundin stand zu ihren Proportionen und wollte lieber gequetscht als gerafft zur ihrer Hochzeit erscheinen. Nach weiteren zehn Minuten gab die Verkäuferin auf.

»Geht in Ordnung, Frau Winterfeldner. Ich kürze es noch ein bisschen und versehe es mit dem ausgewählten Blütenschmuck.«

»Und es wird rechtzeitig fertig?«

»Aber selbstverständlich. Auf uns können Sie sich verlassen. Ihr Auftritt in der Kirche wird glamourös werden, meine Liebe.«

Cinderella atmete durch.

Glamourös? Eher peinlich!

Die zufriedengestellte Kundin legte das Brautkleid ihrer Begierde ab, zwängte sich in ihre Business-Hose und ging, mit dem Handy am Ohr, hinaus.

Die Zeit für Cinderellas Auftritt war gekommen. Ganz bestimmt würde sie mit ihrer Nähausbildung und den vielen Berufsjahren in der Näherei punkten können.

Was, wenn man mich nach meiner Gehaltsvorstellung fragt?

Ihr Puls erhöhte sich. In der Änderungsschneiderei ihrer Stiefmutter hatte sie von allen Angestellten am wenigsten verdient. Familienschicksal, hieß es immer. Aber das war Vergangenheit. Aus und vorbei!

Die Verkäuferin entpuppte sich als Frau Moosmayer – die Chefin der Brautmoden auf Sylt. Und das Vorstellungsgespräch war beinahe kürzer als ein Blick auf das Präsentationsmodell im Schaufenster.

Nachdem sich Cinderella geoutet hatte, verblasste die Freundlichkeit der Geschäftsführerin.

»Ah ja. Sie sind wegen des Stellenangebotes hier.«

»Ja.«

»Besitzen Sie Kenntnisse in der umfassenden Beratung und im eingehenden Kundengespräch?«

»Nein. Aber ich kann nähen.«

»Fremdsprachen in Wort und Schrift?«

Cinderella wurde nervös. »Nee. Ich meene doch. Ein bisschen Englisch.«

»Und wie ich sehe, sind Sie nicht jederzeit einsetzbar.«

Frau Moosmayer drehte sich zu Tommy um, der am Boden vor der Vitrine hockte und seine Hände ans Glas drückte. »Tut mir leid. Wir dachten eher an eine ältere Mitarbeiterin.«

Cinderella schluckte.

Eine Kinderlose wahrscheinlich.

»Ich könnte bleiben und Probe arbeiten.«

»Nein, tut mir leid. Dennoch vielen Dank für Ihre Bemühungen. Auf Wiedersehen.«

Eine intensivere Abfuhr konnte es nicht geben. Geknickt wie eine gebrochene Rose, deren Schönheit man verkannt hatte, verließ Cinderella das Geschäft. Tommy ging stumm neben ihr. Sie blickte zum Meer hinüber. Ihr Traum war ausgeträumt – geplatzt wie eine Seifenblase. Und nun? Sie konnte sich keine Unterkunft leisten. Erst recht keine weiteren Crêpes für zwölf Euro achtzig, von denen gerade mal ein Kind satt wurde. Es gab nur noch einen Weg. Zurück! Und so bitter ihr diese Erkenntnis auch erschien, sie hatte keine andere Wahl.

Goodbye Sylt!

Tommy griff nach ihrem Handgelenk.

»Darf ich zum Wasser?«

Cinderella blickte ihn erstaunt an.

Kein »Ich will«?

Sie stellte das Gepäck ab und tastete über seine Stirn. Aber er schien okay zu sein. Nur in seinen blauen Augen konnte sie einen Hauch von Traurigkeit erkennen. Sie kniete nieder und nahm seine Hände.

»Du hast recht! Wir gehen nicht weg, ohne am Strand gewesen zu sein.«

Unverhofft kommt oft

Der Sandstrand war voller Leute. Überall lagen saßen oder spielten Urlauber. Eine Geräuschkulisse, die Cinderella an früher erinnerte. Sie mochte das Geschrei der Kinder, die im Wasser herumplantschten. Es klang genau wie damals im Freibad. Ihre Mutter kaufte immer Saisonkarten für die ganze Familie. Bis sie eines Tages krank wurde und ganz plötzlich verstarb. Cinderellas Augen füllten sich mit Tränen.

Ach, Mom, wieso bist du so früh gegangen? Ich war erst sechs Jahre alt. Das ist nicht fair!

Tommy zog vorsichtig an ihrem Kleid. »Mama? Tut dir was weh?«

Cinderella schlug die Hände vors Gesicht und sank hinunter in den Sand. In diesem Moment hätte sie ihre Mutter gebraucht, hätte sie sich gerne an ihre Schulter gelehnt und ausgeweint. Aber das ging nicht mehr – seit dreiundzwanzig Jahren nicht.

Ein älterer Mann in Badeshorts beugte sich herab. »Ist Ihnen nicht gut? Brauchen Sie Hilfe?«

»Nein, danke. Es geht schon wieder«, schluchzte Cinderella.

»Meine Frau sitzt da drüben im Strandkorb. Sehen Sie?« Er zeigte in die Richtung. »Kommen Sie doch ein paar Minuten mit hinüber. Bestimmt mag der Lütte eine kühle Limo. Und meine Gerlinde hat auch einen guten Friesentee in unserer Thermoskanne.« Dabei zwinkerte er ihr freundlich zu.

»O Limo!« Tommy freute sich und stürmte los.

Der Fremde lachte. »Ein wundervoller Bursche, den Sie da haben.«

»Ja, das ist er. Ein wenig voreilig, aber wundervoll.«

Cinderella blickte ihrem Sohn hinterher. Er war das Wertvollste in ihrem Leben und der einzige Mensch, für den sie weiterkämpfen würde. Allmählich schwand der Trübsinn aus ihrem Gesicht.

»Sie haben recht. Vielleicht sollte ich mich ein wenig ausruhen und den Tee Ihrer Frau probieren.«

Der Mann ergriff zwei ihrer Taschen. »Das sollten Sie wirklich. Dieser Tee ist unglaublich lecker.«

Cinderella folgte ihm mit dem restlichen Gepäck zum Strandkorb.

Die Frau des freundlich gesinnten Herrn winkte ihnen fröhlich zu. Sie trug einen aufwendig verzierten Strohhut und strahlte die Art Lebensfreude aus, die Cinderella nur von ihrer Mutter kannte. Tommy hatte es sich unter einem Sonnenschirm bequem gemacht, der das Design einer Apfelsinenscheibe hatte, und schlürfte Limonade aus einem ebenso tropisch aussehenden Becher.

»Das ist wirklich nett von Ihnen«, bedankte sich Cinderella.

Die sonnengebräunte Dame lächelte. »Nun setzen Sie sich doch erst einmal. Sie sehen ja ganz blass aus.« Sie nahm aus einem großen Picknickkorb eine Tasse heraus und goss Tee hinein. »Bitte, versuchen Sie meine hauseigene Mischung.«

Cinderella nickte und trank einen Schluck. »Hm, vielen Dank.«

»Sie sind bestimmt gerade angekommen. Ich meine, wegen der Reisetaschen.«

Cinderella scheute sich vor einer Antwort. Was sollte sie

der heiter gestimmten Urlauberin sagen? Dass sie versagt hatte, wie so oft in ihrem Leben? Oder lieber alles mit einer Notlüge abtun? Sie entschied sich für Letzteres.

»Ja, gewissermaßen.«

Tommy protestierte dagegen. »Ist gar nicht wahr. Wir haben in einem Sandburghotel geschlafen, auf einem ganz großen Sofa.«

Cinderella schluckte, während sich das Rentnerpärchen interessiert zu Tommy drehte, der munter weiterplauderte.

Nachdem er dem Sprichwort »Kindermund tut Wahrheit kund« gerecht geworden war, rannte Tommy hinunter zum Wasser.

Cinderella, deren Kopf eine krebsähnliche Färbung angenommen hatte, wich den Blicken der Gastgeber aus.

Super! Jetzt halten sie mich für eine Lügnerin.

Sie überlegte sich zurückzuziehen – sich zu verabschieden und einfach den Standort zu wechseln. Aber das wiederum erschien ihr unangebracht. Nein! Dazu waren diese Leute zu hilfsbereit.

»Ach, ich hatte gehofft, auf Sylt einen Job zu bekommen.«

Cinderella erzählte von ihrem Vorstellungsgespräch und dem Entschluss, wieder in die Heimat zurückzukehren. Die beiden Zuhörer nickten verständnisvoll. In ihren Gesichtern spiegelte sich Mitleid. Und nachdem sie die traurige Geschichte gehört hatten, packten sie ihre Sachen ein und überließen Cinderella den angemieteten Strandkorb, weil sie noch etwas erledigen wollten. Für die Schlüssel vereinbarten sie ein Versteck, während sie Cinderellas Hand zum Abschied schüttelten.

»Alles Gute für Sie und den Kleinen. Und nicht vergessen. Nach Regen folgt Sonnenschein.« Dann verschwanden sie zwischen all den anderen Urlaubern.

Cinderella blickte den Rentnern noch einige Sekunden hinterher.

Dann rief sie Tommy zu sich. Mittlerweile war es vierzehn Uhr, und sie hatte nicht vor, bis zum Abend zu bleiben. Aber statt ihres Sohnes kam ein junger Mann schimpfend angelaufen.

»So eine Sauerei!«

Cinderella blickte ihn fragend an. »Was meinen Sie?«

»Na Ihren Sohn dort unten. Das ist doch Ihr Sohn oder?«

Er zeigte auf Tommy, der neben seiner Matschburg im Wasser hockte.

»Ja«, erwiderte sie zögerlich.

»Einfach an den Strand zu kacken. Unglaublich!«

»Was? Er hat …«

»Ja, hat er! Und meine Tochter ist hineingetreten – verdammt«, fluchte der Mann.

»Oh …, das tut mir leid. Ich, ich …«

»Ach was! Sorgen Sie lieber dafür, dass nicht noch mehr Kinder in die Ausscheidungen Ihres Sohnes treten.«

Dabei schrie er so laut, dass Cinderella am liebsten im Erdboden versunken wäre.

Was denkt er sich? Dass ich Tommy den Befehl zum Kacken gegeben habe?

Sie blickte nach rechts und links.

Großartig! Die Leute starren mich an und warten darauf, dass ich meinen ungehorsamen Sohn über das Kacken am Strand aufkläre.

Cinderella ging auf Tommy zu, über dessen Wangen dicke Tränen kullerten. Seine Hose hatte er ausgezogen und als Fahne eingesetzt. Sie steckte im oberen Drittel seiner Matschburg und wehte lustig im Wind hin und her. Cinderella musste schmunzeln.

Wenigstens hatte er dafür nicht die Unterhose verwendet.

Er tat ihr leid, wie er da so hockte und sich für etwas schämte, dass nun wirklich keine Schande war. Nicht bei einem Fünfjährigem. Sie hockte sich zu ihm und küsste seine Stirn.

»Komm schon, du kleiner Matschpirat.«

Dann zog sie die rebellische Flagge heraus. Die Leute umher stierten immer noch. Einige verzogen kopfschüttelnd ihre Gesichter, andere grinsten vor sich hin. Hand in Hand ging Cinderella mit Tommy zurück zum Strandkorb. Sollten doch alle glotzen! Sie störte es nicht. Viel wichtiger war es, ein günstiges Restaurant zu finden. Ihr Magen knurrte so laut, dass er das Getuschel der empörten Urlauber übertönte.

Exkremente schienen auf Sylt eine schlimmere Umweltsünde zu sein als ein gesunkener Öltanker.

Enttäuscht darüber, entsorgte sie die Hinterlassenschaft der Empörung im nahe gelegenen Strandtoilettenhäuschen, legte Tommy trockene Sachen heraus und half ihm beim Anziehen.

»Mama, darf ich Lumpi das Meer zeigen?«

Diesen Wunsch konnte sie ihm unmöglich abschlagen. Sie kramte in einer ihrer Taschen herum und beförderte das Kuschelhäschen ans Tageslicht. Dabei fiel der Brief des Portiers zu Boden.

Die Nachricht! Die hatte ich ganz vergessen.

Cinderella setzte sich zurück in den blaugestreiften Korb und öffnete das Kuvert. »Liebe Frau Preußer, ich habe gerade erfahren, dass in unserem Hotel ein Zimmermädchen ausgefallen ist und diese Stelle dringend zur Besetzung steht. Falls Sie Interesse daran haben, dann melden Sie sich umgehend im Personalbüro. Viel Glück, Johannes von Habich.« Mit soviel Anteilnahme hatte sie nicht gerechnet. Der Portier schien sein Herz am rechten Fleck zu haben.

Tommy blickte sie mit großen Augen an und drückte Lumpi fest an seine Brust. »Ein böser Brief?«

»Nein! Ganz und gar nicht. – Komm, wir müssen noch einmal zur großen Sandburg.«

Auf zum Personalbüro!

Wenig später stand Cinderella erneut vor dem eigenartig großen Tor, das ins Innere des Hotels führte. Und wie in der Nacht zuvor war sie fasziniert davon.

Ihr Magen krampfte sich bei dem Gedanken zusammen, dass auch dieses Vorstellungsgespräch im Nichts verlaufen könnte. Aber vielleicht war die Nachricht des Portiers auch ein Zeichen, dass sie nicht so schnell aufgeben sollte. Warum sollte es nicht funktionieren? Schließlich war sie jung, lernfähig und gut erzogen. Ideal für eine Anstellung als Zimmermädchen. Sie atmete tief durch und ging mit Tommy hinein.

Am Empfang stand ein junger Mann mit Brille. An seinen Fingern trug er jede Menge Ringe, in denen sich das Sonnenlicht brach. Er wirkte gepflegt und seriös.

Cinderella stellte ihr Gepäck ab.

»Können Sie mir sagen, wo sich im Haus das Personalbüro befindet.«

Er runzelte seine Stirn. »Gleich hier unten links, neben dem Gastraum des Restaurants. Haben Sie denn einen Termin?« Er musterte sie kritisch.

O je, ich sehe gewiss schrecklich aus.

»Ja, sozusagen.«

Cinderella fuhr sich durchs Haar und blieb in einer verfilzten Stelle hängen. Nein, so konnte sie sich unmöglich vorstellen. Sie brauchte dringend einen Spiegel und ein Deodorant.

Wo es zu den Toiletten ging, wusste sie noch. Blieb nur

noch das Problem einer zwanzigminütigen und kosten-
freien Kinderbetreuung.

»Verzeihung, aber könnten Sie eventuell einige Minuten
auf meinen Sohn und das Gepäck achten?«

Der Mann räusperte sich. »Ich habe gerade eine Menge
zu tun – tut mir leid. Aber ihre Taschen können Sie hier
neben den Tresen stellen.«

*Mist! Ein Vorstellungsgespräch mit Tommy? Das würde
kaum gutgehen.*

Nachdem Cinderella ihr äußerliches Erscheinungsbild
auf der Hoteltoilette wiederhergestellt hatte, war Tommy
an der Reihe. Er setzte sich jedoch zur Wehr.

»Nee! Ich will die doofe Creme nicht.«

»Halt still und schließ die Augen.«

»Die stinkt aber, die Creme.«

»Die ist parfümfrei, die kann nicht stinken.«

»Tut sie aber doch!«

Cinderella kapitulierte. Sie übersprang das Eincremen
und kämmte nur sein Haar. Dann blickte sie in den großen
Standspiegel neben den Waschtischen. Das gewählte Kleid
war lang und schlicht, das Muster dezent im dunklen Grau
gehalten. Cinderella mochte es nicht sonderlich. Es ließ sie
noch blasser erscheinen. Aber wenigstens war es knitterfrei.
Ihre lange, gelockte Mähne zähmte sie kurzerhand mit
einem Haargummi.

Nicht gerade umwerfend, aber okay.

Die Dame im Personalbüro trat Cinderella freundlich
entgegen. Auch gegen Kinder schien sie nichts zu haben.
Sie überreichte Tommy Malstifte und leere Blätter und bot
ihm einen Platz neben sich an.

»Malst du mir ein schönes Haus mit Garten?«, fragte sie
ihn.

Und tatsächlich: Tommy nahm die Stifte und legte los.

Cinderella setzte sich auf den zugewiesenen Stuhl und lehnte sich entspannt zurück. Auf dem Schreibtisch stand ein Bild, auf dem ein Mann zu sehen war, der mit zwei Kindern im schulfähigen Alter herumtobte.

Die Dame öffnete eine Schublade und zog eine Tüte Gebäck heraus. Sie reichte sie Tommy, der gierig nach dem größten Stück griff. Dann wandte sie sich zu Cinderella.

»Mögen Sie?«

»Nein, danke.«

»Vielleicht einen Kaffee?«

Cinderella zögerte. »Wenn es keine Umstände macht.«

Die Dame lächelte und stand auf. »Ach, ich könnte jetzt auch etwas Koffein gebrauchen.«

Mit wenigen Handgriffen hatte sie zwei Tassen, eine Zuckerdose und ein Kännchen Milch auf dem Tisch platziert. Sie goss den Kaffee ein und setzte sich Cinderella gegenüber.

»Sie sind also wegen der Stelle als Zimmermädchen hier? Woher wissen Sie davon? Die Stelle wurde noch gar nicht öffentlich ausgeschrieben.«

»Ich habe das vom Portier Ihres Hauses erfahren.«

»Ach, dann sind Sie gewissermaßen ein Hotelgast, verstehe.«

»Ja …, ich meine nein. Wir habe nur die vergangene Nacht im Haus übernachtet.«

Tommy, der das Gespräch aufmerksam verfolgte, legte die Buntstifte beiseite und vervollständigte die zweifelhafte Antwort seiner Mutter.

»Auf dem großen Sofa, neben der Blumenecke. Und der Onkel hat uns dann eine Decke gebracht. Stimmt's, Mama?«

Cinderella spürte, wie die Peinlichkeit förmlich ihren Körper durchströmte. Musste er ihr ausgerechnet jetzt ins Wort fallen? Sie presste ihre Lippen aufeinander und kniff die Augen streng zusammen. Und der böse Mutterblick zeigte Wirkung. Tommy verstummte. Die Personalchefin nippte an ihrem Kaffee und analysierte die seltsame Bewerberin.

»Tja … haben Sie denn Vorkenntnisse in diesem Bereich? Unser Haus legt großen Wert auf eine gute Ausbildung und Erfahrung.«

Cinderella seufzte traurig auf. »Die habe ich leider nicht. Ich habe bisher in der Änderungsschneiderei meiner Stiefmutter gearbeitet. Aber glauben Sie mir, ich kann das bestimmt!«

»Das glaube ich gerne. Nur leider benötigen wir eine erfahrene Kraft, die sofort einsetzbar ist.«

»Ich könnte sofort anfangen, gleich morgen früh, wenn Sie möchten.«

»Das ist wirklich nett von Ihnen, aber wollen Sie nicht erstmal Ihren Urlaub beenden? Sie können mir Ihre Bewerbungsunterlagen gerne von daheim schicken.«

»Nein, das geht nicht! Bitte, ich brauche diesen Job.«

Nach einigen Sekunden der Stille erklärte Cinderella ihre Situation. Sie erzählte von ihrer gescheiterten Beziehung, ihren Verbindlichkeiten und der Hoffnung, die sie an Sylt geknüpft hatte. Die Leiterin lauschte gespannt der Geschichte. Dabei umfasste sie die Tasse, als müsse sie ihre kalt gewordenen Hände wärmen. Nur ab und zu atmete sie schwer aus und schüttelte den Kopf. Als Cinderella fertig war, stand sie auf und ging zu einem der Schränke. Sie griff nach einer Mappe, warf sie auf den Bürotisch und beugte sich zu Tommy herab.

»Das ist aber ein wirklich schönes Haus.«

Dabei strich sie sanft, fast mütterlich über seinen Kopf.

Tommy reagierte wider Erwarten mit einem Schweigen und malte weiter.

»Ein lieber Junge und ein richtiger kleiner Künstler.«

Cinderella blickte Tommy an und lächelte.

Ein lieber Junge? Eher ein kleiner Schauspieler.

»Ja, er ist ein wahrer Engel.«

Ich hoffe, Gott verzeiht mir den Vergleich.

»Auch auf die Gefahr hin, dass es Ärger geben wird, füllen Sie bitte den Personalbogen aus.«

Cinderella schob ihre Tasse beiseite und griff nach der Mappe.

»Bedeutet das, ich habe den Job?«

»Ja! Aber freuen Sie sich nur nicht zu früh. Es wird Ihnen in der Probezeit viel abverlangt werden. Und das letzte Wort hat immer noch Herr Wegener, der Chef des Hauses.«

Rasch füllte Cinderella alle notwendigen Zeilen aus. Ihr Herz pochte im Tango-Rhythmus und bescherte ihr ein eigenartiges Kribbeln im Bauch. Die erste Hürde war geschafft, der Weg frei für einen Neubeginn. Sie fühlte sich wunderbar, so wie lange nicht mehr.

»Übrigens, ich bin Gabriele Meinert, die Frau, die sich gerade weit aus dem Boot gelehnt hat. Also bitte, lassen Sie mich nicht über Bord gehen und ersaufen.« Dabei lachte sie.

Cinderella drückte ihr fest die Hand. »Danke! Ich werde Sie nicht enttäuschen.«

»Das beruhigt mich. So, und nun werde ich in meinen wohlverdienten Feierabend starten.« Gabriele Meinert schwang sich ihre Tasche um die Schultern und schloss die Aktenschränke. »Ihre Schicht beginnt sieben Uhr im Servicezimmer 022. Und der hauseigene Kindergarten ist täglich ab sechs geöffnet. Ich werde Frau Michelson gleich noch über den künstlerisch begabten Neuzugang informieren sowie Herrn Rüdiger vom Empfang. Er wird Ihnen die Schlüssel für das Personalzimmer 003 aushändigen.«

Cinderella erhob sich und blickte zu Tommy, der immer noch seltsam still am Tisch saß und malte.

»Komm, Tommy.«

Ohne Widerworte stand er auf und lief zur Tür.

»Jetzt gehen wir ins Restaurant und bestellen uns etwas richtig Gutes«, versuchte Cinderella ihn aufzumuntern. Er musterte sie jedoch nur aus dem Augenwinkel und nickte.

Kein »O ja, Krabbenburger mit Pommes«?

Sorge stieg in Cinderella auf. Was war mit ihm? Er würde doch nicht etwa krank werden? Sie verdrängte jedoch diesen Gedanken rasch wieder. Wahrscheinlich hatte er nur Heimweh, vermisste Mike und seine Spielplatzfreunde. Nichts, was die Zukunft ins Wanken bringen würde.

»Einen schönen Tag noch und nicht verschlafen morgen früh«, erklärte Gabriele Meinert, bevor sie den Flur mit schnellen Schritten durchlief. Das Klickklack ihrer Absätze hallte angenehm nach.

Zukunft ahoi

Cinderella zog überrascht die Augenbrauen in die Höhe, als sie den sonnenlichtdurchfluteten Wohnraum des Zimmers 003 betrat. An der Wand über dem Sofa hing ein großes Bild im impressionistischen Stil, mit Muscheln, die hübsch angeordnet am Sandstrand lagen.

Perfekt! Einfach perfekt, dachte sie, ging zum Fenster und öffnete es.

»Hörst du es, Tommy? Das Meer.«

Er schlurfte mit gesenktem Kopf heran und stellte sich neben sie.

»Ich mag es nicht.«

Cinderella blickte ihn erstaunt an.

»Was magst du nicht?«

»Na, das doofe Meer da draußen.«

»Aber wieso? Du hast dich doch so darauf gefreut.«

Er schüttelte seinen Kopf und verschränkte die Arme. »Jetzt mag ich es aber nicht mehr!«

Ein wenig angesteckt von seiner Traurigkeit, schloss sie das Fenster und zog die Gardine davor. Dann nahm sie ihn bei der Hand und zerrte ihn zur Tür.

»Komm, wir gehen spazieren.«

Der Strand lag nur wenige Schritte entfernt. Cinderella atmete tief ein und ließ das Panorama der Insel auf sich wirken. Die Sonne stand knapp über dem endlos weiten Meer, in dessen Wellen sich die Abendröte spiegelte. Sie blieb stehen und zeigte auf einen Heißluftballon, der lautlos hoch oben am Himmel schwebte.

»Schau mal.«

Tommy ignorierte die Aufforderung und spielte mit einem Stock im Sand herum.

Sie setzte sich neben ihn. »He, kleiner Mann, was ist los?«

Er zuckte mit den Schultern und drehte sich weg.

»Hast du etwa Heimweh?«

Tommy zuckte erneut mit den Schultern und schluchzte. »Ich will mein Zimmer zurück und den Spielplatz mit der kaputten Schaukel.«

Er will zurück? Zurück in die Plattenbauwüste, wo niemand seine Nachbarn kennt?

Sie konnte nicht glauben, was sie da hörte, und es machte ihr Angst.

»Das hier ist doch viel schöner als die Häuser aus Beton.«

»Nee, ist es nicht!«

»Ich dachte, dir gefällt die Sandburg, in der wir jetzt wohnen.«

»Die ist doof, genau wie das Meer.«

Die Sandburg ist doof?

Cinderellas Angst wurde größer. Was, wenn er sich wirklich nicht einleben würde? Was, wenn sie doch irgendwann zurück müsste? Der Gedanke bereitete ihr Unbehagen. Sie konnte sie schon hören, die vorwurfsvollen Worte ihrer Stiefmutter. Wie konntest du nur einfach so weglaufen – mit Kind und ohne mir Bescheid zu sagen?

Alles, nur nicht zurück!

Cinderella stand auf und ging hinunter ans Wasser. Die Wellen schwappten über ihre Sandalen. Aber das war ihr völlig egal. Zu lange hatte sie von diesem Augenblick geträumt – von der Insel, dem Meer und der unendlichen Freiheit, ihrer Freiheit. Sie lächelte. Alles würde gut werden, ganz sicher. Das musste es einfach! Schließlich hatte sie jetzt einen Job. Und Tommy würde sich an all das hier gewöhnen, es vielleicht sogar lieben lernen. Er brauchte eben nur Zeit.

Zurück im Zimmer, warf sich Tommy auf das fachmännisch hergerichtete Bett und schlief sofort ein. Cinderella überlegte ihn wachzurütteln, zog dann aber nur seine Schuhe aus. Sie packte noch rasch die wichtigsten Utensilien aus, bevor sie sich ebenfalls zum Schlafen auf das Sofa legte. Der Wecker, den Mike immer so sehr gehasst hatte, stand gut platziert auf einer Kommode an der gegenüberliegenden Wand. Cinderella mochte dieses monströse Uhrending im Retro-Look. Er war ein Geschenk ihrer Großmutter. Das Zifferblatt leuchtete zart grünlich im Dunkeln, und zwei silberne Glocken, die fast wie Ohren aussahen, verliehen dem Wecker eine außergewöhnliche Optik, ja fast ein Gesicht.

Leise klackte der Sekundenzeiger vor sich hin und brachte den Klang von Vertrautheit in die einbrechende Nacht. Dennoch bekam Cinderella kein Auge zu. Die Furcht, gleich am ersten Arbeitstag zu verschlafen, war einfach zu groß. Sie stand auf, knipste die kleine goldummantelte Wandlampe über der Sitzecke an und machte sich daran, die übrigen Sachen auszupacken.

Das lautstarke Geläut des Weckers drang in Cinderellas Traum ein und riss sie in die Realität zurück. Erschrocken fuhr sie auf. Ihr Genick schmerzte, und das Fotoalbum, das sie in den Händen gehalten hatte, fiel zu Boden. Noch etwas benommen, blickte sie sich um.

Wo war Tommy?

Er schlief seelenruhig und fest. Seine Hände umklammerten ein Zipfelstück der Decke. Cinderella atmete auf. Ein friedliches Bild, wie er dort so lag und im Schlaf lächelte. Mike hatte es nie zu schätzen gewusst, solch einen wundervollen Sohn zu haben. Nicht einmal an Tommys Geburtstagen hielt er es für nötig, anwesend zu sein. Immer waren seine erfolglosen Gesangsauftritte wichtiger, nach denen er jedes Mal eine neue Affäre hatte. Cinderella seufzte. Irgendwann würde es Mike bereuen. Das wusste sie. Tommy lächelte immer noch vor sich hin, während Cinderella ihn betrachtete. Am liebsten hätte sie ihm noch eine Weile zugesehen, doch sie musste sich beeilen. Der Job! Ihr blieben ganze fünfzig Minuten. Viel zu wenig für eine unausgeschlafene Neu-Sylterin, die sich an ein Leben ohne Küche erst einmal gewöhnen musste. Wo zum Teufel sollte sie Tommys Frühstücksbrote schmieren? Und wo zukünftig ihre Einkäufe lagern?

»Aufstehen, kleine Schlafmütze.« Sie rüttelte sanft ihren Sohn wach. »Wir müssen irgendwo frühstücken gehen.«

Tommy räkelte sich. »Frühstücken gehen?«

»Ja! Mach schon, steh auf.«

Cinderella lief zum Schrank, wühlte darin herum und verschwand im Bad.

Das Restaurant war noch leer. Gerade mal zwei jüngere, leicht angeheiterte Männer standen am Frühstücksbuffet und suchten nach Zutaten für einen Anti-Kater-Drink. Lautstark diskutierten sie über die Wirkung eines in Sole getauchten Eies.

Cinderella griff sich ein Tablett und huschte an der reichlich gedeckten Theke entlang. Ein Roggenbrötchen, ein Weizenbrötchen, zwei Würfel Butter, etwas Marmelade und Orangensaft.

»Ich will ein Ei«, rief Tommy, der ihr kaum folgen konnte.

»Dafür ist jetzt keine Zeit.«

»Wieso nicht?«

»Weil ich zur Arbeit muss.«

»Aber du bist doch schon da.«

Cinderella verdrehte die Augen. »Von mir aus.«

Tommy drängelte sich durch die immer noch streitlustigen Herren und griff sich ein Ei aus dem Glas.

»He, Junge, dafür benutzt man aber diese Zange hier«, beschwerte sich der dickere von beiden.

»Nö, ich esse das immer mit der Hand«, erwiderte Tommy, stopfte sich das Ei in den Mund und lief zum Tisch. Die beiden Männer verstummten. Mit so einer Antwort hatten sie nicht gerechnet.

»Wünsche einen guten Hunger zu haben«, hallte es in einem Befehlston durch das Restaurant. Schwere Schritte folgten.

»Sie sollten dem Burschen lieber ordentlich Schweinebauch auf die Brötchen packen. Dieses Fruchtzeug blockiert das Gehirn und schwächt das Muskelwachstum.«

Cinderella, die soeben eine große Portion Aprikosenkonfitüre auf eines der Brötchenhälften strich, blickte auf. Ein älterer grauhaariger Mann im Trainingsanzug starrte sie an.

»Und Krabben?«, fragte Tommy.

Der streng wirkende Herr überlegte und rieb sich sein ausgeprägtes Kinn.

»Krabben sind akzeptabel. Ich empfehle Nordseekrabben, mein Junge. Haben viel Eiweiß und Jod. Sehr gut für das körperliche Wohlbefinden.«

Auf Tommys Gesicht breitete sich ein Grinsen aus. »Siehste, Mama.«

Cinderella vergrub ihre Zähne in einer fruchtbeschmierten Semmelhälfte.

»Also mir schmeckt es. Trotzdem danke für ihren gutgemeinten Hinweis.«

»Nichts zu danken. Im Übrigen, mein Name ist Schulze. Major im Ruhestand, aber kein bisschen eingerostet.« Dabei schlug er seine Hacken aneinander.

»Angenehm, Preußer.«

Er zwinkerte Tommy zu, wünschte einen guten Tag und eilte zur Theke.

»Neun Euro und neunzig Cent?«

Die Buffetkellnerin nickte. Cinderella zückte resigniert ihre Geldbörse. Kampflos jedoch wollte sie keinen Zehner rausrücken.

»Aber wir hatten doch nur zwei Brötchen, einen Saft und ein Ei.«

»Tut mir leid. Das Frühstück wird hier immer im Komplettpreis pro Person berechnet. Kinder allerdings zwei Euro günstiger.«

»Auch fürs Personal?«

»Nein. Angestellte zahlen eine Pauschale. Gehören Sie zum Personal?«

»Ja, irgendwie schon. Mein erster Arbeitstag, wenn Sie verstehen.«

»Dann haben Sie sicherlich noch keine Rabattmarken, nicht wahr?«

»Nein.«

»Ich schlage vor, Sie schreiben mir Ihren Namen inklusive Tätigkeit auf diesen Zettel und reichen die Marke für das Frühstück nach.«

Während Cinderella alles aufschrieb, nörgelte Major Schulze über die Leberwurst. »Was zum Teufel ist da drin?«

Die adrette Bedienung holte tief Luft und setzte ein übertriebenes Lächeln auf. »Was meinen Sie?«

»Na, dieses Grünzeugs da.«

»Das ist Bärlauch, Herr Schulze. Sehr gesund übrigens.«

»Papperlapapp. Kräuter gehören in Fischsoße, aber nicht in Leberwurst.«

»Versuchen Sie die Scheibenmettwurst. Die ist frei von Gemüse und Kräutern.«

»Was? Mettwurst in Scheiben? Wer macht denn sowas?«

Cinderella stand auf und kicherte. »Danke nochmals und gute Nerven noch.«

Achtung, Zimmerservice!

Nachdem Cinderella ihren Sohn mit einiger Überredung davon überzeugen konnte, im hoteleigenen Kindergarten zu bleiben, eilte sie den Gang zum Servicezimmer entlang. Sie war spät dran und hoffte auf das Verständnis ihrer neuen Vorgesetzten, die Inge Lohmann hieß, wie Cinderella wusste. Frohen Mutes steuerte sie auf die Tür mit der Nummer 022 zu – dem Zimmermädchen-Servicezimmer. Gerade als sie überlegte, ob sie klopfen sollte oder nicht, riss Inge Lohmann die Tür auf und stürmte samt Wagen auf den Flur. Dabei stieß sie gegen Cinderella, die durch die Wucht unfreiwillig in einem der gegenüberliegenden Gästezimmer landete.

»Sie bringen bestimmt die Tageszeitung«, empfing sie ein älterer Herr, der soeben hinaustreten wollte. Sein Gehstock war ihm vom unerwarteten Besuch aus der Hand gerissen worden.

»Nein, ich bin das neue Zimmermädchen«, stotterte Cinderella. Sie beugte sich herab und nahm die hölzerne Laufhilfe vom Boden auf. »Verzeihen Sie bitte. Ich weiß auch nicht, wie das passieren konnte.«

Der erschrocken dreinblickende Urlauber griff nach seinem Gehstock. »Danke, junge Frau.«

Inge Lohmann, der die ganze Sache ebenfalls unangenehm war, trat näher. »Dann sind Sie gewiss Fräulein Preußer, die sich eigentlich exakt um sieben Uhr bei mir einfinden sollte.«

»Tut mir leid, aber ich musste meinen Sohn noch …«

»Die Gründe für Ihre Verspätung interessieren mich nicht. Die können Sie gerne Herrn Wegener erläutern, falls er Sie nicht sofort wieder herauswerfen wird.«

Cinderella senkte ihren Blick. Die strammen Waden und der herrschende Ton des Vorzimmermädchens erinnerten sie an ihre ehemalige Schuldirektorin, Frau Gerstenberger. Sie musste schmunzeln bei diesen Gedanken. Seit ihrem Versprecher beim Schulappell nannte sie jeder nur noch Diktatorin Gerstenberger – eine sprachliche Verwechslung, die Cinderella lange nachhing und den Status als Klassensprecherin gekostet hatte.

Inge Lohmann räusperte sich. »Ich würde vorschlagen, Sie schlüpfen geschwind in die herausgelegte Uniform von Frau Dragewski. Derweil besorge ich eine aktuelle Zeitung für Herrn Woller.«

Der ältere Herr blickte immer noch skeptisch, nickte aber.

Cinderella hielt den Rock ihrer Vorgängerin in die Höhe. Es erschien ihr unmöglich, in dieses Teil zu schlüpfen, geschweige es eine ganze Schicht lang zu tragen. Wie sollte sie auch? Tamara Dragewski war eine überaus gut beleibte Frau – eine, die gewiss ihren Mann über die Schwelle getragen hatte. Aus der Stoffmenge dieses Rockes hätte Cinderellas Stiefmutter locker fünf knappe Minis für karrierebewusste Geschäftsfrauen geschneidert. Aber ohne dieses Outfit konnte sie auf keinen Fall vor Inge Lohmann treten. Wahrscheinlich wartete die nur auf eine weitere Gelegenheit, sich ihrer zu entledigen. Und bis sie eigene Arbeitssachen in passender Größe bekommen würde, musste es irgendwie gehen. Aber wie? Cinderella schaute sich hilfesuchend um. Eventuell mit einer Klammer? Kurz entschlossen überraffte sie den unnötigen Stoff und befestigte eine handelsübliche Wäscheklammer am Bund. Zum Glück war die Weste ebenso üppig und hing schlabbernd über dem Rock.

Schließlich trat Cinderella auf den Flur und rang sich ein Lächeln ab.

Inge Lohmann stand zwei Türen weiter und wartete. Ihr Blick verhieß nichts Gutes.

»Ich wäre dann so weit. Wo soll ich anfangen?«

»Wir beginnen im Zimmer 113 mit einer Endreinigung.«

Cinderella folgte wortlos zum Aufzug. Der Personalrock von Inge Lohmann wackelte taktvoll hin und her, während sich die Adern aus ihren Waden pressten. Die Biosandalen gaben bei jedem Schritt einen qualvollen Ton von sich. Fast so, als würde man einer Maus auf den Schwanz treten. Dingdong, kündigte sich der Fahrstuhl an. Inge Lohmann schob den Wagen hinein und drückte auf einen der Knöpfe.

»Wenn Gäste im Aufzug sind, wird immer gewartet«, sagte sie, ohne den Hotelboy, der sich in die äußerste Ecke des Liftes drückte, eines Blickes zu würdigen. Verunsichert nickte er Cinderella zu und blickte auf die Anzeige. Das erneute Dingdong ließ ihn aufatmen. Ein flüchtiges Grinsen huschte über sein Gesicht, als sich Frau Lohmann herabbeugte, um ein heruntergefallenes Handtuch aufzunehmen. Dabei blockierte sie mit ihrem Hinterteil die Aufzugstür, die mit einem Klingkling zurückfuhr. Auch Cinderella musste ein Kichern unterdrücken und lächelte stumm dem sympathischen Rotschopf zu.

»Fräulein Preußer, würden Sie bitte die Zimmertür öffnen?«

Cinderella griff nach dem Schlüssel, den Inge Lohmann ihr entgegenhielt. Aber noch ehe sie ihn im Schloss umdrehen konnte, wurde ihr Vorhaben unsanft abgebrochen.

»Stopp! Sie können doch nicht einfach so ins Zimmer stürmen.«

»Kann ich nicht?«

»Nein!«

»Aber Sie sagten doch …«

»Ich sagte nur, dass Sie die Zimmertür öffnen sollten.«

»Ja, aber das wollte ich doch gerade.«

»Sie vergaßen jedoch eine winzige Kleinigkeit, die von allergrößter Bedeutung ist.«

»Ach ja? Und welche?«

»Vorher den Zimmerservice anzukündigen.«

Inge Lohmann schob sich eine herunterhängende Haarsträhne hinter das Ohr und wandte mit einem Ruck den Kopf. »Gehen Sie beiseite. Ich zeige es Ihnen.« Sie schob den Schlüssel erneut ins Schloss, klopfte an und rief: »Zimmerservice.« Einige Sekunden der Stille folgten. Dann öffnete Inge Lohmann die Tür.

»Haben Sie verstanden?«

Cinderella nickte.

Was denkt Sie? Dass ich auf der Sonderschule für global verdrängte Märchenfiguren war und meinen Abschluss im Erbsenzählen gemacht habe?

»Es ist wichtig, sich dem eventuell noch im Zimmer befindenden Gast anzukündigen. Schließlich wollen wir niemanden in eine prekäre Lage bringen.«

»Verstehe.«

»In diesem Fall jedoch sind die Gäste schon letzte Nacht abgereist.«

Inge Lohmann stürmte zum Fenster, zog die Vorhänge auf und öffnete es. Das Lachen von Kindern drang hinein.

»Wie alt ist er denn?«

Cinderella verstand nicht. »Wer?«

»Ihr Sohn.«

»Er ist vor zwei Wochen fünf geworden.«

»Ah ja, ein kleiner Krebs sozusagen.«

Cinderella schmunzelte. »Eher ein kleiner Krabbenmann.«

»Wieso Krabbenmann? – Ach nein, für Geschichten haben wir keine Zeit. Wir müssen diese Suite fertig bekommen und einundzwanzig weitere Zimmer bestücken. Ich schlage vor, Sie beginnen im Bad mit der Toilette. Danach Waschbecken und Wanne säubern. Hygieneeimer entleeren, Pflegeprodukte auffüllen. Und vergessen sie nicht überall nachzuwischen.«

Als Cinderella mit dem Badezimmer fertig war, musste es noch die Nachkontrolle von Inge Lohmann bestehen.

»Soweit ich sehe, haben Sie das ganz ordentlich gemacht. Nur am Spiegel zeichnet sich noch eine unpolierte Stelle ab.« Sie zückte ein Microfasertuch und bewies sich als unangefochtene Miss Streifenfrei.

Eine Fähigkeit, die Schneewittchens Stiefmutter erbleichen lassen, das Spieglein erblinden und Schneewittchen die frühzeitige Ehe erspart hätte.

Cinderella mochte dieses Märchen besonders. Ihre Großmutter hatte es ihr oft vorgelesen. Und jedes Mal fragte sich Cinderella, warum Schneewittchen nicht einfach einen der Zwerge geheiratet hatte.

Muss es denn immer ein Prinz sein? Wissen diese märchenhaften Schönheiten denn nicht, dass adelige Burschen in Strumpfhosen oftmals nur verlogene Amphibien sind? Ein Kuss und – schwupp – sitzt die Kröte im Fernsehsessel.

»Sehen Sie? So sollte der obere Waschtischbereich aussehen.«

Cinderella nickte gedankenversunken.

»Und so muss er auch immer aussehen«, führte Inge Lohmann ihre Predigt fort. »Der Gast ist in unserem Hause König. Und wir sorgen dafür, dass er sich wohlfühlt.«

Nachdem sich Cinderella auch im Bettenbeziehen bewiesen hatte, war es mittlerweile Viertel vor zwölf. Inge Lohmann zeigte keinerlei Ermattung. Kraftvoll durchstöberte sie jede Ecke. Selbst ein Kaugummi, der unter einem Lattenrost klebte, konnte ihrem Adlerblick nicht entgehen.

»So eine Sauerei«, schimpfte sie und betrachtete den Kaugummi, der die Farbe eines neunzigjährigen Rauchers hatte, von allen Seiten.

Cinderella spürte, wie sich ihr Nackenhaar aufstellte.

Was macht sie da? Sucht sie etwa nach einem Fingerabdruck? Oder will sie das ungefähre Alter bestimmen, um dann im Gästebuch nach dem Übeltäter zu fahnden?

Inge Lohmann ging langsam zum Servicewagen und schnippte den Kaugummi in den Müllbeutel. »Ich erinnere mich. Das seltsame Künstlerpaar aus Belgien.«

»Was meinen Sie?«

»Na diese Bleistiftkritzler, die am Strand mit diesen komischen Blockhaltern stehen und das Meer zeichnen.«

»Was ist mit denen?«

»Die haben diesen Kaugummi darunter geklebt.«

Unglaublich! Inge Lohmann war die Reinkarnation von Miss Marple.

»Denken Sie wirklich?«

»Ganz sicher. Diesen Künstlern traue ich alles zu.«

Schwungvoll stieß sie den Wagen in Richtung Ausgang und seufzte.

»So, das hätten wir.«

Cinderella schöpfte Hoffnung.

Eine Pause?

Doch nein! Wortlos eilte Frau Lohmann ins nächste Zimmer.

Nur für Senioren

Cinderella hatte sich mit der Notlüge einer frühzeitigen Regelblutung, einige Minuten Luft vom Lohmann-Regime verschafft und war nach draußen geflohen. »Seniorenspiel- und Freizeitplatz«, besagte ein Schild vor einer Anlage. Darunter befand sich ein Pfeil, der Menschen unter vierzehn Jahren zum Spielen auf den Kinderplatz verwies. Cinderella war sich nicht sicher, auf welchen der Plätze sie gehörte. Einen Platz für erschöpfte Zimmermädchen gab es jedenfalls nicht. Sie setzte sich auf eine der extrabreiten Rentnerschaukeln. Inge Lohmann erschien ihr wie die Verkörperung einer Federbetten schüttelnden Miss Marple, die das Wort Pause nicht kannte. Und am Ende würde es weder Ruhm noch Goldregen hageln. Cinderella blickte sich ängstlich um. Vielleicht beobachtete die Lohmann sie von einem der Hotelfenster. Oder war ihr gar gefolgt. Aber alles umher schien friedlich. Vorsichtig setzte sie die Schaukel in Bewegung. Der Wind berührte sanft ihre Wangen.

»Eine gute Methode, die Koordination auf ein passables Maß zu bringen«, tönte es neben ihr aus einem der riesigen Buchsbäume in Kegelform. Cinderella erkannte die Stimme, aber sah niemanden.

»Wo sind Sie, Herr …?« Der Name war ihr entfallen.

»Drei Fuß links von Ihnen. Übrigens Schulze, Major Schulze. Sagen Sie, kenne ich Sie nicht?«

»Ja. Aus dem Restaurant.«

»Stimmt. Sie sind die Marmeladenfrau mit dem Krabbenburschen.«

»Wo stecken Sie? Ich kann Sie nicht sehen.«

»Etwas weiter runter und mehr nach rechts«, dirigierte er ihre suchenden Augen. »Sehen Sie mich?«

»Ja. Was tun Sie dort?«, fragte Cinderella erstaunt.

Major Schulze ragte oberhalb des Wurzelwerkes hervor. Sein Gesicht hatte die Farbe des Baumgrüns, und in seinem Haar steckten kleine Blattzweige.

»Nichts. Nur eine Übung, um in Form zu bleiben.«

»Eine Übung?«

»Genau. Eine gute Tarnung ist schließlich das halbe Leben. Nur leider erstreckt sich diese Übungseinheit länger als gewollt.«

»Dann beenden Sie sie doch.«

»Das würde ich gerne. Aber ich muss gestehen, dass ich mich in einer misslichen Lage befinde.«

Langsam kehrte ein Lächeln in ihr Gesicht zurück. »Stecken Sie etwa fest?«

»Natürlich nicht. Ich meine nicht so, wie Sie vielleicht denken. Nur ein dummer Ast, der sich im hinteren Teil meiner Hose verfangen hat.«

»Ah ja. Kann ich trotzdem irgendwie helfen?«

»In der Tat könnte ich Hilfe gebrauchen. Aber ich möchte betonen, dass ich mich bisher noch immer selbst befreien konnte.«

Cinderella kicherte. »Sie stecken öfters fest?«

»Nein in Gottes Namen. So was kommt bei einem gut geschulten Einzelkämpfer relativ selten vor.«

Wieder fröhlich gestimmt, schwang sie sich von der Schaukel. Der Rock von Tamara Dragewski hielt jedoch dem temperamentvollen Sprung nicht stand und löste sich von der Klammer. Und noch ehe Cinderella ihn greifen konnte, rutschte er zu Boden. Major Schulze, der davon völlig überrascht wurde, schloss seine Augen.

»Oh! Da hat sich doch einfach das Beinkleid selbststän-
dig gemacht.«

Cinderella zog ihn blitzartig wieder hoch. »Ups …«,
stammelte sie, während sich ihr Gesicht verfärbte.

Dann vernahm sie Inge Lohmanns Stimme. »Fräulein
Preußer, was machen Sie hier draußen?« Mit großen Schritten näherte sie sich.

»Ich … ich … ich wollte …«, stotterte Cinderella, wurde
aber vom Major unterbrochen. »Sie wollte mir helfen. Verzwickte Notlage gewissermaßen.«

Inge Lohmann griff sich an Herz. »Meine Güte, haben
Sie mich erschreckt. Herr Schulze? Was tun Sie denn da
unten?«

»Wie schon gesagt, eine verzwickte Notlage, die Hilfe von
außen erfordert«, wich der zappelnde Major aus. Mittlerweile hatten sich unter ihm Ameisen versammelt, die nicht
bereit waren, den duftenden Buchsbaumsamen mit ihm zu
teilen.

Inge Lohmann beäugte Cinderellas Hände, die sich im
Bund des hochgezogenen Rockes vergruben. In ihren Augen
war deutlich Skepsis zu erkennen.

»Sind Sie sicher, dass alles in Ordnung ist?«

»Ja, Frau Lohmann. Lediglich dieser Rock ist um einiges
zu groß.«

»Ach ja, unsere Tamara war schon ein stattliches Zimmermädchen Und ein zuverlässiges, wohlgemerkt.«

Immer noch den Verdacht hegend, dass irgendwas nicht
stimmte, beugte sie sich dem feststeckenden Major entgegen.

»Soll ich vielleicht mal kräftig ziehen? Ich meine an Ihren
Füßen.«

»Negativ. Die sind zu weit im Buschwerk. Nicht zu greifen von außen sozusagen.«

Inge Lohmann drückte ihre Hände in die speckigen Hüften und schlurfte um den Major herum.

»Hm … Ich schlage vor, Fräulein Preußer informiert den Hausmeister, und ich bleibe hier solange vor Ort. Er möge bitte eine Astschere mitbringen.«

Oh, der arme Major.

Cinderella drehte sich schamhaft weg, nickte und befestigte erneut die Klammer am Rockbund. »Wird erledigt, Frau Lohmann. Aber sollte ich nicht lieber hierbleiben? Ich meine, weil Sie doch den Hausmeister kennen.«

»Nein. Es erscheint mir richtiger, dass Sie sich mit den Gepflogenheiten des Hotels auseinandersetzen. Ab nächste Woche müssen Sie alle Arbeit alleine verrichten können.«

Das vertraute Gesicht am Empfang erfreute Cinderella.

»Wie ich sehe, haben wir ein neues Zimmermädchen«, begrüßte Johannes von Habich sie herzlich.

»Ja, es hat geklappt. Tausend Dank dafür.«

»Und wie läuft es?«

»Es erweist sich als nicht sonderlich schwierig. Ist aber dennoch ein kräftezehrender Marathon.«

»Sie sehen auch ganz blass aus, wenn ich das so sagen darf.«

Cinderella griff nach seinen Händen, die auf dem Tresen ruhten. »Danke nochmals für diese Chance. Ich hoffe, ich kann mich irgendwann revanchieren.«

Er wandte den Blick ab. »Ach was!«

Cinderella spürte, dass es ihm unangenehm war. »Fast hätte ich vergessen, weshalb ich hier bin. Der Hausmeister. Wo finde ich ihn?«

»Den Joseph? Der sitzt im Zimmer 020.«

Cinderella bedankte sich und stürmte los. Keinesfalls wollte sie noch mehr Rügen von ihrer Vorgesetzten erhalten. Außerdem musste dieser Joseph den hilflosen Major vor Inge Lohmann retten, die gewiss schon überlegte, mit welchem ihrer Putzmittel sie die Farbe aus seinem Gesicht entfernen könnte.

Nachdem Cinderella den Hausmeister informiert hatte, machte sie sich mit ihm auf den Weg zu dem geiselnehmenden Baum. Mit einem gemurmelten »Tach« schob er Inge Lohmann beiseite und verschaffte sich einen Überblick. Dann zückte er die Astschere.

»Links hinten im Kreuz«, erklärte Major Schulze.

Joseph nickte. »Jo, dat ham mir glich.«

Cinderella stand abseits und verfolgte die versierten Handgriffe des Hausmeisters. Ein kräftiger Druck auf die gummibeschichteten Griffe des Gartengerätes ließ den verhängnisvollen Ast mit einem lauten Knacken zerbrechen.

»Treffer!«, rief der Major erleichtert. »Bin wieder bewegungsfähig und werde zurücksetzen.«

Der Hausmeister hockte sich stumm neben den Rentner, der sich durch das untere Blattwerk schlängelte. »Ich bedanke mich und werde nunmehr den Rückzug in mein Zimmer antreten.«

Joseph Möllemann nickte dem Major zu. Inge Lohmann musterte den eigenartigen Gast. Der Ruheständler im Soldatenlook erschien ihr suspekt. »Vielleicht sollten Sie beim nächsten Mal lieber an einem dieser Geräte trainieren«, meinte sie und zeigte zum Seniorenspielplatz.

Major Schulze winkte ab. »Seniorenübungen? Ha …« Dabei schlug er sich auf den Bauch. »Kein Gramm zu viel und alles straff, sehen Sie?«

Inge Lohmann wies auf das Schild, das am Platzrand stand. »Ich meinte ja nur, weil dort …«

»Alles Blödsinn. Als wenn die Alten sich auf einem Spielplatz austoben würden! Geldverschwendung ist das. Pure

Geldverschwendung.« Er nickte Cinderella zu, drehte auf den Absätzen um und ging.

Inge Lohmann starrte ihm nach. Dann wandte sie sich Cinderella zu. »Was stehen Sie hier noch herum? Zimmer 211 wartet auf einen letzten Check vor Ankunft des Gastes. Ich kümmere mich derweil um 117, die Aufbettung.«

Ein charmantes Ups

»Zimmerservice«, rief Cinderella, bevor sie mit einem Ruck die Tür aufriss. Sie hatte keine Lust, bis zum Abendgrauen durchzuarbeiten. Schließlich musste sie irgendwann Tommy abholen. Und das spätestens bis siebzehn Uhr. Auf das Verständnis von Inge Lohmann zu bauen würde gewiss wenig Sinn haben. Sie stürmte, den Servicewagen hinter sich her zerrend, ins Zimmer.

»Ich muss doch sehr bitten«, schimpfte ein Mann, an dessen gebräuntem Körper Wasser herabperlte. Um seine Lenden trug er eines der sandfarbenen Hotelhandtücher.

»Oh«, stammelte Cinderella, obwohl der Geruch seines Aftershaves ein donnerndes *Wow* durch ihren Kopf hallen ließ. »Entschuldigen Sie vielmals. Ich dachte, hier sei niemand.«

»Doch ich bin hier. Und ich erinnere mich nicht, ›herein‹ gesagt zu haben.«

»Das würde auch niemand, wenn keiner im Zimmer wäre.«

Ein winziges Lächeln huschte über sein Gesicht. »Stimmt, Sie haben recht. Ich hätte ›Moment bitte‹ rufen sollen.«

»Ja, hätten Sie.«

»Tja, das wollte ich auch. Nur leider waren Sie schneller als meine Worte.«

Cinderella senkte peinlich berührt ihren Blick. »Oh, tut mir leid.« Sie griff nach dem Wagen und schob ihn in Richtung Flur zurück.

»Wo wollen Sie hin?«

»Wieder hinaus.«

»Weshalb?«

Cinderella wippte nervös von einem Bein aufs andere. »Ich globe, ich sollte später wiederkommen.«

»Schade.«

»Schade?«

»Ja, schade. Wo Sie doch einmal hier sind. Außerdem bin ich noch nie zuvor einem so hübschen sächselnden Zimmermädel begegnet.«

Sächselndes Zimmermädel?

»Aber ... aber ...«

»Sie könnten mein WC benutzen«, unterbrach er ihre aufkommende Empörung, trat zur Seite und bestärkte sein Angebot mit einem Nicken. Cinderella riss ihre Augen entsetzt auf und schnappte nach Luft. »Wie kommen Sie nur darauf?«

Er lachte und fuhr sich mit der Hand durchs nasse Haar. »Was? Dass Sie hübsch sind oder dass Sie dringend auf ein gewisses Örtchen müssen?

»Das mit dem WC natürlich.«

»Sie treten ständig von einem Bein aufs andere.«

Das Blut in ihren Adern begann zu kochen, was unweigerlich eine Gesichtsfärbung zur Folge hatte. Wut stieg in ihr auf.

Was glaubt dieser Kerl, wer er ist? Der allwissende König Drosselbart im Dream-Boy-Lock mit der Lizenz zum Flachlégen?

Sie ballte ihre Hände zu einer Faust. Diese Art Männer mochte sie gar nicht. Von Typen wie ihm hatte sie die Nase voll.

Und noch während sich Cinderella eine glamouröse Abfuhr für ihn überlegte, hörte sie hinter sich die weinende Stimme ihres Sohnes.

»Die sind doof hier. Alle sind doof.«

Cinderella hockte sich nieder und drückte Tommy an sich heran. Dicke Tränen kullerten über seine verschmutzten Wangen und zogen kleine Furchen hinein. Er schluchzte. »Ich gehe da nicht wieder hin. Mama sag, dass ich da nicht wieder hin muss.« So sehr hatte er noch nie geweint.

»Sie haben ein Kind?«, fragte der Gast verwundert. Er stand immer noch tropfend da und beäugte die kleine Familientragödie vor seiner Zimmertür.

Cinderella, die ebenso den Tränen nahe war, nickte. »Verzerrt das etwa Ihr Bild von der sächselnden Schönheit?«

»Wie meinen Sie …«

»Tut mir leid. Vergessen Sie es.«

Er tätschelte verlegen an seinem frisch gestutzten Bart herum, der tatsächlich etwas Ähnlichkeit mit dem des drosselbärtigen Königs hatte, und schloss wortlos die Zimmertür.

Tommy wischte sich die Tränen aus dem Gesicht. »Wer war das, Mama?«

»Niemand.«

»Der Onkel war ja fast nackt.«

»Dann war es eben ein fast nackter Niemand.«

»Mama, du veräppelst mich.« Tommys Augen glänzten. Ein winziger Hauch von Fröhlichkeit spiegelte sich darin.

»Klar veräppele ich dich.« Cinderella piekte ihn sachte in die Hüfte. »Sag schon, weshalb magst du nicht mehr zu den anderen Kindern?« Aber noch bevor Tommy darauf antworten konnte, hallte die barsche Stimme von Inge Lohmann über den Gang. »Fräulein Preußer, was tun Sie da?«

»Es tut mir leid, aber mein Sohn … Er war plötzlich da und …«

»Ihre privaten Probleme interessieren mich nicht!«

Private Probleme?

Für Cinderella war Tommy weitaus mehr als nur ein privates Problem. Er war ihr Leben. Und wenn das ihre Vorgesetzte nicht kapieren konnte, dann sollte sie gefälligst ihren Mopp alleine schwingen.

»Ach wissen Sie, Frau Lohmann, ich kündige.«

»Was?«

»Ja, ich kündige und werfe meinen Traum mitsamt dieser Elefantenuniform in den Mülleimer.«

Inge Lohmanns Mundwinkel verzogen sich. »Elefantenuniform?«, fragte sie ungläubig, starr vor Entsetzen. »Das wird Konsequenzen nach sich ziehen, Fräulein Preußer.«

»Nicht gerade ein vorbildliches Benehmen einer Kollegin gegenüber.« Der bärtige Casanova hatte seine Tür wieder geöffnet. Offenbar hatte er gelauscht. »Zumal ich niemals zuvor mit einem Zimmerservice zufriedener war.«

Inge Lohmann sackte scheinbar in sich zusammen. »Das freut mich, Herr Wiedemann, wenn Sie zufrieden sind.«

»Umso weniger freut es mich, wenn diese fleißige junge Dame Ärger bekäme, nur weil sie ihr Kind getröstet hat.«

»Natürlich nicht.«

»Das hoffe ich sehr! Herr Wegener wird doch gewiss an gutem Personal festhalten wollen.«

»Selbstverständlich wird er das«, pflichtete ihm Inge Lohmann bei.

Cinderella lauschte fasziniert den Worten des drosselbärtigen Mieslings, der sich soeben in einen Robin Hood zu verwandeln schien.

Tommy lehnte den Kopf an den Bauch seiner Mutter. »Mama«, flüsterte er. »Der fast nackte Niemand ist ganz schön cool, oder?«

»Stimmt.«

Nur gut, dass er nun nicht mehr nackt ist, dachte Cinderella. Obwohl sie ihn eigentlich im Lenden-Muschelmuster-Outfit interessanter fand. Der graue Anzug verlieh ihm eher das Attribut durchschnittlich, und seine Brille ließ ihn älter erscheinen. Er zwinkerte Cinderella noch einmal zu, bevor er wieder im Zimmer verschwand. Lediglich sein Duft blieb. Für einen kurzen Moment dachte Cinderella, dass sie ihm vielleicht unrecht getan hatte. Sie verwarf den Gedanken aber schnell wieder. Wichtiger war nun Tommy. Inge Lohmann beäugte Cinderellas Sohn, der sich den Blicken entzog und hinter seiner Mutter versteckte. »Sieht ja ganz verheult aus, Ihr Kleiner«, sagte sie im mitleidigen Tonfall. Die vorangegangene Situation schien in ihr eine menschliche Regung geweckt zu haben.

Cinderella wurde neugierig. »Darf ich fragen, was Herr Wiedemann beruflich macht?«

Inge Lohmann schluckte. »Er ist Chef einer Medienagentur und Pressesprecher des Hauses.«

Krieg im Zwergenland

Cinderella schlenderte mit Tommy Hand in Hand den Hotelflur entlang zum Fahrstuhl. »Mama, kann ich nicht doch bei dir bleiben?«

»Nein, Schatz, ich muss arbeiten.«

»Aber ich will nicht zurück. Dort wartet der dicke Roland auf mich.«

»Der dicke Roland?«

»Ja. Der ist riesengroß und so dick.« Tommy riss die Arme auseinander.

»Glaub mir, Mama, der ist furchtbar stark und will mich in den kleinen gelben Legobagger knetschen. Hat er gesagt.«

Cinderella blieb stehen. »Weshalb will er das?«

Tommy senkte den Kopf. »Ich hab wirklich nichts gemacht.«

»Wirklich nichts?«

»Nein. Nur eine einzige Schaumgummimaus aus seiner Tüte hab ich genommen.«

»Schaumgummimaus?«

»Ja, schmeckt wie Gummibärchen, nur besser.«

»Soso. Du hast ihn also nicht gefragt.«

»Das wollte ich ja, aber …«

Die Tür des Liftes öffnete sich. Heraus stürmte Frau Michelson, die Kindergartenleiterin, gefolgt vom Hausmeister und einer Polizistin. »Na endlich! Da bist du ja«, schrie sie hysterisch, als sie Tommy erblickte. Cinderella schüttelte lächelnd den Kopf. »Die ganze Aufregung wegen einer stibitzten Gummimaus?«

»Von wegen. Dieser junge Mann hat quasi eine kleine Katastrophe angerichtet.«

»Ach ja, hat er?«, fragte Cinderella erstaunt.

Joseph Möllemann winkte ab. »Dat wird schon widder.« Lächelnd trat er zurück in den Fahrstuhl. »Schönen Tach noch.«

»Ebenso«, rief Cinderella hinterher. Aus irgendeinem Grund mochte sie den wortkargen Hausmeister.

Die uniformierte Dame bemühte sich ihren strengen Gesichtsausdruck zu wahren. »Hauptwachtmeisterin Schimpf«, sagte sie und reichte Cinderella die Hand. »Und du kleiner Mann bist also Tommy. Der Junge, der Frau Wegener in den Tümpel geschubst hat.«

Wegener?

Cinderella zuckte bei dem Namen zusammen. Sie hoffte, dass es eine fremde Wegener war. Eine, die nichts mit dem Hotelboss zu tun hatte. Noch mehr Ärger konnte sie wahrlich nicht gebrauchen.

Ihr Lächeln erlosch. »Frau Wegener?«, fragte sie vorsichtig.

Tommy klammerte sich an ihrem Rock fest. »Das wollte ich nicht, Mama.« Und während Frau Michelson immer noch nach Luft rang, kauerte sich die Gesetzeshüterin neben den kleinen Straftäter. »Du darfst nicht einfach aus dem Kindergarten weglaufen.«

»Muss ich jetzt ins Gefängnis?«

»Nein, natürlich nicht. Aber du versprichst, nie wieder wegzulaufen.«

»Ich verspreche es.«

»Gut, dann kann ich ja wieder gehen.«

Die Polizistin stand auf, strich Tommy über das Haar und wandte sich Cinderella zu. »Ein hübscher Bursche. Achten Sie gut auf ihn. Wir sind hier auf Sylt. Hier kommen und gehen die Menschen – wenn Sie verstehen, was ich meine.«

Cinderella nickte. »Danke für den Hinweis.«

»Gerne doch. Auf Wiedersehen.«

Mittlerweile hatte Frau Michelson wieder eine normale Atmung. »Du meine Güte, hast du mich in Angst und Schrecken versetzt!«

Cinderella saß die Zeit im Nacken. Wenn sie nicht bald wieder bei der Lohmann erschien, könnte sie sich mit Sicherheit einen anderen Job suchen. »Was genau ist denn passiert?«

Die Leiterin des Kindergartens seufzte. »Die Kinder sollten schlafen gehen. Aber Tommy wollte unbedingt an der Terrassentür liegen. Dort lag aber schon Lisa, die Tochter unseres Küchenchefs. Und die wollte mit Tommy nicht tauschen. Da kam er auf die Idee ...« Sie schüttelte fassungslos den Kopf.

»Was?«, fragte Cinderella ungeduldig.

»Er hat Roland eine essbare Maus entwendet, sie ins Wasser getunkt und unter Lisas Decke geworfen. Das Mädel dachte, es sei eine echte Maus. Sie ist panisch aufgesprungen und in den Garten gestürmt. Direkt in die Sandburg von Roland hinein. Der ist dann auf Tommy los ...«

»Verdreschen wollte der mich. Und in den gelben Legobagger knetschen«, fuhr Tommy dazwischen.

Frau Michelson lächelte verschämt. »Ja, unser Roland ist recht aufbrausend.«

»Weshalb ist aber Frau Wegener im Tümpel gelandet?« Cinderella wippte nervös mit dem Knie hin und her. »Ach, Frau Preußer, Sie glauben gar nicht, wie schnell Tommy über den Zaun geklettert ist. Obwohl der doch eigentlich zum Schutz der Kinder da ist und für diese unüberwindbar sein sollte. Festhalten wollte ich ihn, aber er war flink wie ein Eichhörnchen …«

»Na, der dicke Roland wollte mich doch in den gelben Legobagger knetschen«, rechtfertigte Tommy sein Verhalten.

»Sei still«, ermahnte ihn Cinderella.

»Und dann kam Frau Wegener des Weges«, fuhr Frau Michelson fort.

Voller Spannung auf das katastrophale Ende hielt Cinderella den Atem an. »Und?«

»Sie wollte den kleinen Ausreißer festhalten, und – schwupps – lag sie in unserem Biotop. Die Frösche und Kröten waren so erschrocken über den unverhofften Besuch, dass sie wild auf Frau Wegener herumsprangen. Die schrie so laut vor Entsetzen, dass ein besorgter Hotelgast die Polizei rief.«

Cinderella biss sich auf ihre Lippe. »O je. Ich hoffe die arme Frau Wegener hat den Schreck überwunden.« Nach dem Wohlbefinden der Frösche traute sie sich jedoch nicht zu fragen.

»Ja, Frau Wegener ist wohlauf. Lediglich das allwöchentliche Meeting des Hotelvorstandes musste ohne sie stattfinden. Herr Wegener war davon wenig begeistert, zumal wichtige Geschäftsverhandlungen anstanden.«

Super! Tommy schubst ausgerechnet die Frau vom Chef in den Froschteich.

Cinderella strich Tommy über den Rücken. »Na, da hast du ja ein wahres Chaos angerichtet.«

»Und der dicke Roland – der ist auch schuld«, verteidigte sich Tommy.

»Ja, ja. Aber jetzt gehst du mal schön mit Frau Michelson zurück in den Kindergarten. Ich hole dich in …« Cinderella blickte zur Uhr über dem Lift.

Was? Acht Minuten vor drei? Die Lohmann bringt mich um!

»Schatz, ich hole dich in zwei Stunden. Das ist gar nicht mehr lange.«

»Aber ich will nicht!«

»Komm, Tommy, deine Mama muss arbeiten«, versuchte Frau Michelson ihn zur Rückkehr zu bewegen.

»Nein.«

Cinderella wurde ungeduldig. »Doch, Tommy, Punkt und Aus.« Sie drehte um und lief den Flur entlang. Wahrscheinlich hatte Inge Lohmann die letzten Zimmer der Etage schon alleine gereinigt.

Endlich Feierabend

Cinderella entledigte sich ihrer Dienstkleidung und schlüpfte unter die Dusche. In der Kabine roch es nach einer Mischung aus Kamillenblüten und Rheumabad. Ein Duft, der passender für Inge Lohmann nicht sein konnte. Das Plätschern des Wassers ließ Cinderella für einige Sekunden die Anstrengungen des Tages vergessen. Sie musste an Mike denken, während ihre Hände über den schaumbedeckten Körper glitten. Er hatte es geliebt, ihr dabei zuzusehen. Meist stieg er ebenfalls hinein, kniete nieder und küsste ihre Schenkel. Und jetzt? Jetzt war alles kaputt – ihre Liebe, ihre Träume, ihre Zukunftspläne. Pfutsch, wie ein zertretenes Schneckenhaus. Ihre Hand fuhr instinktiv zum Schoß herab. Seitdem es Mike nicht mehr gab, hatte sie weder Lust noch Zeit, über die Entfernung von Körperhaaren nachzudenken. Weshalb auch? Einen Mann würde es in ihrem Leben sowieso nicht mehr geben – das hatte sie sich geschworen.

Eine knarrende Schranktür riss Cinderella aus ihren Gedanken. Sie wischte ein kleines Guckloch in das beschlagene Milchglas der Duschkabine und äugte hindurch. Mit Mühe konnte sie Inge Lohmann erkennen, die auf einer Bank im Vorzimmer saß und etwas in ein Buch schrieb.

»Führen Sie Tagebuch?«, rief Cinderella, wickelte sich ein Handtuch um den Kopf und stieg aus der Dusche.

»Dienstbuch, Fräulein Preußer. Alle besonderen Vorkommnisse, Überstunden und Servicebestand müssen hier nach jeder Schicht eingetragen werden.«

»Klingt kompliziert.«

»Keineswegs, Fräulein Preußer. Mich wundert nur, dass nach dieser Schicht einige Serviceprodukte mehr vorhanden sind, als vorab von mir errechnet wurden.«

»Wie ist das möglich?« Cinderella setzte sich neben sie, legte das Handtuch beiseite und lockerte ihr Haar.

»Möglich wäre das nur, wenn wir ein Zimmer vergessen hätten.«

Ups, König Drosselbart.

»Hm …, ich verstehe das nicht«, setzte Inge Lohmann ihre Überlegungen fort.

Cinderella lächelte verschämt. »Ach was, vielleicht nur ein Fehler beim Zählen.« Sie zog sich zügig an. »Morgen um kurz vor sieben?«, fragte sie beiläufig.

Inge Lohmann nickte. »Aber diesmal pünktlich. Sieben Uhr sollten Sie Ihre Schicht beginnen können.«

»Ja, versprochen.«

»Ach, Fräulein Preußer, Ihre heutigen uneingeplanten Pausen ziehe ich von der Überstunde ab.«

»Überstunde?« Cinderella blickte zur Uhr. »Zehn nach sechs? O Gott, Tommy.« Sie griff ihre Handtasche und stürmte zur Tür hinaus.

Der Eingang zum Kindergarten war verschlossen. Ein handgeschriebener Zettel wies darauf hin, dass Tommy im Garten sein musste. Cinderella ging nach draußen und blickte sich um. Major Schulze saß auf einer der muschelverzierten Bänke und starrte auf die Spielgeräte im Sandkasten. Als er Cinderella sah, lächelte er und klopfte auf die Sitzfläche neben sich. »Ah, die Mama vom Krabbenburschen. Kommen Sie ruhig näher.«

»Tut mir leid, aber ich suche meinen Sohn. Bin zu spät von der Arbeit …«

»Keine Sorge«, unterbrach er sie. »Ihrem Lütten geht's gut. Sehen Sie?« Er zeigte zur Wackelbrücke, die von der Holzspielburg zum Kletterschiff führte.

So sehr sie sich jedoch bemühte, sie konnte Tommy nicht erkennen. »Nein. Wo ist er?«

Major Schulze lachte auf. »Gut gemacht, mein Junge. Kannst dich wieder sichtbar machen und bewegen.« Dann wandte er sich zu Cinderella. »Ich habe mir erlaubt, Frau Michelson zu vertreten und die Aufsicht des Krabbenburschen zu übernehmen. Ein wichtiger Termin drängte sie.«

Tommy schwang sich vom unteren Teil der Brücke hinauf. »Guck mal, Mama, was mir der Major gezeigt hat.« Er rutschte kopfüber an der wackeligen Überführung hinunter und verharrte. »Siehst du mich?«, rief er.

»Na ja, ein bisschen schon.«

»Aber auch nur weil Sie wissen, wo der Soldat 003 steckt«, verteidigte ihn der Major.

»Soldat 003?« Cinderella kicherte.

»Ja. Ein tapferer Minisoldat, der soeben die Lehre der Tarnung erfolgreich absolviert hat. Denn gut getarnt ...«

»Ist halb gewonnen«, rief Tommy vom Spielplatz herüber. Er hüpfte in den Sand und schlug die Hand zum Soldatengruß an den Kopf.

»Jawohl, mein Junge. Ein wichtiges Detail im Krieg, das du niemals vergessen darfst.«

»Ja, Sir.«

Cinderella kicherte unaufhörlich weiter. Ihr Sohn hatte tatsächlich seine Arme, Beine und das Gesicht samt Basecap mit Tarnfarbe beschmiert. Ähnlich wie der Major mittags. Sogar an die Musterung des Holzes hatte er gedacht und einen Ast in Kreisform quer übers Auge gemalt. »Auf Ideen kommst du.« Sie lachte und winkte Tommy heran. »Ich hoffe nur, dieses Zeugs geht auch wieder ab.«

»Klar, Mama. Und weißt du was? Der Major bringt mir kämpfen bei. So wie die Ninjas im Fernsehen.« Er sprang in die Luft, stieß einen Kampfschrei aus und fuchtelte mit seinen Händen umher. »Siehst du, Mama. Dann muss ich nie wieder vorm dicken Roland weglaufen.«

»Und nie wieder Leute in den Tümpel schubsen«, komplettierte Cinderella. Sie lehnte sich entspannt zurück und genoss den Anblick ihres herumtobenden Sohnes.

Der Major blickte sie fragend an. »Soldat 003 schubst Leute in Tümpel?«

»Ja, die Frau des Hotelchefs.«

»So, ein wählerischer Bursche also.«

Sie kicherte erneut. »Weshalb 003?«

»Der kleine Rekrut verriet mir ihre Zimmernummer. Für den Fall, dass Sie nicht gekommen wären.«

»Ah ja.«

»Kein dauerhaftes Zuhause, hoffe ich?«

»Nein. Ich werde eine Wohnung suchen, für mich und Tommy.«

»Und der Krabbenburschenpapa?«

Sie seufzte. »Ach, wissen Sie, dass ist eine lange Geschichte.«

Major Schulze nickte. »Verstehe. Einen geschichtlichen Lebensvorgang, der nicht mehr von Bedeutung ist, sollte man hinter sich lassen. Und falls es Ihnen genehm ist, würde ich den kleinen Soldaten morgen sechzehn Uhr abholen und mit ihm hier draußen ein wenig trainieren.«

Cinderella lächelte. »Ich glaube, das wird Tommy gefallen.«

»Natürlich bedarf es Ihres Einverständnisses gegenüber der werten Frau Michelson.«

»Ich werde es ihr sagen. Danke, Major Schulze.«

Er stand auf und zitierte Tommy heran. »Soldat, ich verabschiede mich und werde dich morgen Nachmittag zur Kampfübung abholen. Und bis dahin schubst du keine Zivilisten in Tümpel.«

»Ja, Sir.«

»Rühren und Wegtreten.«

Ein Stück vom Glück

Zwei Wochen später ...

Cinderella beugte sich herab und schnürte ihre Turnschuhe fest. Das Wetter schien perfekt für einen Inselausflug, zumal sie ein wichtiges Ziel hatte. Ein Apartment, möbliert und in Strandnähe, das sie sich unbedingt ansehen wollte. Ein Glückstreffer auf Sylt, meinte Major Schulze. Er hatte ihr einen Schnellkurs über abzockende Immobilienmakler erteilt. Am liebsten wäre er mitgegangen, wenn ihm Cinderella nicht versichert hätte, dass es sich beim Vermieter um eine ältere Dame handelt – eine Freundin des Hausmeisters. Der Major blieb dennoch skeptisch. Alte Weiber seien letztendlich die schlimmsten, meinte er und kniff ein Auge zusammen. Wachsamkeit wäre da allerhöchstes Gebot. Und auch Tommy bläute er ein, wo man versteckte Mängel in augenscheinlich intakten Wohnräumen finden konnte. Cinderella versprach ihm, auf alles zu achten. Und sie war fest entschlossen, ihre Zukunft selbst in die Hand zu nehmen. Immerhin lebte sie schon ganze sechzehn Tage auf der Insel. Lange genug, um sich den Gepflogenheiten anzupassen. Also ging sie zum Fahrradverleih, einige Meter vom Hotel entfernt. Die meisten Sylter traten der Umwelt zuliebe in die Pedale. Fünfzehn Euro, inklusive Versicherung pro Tag, klangen für sie nicht gerade wie ein Sonderangebot. Aber wenn es der nette Mann im Rennradtrikot doch sagte, würde es wohl stimmen. Dafür durfte sie wählen und bekam den Kindersattel als Bonus obendrauf. Cinderella entschied sich für ein dunkelviolettes Rad. Ein schönes Teil, wie sie fand. Vielleicht würde sie es eines Tages sogar kaufen. Aber erst einmal musste sie eine Bleibe finden – ein Zuhause für Tommy und sich. Gekonnt flocht sie ihr Haar zu einem Zopf und äugte in den Rückspiegel des Drahtesels. »Na, wie sehe ich aus?«

»Hübsch«, erwiderte Tommy. Er konnte es kaum erwarten, mit seiner Mutter über die Strandpromenade zu radeln. »Ich will, dass du richtig schnell fährst.«

Cinderella schmunzelte. »Renn mal lieber zum Joseph und sag, ich hätte da einen Kindersattel, der ans Rad muss.«

Kurz darauf schlurfte Joseph Möllemann mit Tommy an der Hand heran. Er blickte aufs Fahrrad und nickte, während er den Kindersattel anschraubte. Nachdem er fertig war, trat er einen Schritt zurück und lächelte. »Vill Spaß und joot Wetter«, sagte er in gewohnter Stimmlage, bevor er wieder im Hotel verschwand.

»Danke«, rief Cinderella hinterher. Der eigensinnige Hausmeister stammte aus der Eifel und war ihr mittlerweile ans Herz gewachsen. Mit Schwung stieg sie auf. »Los, Tommy, jetzt du.« Er tat sich schwer. »Mach schon.«

»Ich kann nicht.«

»Doch, Tommy, dort auf die Fußraste treten.«

»Da falle ich runter.«

»Quatsch, du fällst nicht.«

»Doch.«

Eine Kapitulation schien angebracht. Cinderella schwang ihr Bein zurück über die Mittelstange. Für einen Moment bereute sie ihre Entscheidung, ein Herrenfahrrad genommen zu haben. Aber Damenräder gab es nicht zum Sonderpreis. »So, jetzt steig auf. Ich halte fest.«

»Nicht wackeln.«

Sie verdrehte die Augen. *Meine Güte.* Sein Vater hatte mit Fahrrädern auch nie etwas am Hut. Wahrscheinlich konnte der nicht mal fahren. Sie hatte es niemals herausgefunden.

»Ich sitze, Mama.«

»Na endlich. Und lass die Füße auf den Fußrasten.«

»Kann ich klingeln?«

»Von mir aus. Aber nur einmal.«

»Und wenn Leute uns im Wege stehen?«

»Dann auch.«

Die eben noch strahlende Sonne verschwand plötzlich hinter einer dicken Wolkenwand, die wie aus dem Nichts aufgetaucht war. Wind zog auf. »Die Tücken des Meeres«, rief ein Sylter Cinderella zu. Sie war abgestiegen und sah erstaunt zum Himmel. *Nicht an meinem freien Tag,* hoffte sie inständig. Ihr erster Besichtigungstermin stand kurz bevor, und sie hatte keine Lust, patschnass dort aufzutauchen.

»Mama, mir ist kalt«, jammerte Tommy. Er trug nur ein Shirt, dazu kurze Hosen. Viel zu sommerlich für einen bevorstehenden Wolkenbruch. Auch Cinderella war nicht auf Regen eingestellt. Ausgewaschene Jeans und ein Sport-Top waren zwar immer noch mehr, als die meisten auf der Insel trugen, aber dennoch nicht regentauglich. Hilfesuchend blickte sie sich um. Wohin konnte sie mit Rad und Kind fliehen? Das Café gegenüber schien ein angenehmer Aufenthaltsort zu sein. Aber gewiss würde es teuer werden. Der Touristikpunkt, eine überdachte Infowand mit Sitzgelegenheiten, wurde von eine Gruppe Rentnern belagert. Aufgeregt schwatzten sie durcheinander und stocherten mit ihren Walkingstöcken in der Luft herum.

Ich könnte mich dazwischendrängeln, überlegte Cinderella. Doch noch ehe sie sich entschieden hatte, entlud sich die Regenwolke genau über ihr. Die Menschen auf der Promenade rannten ziellos umher, auf der Suche nach einem trockenen Platz. Ebenso drei Jugendliche, die offenbar einmal zu oft an einem Bierglas genippt hatten.

»Der hat gesufft«, rief Tommy und zeigte auf einen der Trunkenbolde, der orientierungslos hinter den anderen zweien her tappte. Der Junge streifte ein Wegeschild, das auf der Promenade stand. Cinderella hatte keine Lust ebenfalls angerempelt zu werden und schob das Rad mit Tommy zum Touristikpunkt. Das Wasser tropfte ihr mittlerweile von der Stirn.

Einige der Rentner traten murrend beiseite, als Cinderella auf sie zusteuerte.

Dreißig Minuten später regnete es immer noch. Der Wind war zum Sturm angewachsen und der Touristikpunkt um ein Liebespaar enger geworden.

»Guck mal, Mama, der Onkel leckt der Tante an den Mund.«

Cinderella versuchte Tommys Neugier zu bremsen und drückte sich zwischen ihn und das knutschende Pärchen. »Quatsch! Die wärmen sich nur.« Tommy versuchte weitere Blicke zu erhaschen. »Der hat einen Ohrring in der Zunge.«

»Hör auf.«

»Wieso hat er den nicht im Ohr, so wie du?«

»Weil er ihn eben nicht verlieren will.«

»Und wenn er den Ohrring verschluckt?«

Cinderella biss sich auf die Lippen, um die Antwort, die ihr auf der Zunge lag, zu unterdrücken. »Gib endlich Ruhe.«

Ein älterer Herr in sportlicher Kleidung grinste. »Ja, so sind sie. Wollen alles wissen in dem Alter.«

Cinderella zwang sich zu einem Lächeln, und Tommy begann zu zittern. »Mama, mir ist immer noch kalt.«

»Okay, Schatz, halt dich fest, ich schiebe dich jetzt schnell da rüber.«

»Ins Café? »Au ja, ich will einen Kakao. Einen ganz hei-ßen mit viel Sahne und bunten Streuseln.«

Das Café war voller Menschen. Cinderella blickte zur Uhr, die in Form einer Kaffeetasse über dem Kuchentresen hing. Noch knapp eine Stunde. Sie fröstelte ebenfalls. Die Tür stand offen, und es zog ihr ins Kreuz. Vielleicht würde ja irgendwann die Bedienung ihre Unterkühlung wahrneh-men und die Tür schließen. Und falls nicht? Sie sprang auf und zwängte sich durch die Stuhlreihen. »Entschuldigen Sie bitte, darf ich vorbei?«

Der Mann, der ihr im Weg saß, ignorierte die Aufforde-rung, Platz zu machen. Cinderella drückte sich dennoch an ihm vorbei. Mit einem Ruck warf sie die Tür ins Schloss. Gerade als sie sich erneut an dem dickbäuchigen Ignoran-ten vorbeiquetschen wollte, ertönte hinter ihr die Stimme der Bedienung. »Verzeihung, aber die Tür muss offen blei-ben.«

»Es zieht wie Hechtsuppe hier«, erwiderte Cinderella.

»Das tut mir leid, aber solange wir Gäste auf der Terrasse haben, muss die Tür offen sein.« Die brünette Serviererin öffnete die Tür wieder und schob zusätzlich ein Kantholz darunter. Cinderella blätterte leicht zornig die Kuchenkarte durch. Wallnusstorte, Zitronenschnittchen … *Was denkt sich diese dumme Kuh?* »Komm, Tommy, wir gehen.«

»Aber ich will erst meinen Kakao.«

»Später, im Hotel.«

»Dann will ich aber keinen mehr.«

»Okay, auch gut.« Cinderella fuhr hoch und stieß dabei ihren Stuhl so heftig nach hinten, dass er gegen den des pausbackigen Ignoranten knallte. Der Mann verschluckte sich und hustete. »Na, hören Sie mal«, beschwerte er sich röchelnd.

Cinderella überhörte seinen Einwand und griff nach Tommys Rucksack. »Los, komm schon.« Murrend folgte er seiner Mutter nach draußen, wo es immer noch stürmte.

Strandpromenade 389 B. Endlich! Cinderella stieg ab und blickte an der restaurierten Fassade noch oben. *Hübsch, wirklich hübsch.* Das Haus glich einem Einfamiliendomizil – zwei Etagen, ein Dachboden, Grünfläche mit Grillplatz. Es passte perfekt in ihr Traumbild. *Ach, könnte Oma Trautchen das nur sehen.* Ein passenderes Zuhause würde sie nicht finden können. Fast wie in Zeitlupe schob sie das Rad über den mit Mosaiken gepflasterten Weg zur Eingangstür. Tommy zitterte noch immer. Seine Lippen hatten inzwischen eine bläuliche Färbung.

»Komm, kleiner Eisprinz, steig ab«, forderte Cinderella ihn auf.

Wortlos gehorchte er. »Hallo, Frau Preußer, hier oben.« Elsbeth Schmiedel winkte aus einem der Fenster. Einzelne Locken ihres ergrauten Haares kringelten sich unter einem rosakarierten Hut hervor. »Kommen Sie hoch. Die Haustür ist offen.«

Mit einem flauen Gefühl im Bauch betrat Cinderella den Flur des luxuriösen Hauses. Das Apartment lag im zweiten Stock. Es roch nach Essen. *Kohlroulade? Krautgulasch? Egal. Ich will hier einziehen!* Sie spürte, dass sie Hunger bekam. *Einen Herd. Ich brauche dringend einen Herd,* ging es ihr durch den Kopf. Einen, auf dem sie riesige Portionen Hausmannskost für wenig Geld zaubern konnte. Diese Gabe hatte sie von Oma Trautchen – aus wenigen Produkten ein gutes Essen zu kochen. Zaubern hatte es ihre Großmutter genannt.

Die hagere Vermieterin lächelte ihr freundlich entgegen. »Wie ich sehe, sind Sie in den Regen geraten.«

»Ja, leider.«

»O je, der Kleine ist ja völlig durchgefroren.«

Zögerlich griff Tommy nach der faltigen Hand der alten Dame. »Und ganz kalte Händchen hat er.« Sie murmelte etwas und verschwand im Apartment. »Ein warmes Bad mit dem richtigen Zusatz wird ihm helfen«, rief sie von drinnen. »Und schließen Sie die Tür hinter sich. Die Rößler von nebenan ist schlimmer als die Presse.«

Minuten später war die Eckbadewanne mit Wasser vollgelaufen. Der Badezusatz duftete nach Thymian. Cinderella mochte dieses Kraut nicht sonderlich. Dennoch genoss sie die Atmosphäre, die vom Badezimmer ausging. Hell, freundlich, mit Waschtisch und Toilette. *Perfekt. Einfach perfekt.* Dieses Bad war vollkommen. Selbst die Seepferdchen, die jede dritte Fliese zierten, gefielen ihr. »Ein schöneres Bad gibt es nicht. Stimmt's, Tommy?«

Ein mürrisches »Weiß nicht« signalisierte seinen Unmut über das bevorstehende Bad. Unsicher griff er nach ihrer Hand. »Muss ich jetzt da drin baden?«

»Frau Schmiedel will doch nur, dass du keinen Schnupfen bekommst.«

»Ich will aber einen Schnupfen bekommen.« Seine Augen wanderten ängstlich umher.

»Ach, Schatz, du musst keine Angst haben. Die Wanne ist so groß, dass du sogar drei Schiffe zum Spielen mit hinein nehmen könntest.«

»Auch Militärschiffe?«

»Klar.«

»Das müssen wir dem Major erzählen.«

»Machen wir, aber vorher musst du Probebaden.«

Elsbeth Schmiedel nickte Cinderella zu. »Ich schau mal, ob ich etwas zum Spielen für ihn finde.« Kurz darauf kam sie mit einer Puppe zurück. »Leider konnte ich keine Militärschiffe finden. Aber dieser kleine Pirat würde gerne mit in die Badewanne.«

Tommy musterte das ausgezogene Puppenkind. »Das ist kein Pirat. Das ist ein Mädchen.«

Frau Schmiedel lachte verlegen. »O je, du hast recht. Eine Piratin.«

»Die braucht aber unbedingt eine Augenklappe, Mama. Und ein gestreiftes Piratenhemd.«

»Bekommt sie, Tommy. Versprochen.«

Bereitwillig ließ er sich ausziehen und stieg ins Wasser. »So, jetzt das Piratenmädchen«, kommandierte er.

Elsbeth Schmiedel stand in der Tür. »Ein aufgeweckter Junge, Ihr Sohn.« Cinderella schmunzelte. »Ja, aber manchmal denke ich, ich schaffe es nicht allein, ihn großzuziehen.«

»Ach, wissen Sie, das geht manchmal wie von selbst. Man wächst mit den Kindern über sich hinaus.«

Durch die geöffnete Tür der Loggia fielen Sonnenstrahlen. Cinderella bestaunte den kleinen Balkon, der den Blick aufs Meer freigab. Ein Panorama, das unbezahlbar erschien. Ein dunkler Gedanke durchkreuzte ihre fröhliche Stimmung. Was, wenn die Miete zu hoch wäre? Wenn sie sich diesen Ausblick nicht leisten könnte? Etwas betrübt wandte sie sich ab.

»Die Küche ist knapp zehn Jahre alt, aber noch völlig intakt.« Elsbeth Schmiedel öffnete die Kühlschranktür. »Und hier haben Sie noch ein kleines Fach für Gefriergut.«

Cinderella nickte. »Ja, die Wohnung wäre wirklich perfekt für mich und Tommy.«

»Das freut mich. Dann steht einem Vertrag ja nichts im Wege.«

Cinderella atmete tief ein. *Gleich wird dieser Traum platzen.* Ihre finanzielle Lage würde es nicht zulassen. Wie auch? Selbst in ihrem neuen Job konnte sie nicht so viel verdienen, dass es für diesen Wohntraum reichte.

»In welcher Höhe beläuft sich die Miete?«, fragte sie bewusst beiläufig, während sie vom Wohnbereich ins Nebenzimmer wechselte.

Elsbeth Schmiedel folgte ihr. »Die Vormieterin …, Gott bewahre ihre gute Seele, hat einen monatlichen Mietzins von achthundertdreiundfünfzig Euro gezahlt.«

»Ah ja.« Tommys Planschgeräusche zügelten Cinderellas Schock ein wenig. *Ich wusste es! Unbezahlbar.* Sie überlegte, wie sie es der netten alten Dame sagen sollte. Und auch ihrem Sohn, der sich mit dem Piratenmädchen hörbar amüsierte. Ihr Blick fiel auf eine altertümliche Nähmaschine. »Ist das etwa eine Singer?«

Elsbeth Schmiedel zuckte zusammen. »Ja, aber ich kann dieses monströse Gerät abholen lassen. Kein Problem.«

»Nein, bloß nicht! Diese Maschine ist beste Handarbeit, nicht zu bezahlen, wissen Sie.« Ehrfürchtig fuhr Cinderella mit ihrer Hand über das in die Jahre gekommene Metall. *Wunderschön. Genauso wie Großmutters Nähmaschine mit Fußtritt.* Das Edelstück fühlte sich kalt an. Sie schloss die Augen und dachte an früher, an ihre Großmutter, wie sie an ihrer Nähmaschine saß. Und plötzlich konnte sie es hören, das Rattern der Nadel, die durch festen Stoff glitt. Zu gerne hatte sie am Fuße von Oma Trautchen gesessen und ihr beim Nähen zugesehen. Manchmal schnell, manchmal langsam wippte der gemusterte Stahltritt hin und her.

»Können Sie etwa nähen?«, unterbrach Elsbeth Schmiedel ihre Erinnerungen.

Cinderella schmunzelte. »Meine Großmutter hat es mir beigebracht, an genauso einer Maschine.«

»Tatsächlich? Das ist heutzutage ein kleines Vermögen wert.«

»Was? Nähen?«

»Ja. Sie glauben gar nicht, was meine Nichte für ihr Brautkleid zahlen musste. Maßgeschneidert und mit Perlen bestückt, hatte es im Nu den Preis eines Kleinwagens erreicht.«

Da war sie, die Chance, auf die Cinderella gehofft hatte. Eine Möglichkeit, ihr Einkommen aufzubessern und sich dieses Apartment leisten zu können. »Denken Sie, ich könnte damit Geld verdienen? Mit Nähen?«

Die grazile Seniorin lachte auf. »Ja, sicher können Sie das.«

»Aber ich kenne niemanden auf Sylt. Weiß nicht, wie ich auf Menschen treffe, die eine Schneiderin suchen.«

»Ach, Kindchen …« Elsbeth Schmiedel stockte. »Verzeihen Sie mir, dass ich Sie so nenne. Aber Sie erinnern mich so sehr an meine Tochter. Ein wahrer Engel mit blonden Locken.« Sie zückte ein besticktes Taschentuch aus ihrer karierten Weste, die farblich perfekt zum Hut passte, und schnäuzte sich. »Wo war ich stehengeblieben? Ach ja, die Kundensuche. Hier auf Sylt liest man den Strandanzeiger. Ein wöchentliches, kostenloses Blatt.«

Interessiert lauschte Cinderella den Worten der liebenswerten Vermieterin. Ihr Herz klopfte freudig bei dem Gedanken, bald wieder nähen zu dürfen. Sie liebte es, eigene Kleidungsstücke zu entwerfen, ihre Ideen darin zu verarbeiten. »Und Sie denken, das klappt?«

»Versuchen Sie es.«

»Wo muss ich hingehen, wenn ich eine Anzeige aufgeben will?«

Elsbeth Schmiedel räusperte sich. »Das, meine Liebe, erkläre ich Ihnen bei einer guten Tasse Tee. Aber vorher sollten wir den kleinen Seeräuber aus den Tiefen des Ozeans bergen.«

Die Wohnung der freundlichen Hausbesitzerin lag im unteren Stockwerk. Cinderella bewunderte ihre Kuckucksuhr, die im Wohnzimmer neben einem rustikalen Sekretär stand. »Wirklich hübsch, diese zapfenförmigen Pendel.«

»Und schwer«, erwiderte Elsbeth Schmiedel aus der Küche heraus. Sie bereitete Tee zu. »Mag der kleine Seeräuber lieber ein Glas Apfelschorle?«

Tommy kniete vor einer Vitrine, in der Modellschiffe standen. Er schüttelte seinen Kopf und zog eine Grimasse. »Igitt, Apfelschorle, nee.«

»Dann auch Tee«, entschied Cinderella für ihn. Tommy, der sich gegen den Beschluss seiner Mutter aufbäumen wollte, bemerkte jedoch ihren vorwurfsvollen Blick und lenkte ein. »Tee schmeckt besser als Apfelwasser. Stimmt's, Mama?«

Cinderella zuckte mit den Schultern. »Weiß nicht.«

»Doch, tut er.«

»Ist eine englische Teemischung. Sehr aromatisch«, erläuterte Elsbeth Schmiedel. In ihren Händen hielt sie ein Tablett. »Für den Fall, dass Sie es mögen, habe ich Zitronenscheiben, Milch und Kandis mitgebracht.« Sie stellte das Tablett ab und setzte sich auf einen der antiken Sessel, die den Wohnbereich schmückten. Cinderella tat es ihr gleich. Gespannt auf das weiterführende Gespräch, legte sie die Hände in den Schoß. Elsbeth Schmiedel goss den Tee aus einer dickbäuchigen Kanne in edle Tassen mit Goldrand. Ähnliche hatte Cinderellas Großmutter in ihrer Schrankwand aufbewahrt. Sammeltassen nannte sie die handbemalten Porzellangefäße, die nur zu ganz besonderen Anlässen herausgeholt wurden. *Und jedes von ihnen hatte ein anderes schreckliches Muster.* Cinderella musste schmunzeln. Einmal hatte Oma Trautchen die Tassen außerhalb der üblichen Zeremonie herausgenommen, um sie zu spülen. Dabei stieß sie versehentlich auf das Geldversteck von Opa Walter, der sein erspartes Papiervermögen klein gefaltet zwischen Tassen und Unterteller geschoben hatte. Sie traute ihren Augen nicht, als plötzlich grüne Scheine im Abwaschwasser schwammen. Entsetzt über Walters Misstrauen, barg sie das Vermögen aus dem Spülwasser und hängte es zum Trocknen auf die Wäscheleine. »Also, dein Opa kommt vielleicht auf Ideen«, hatte sie missmutig gemurmelt, während Cinderella ihr beim Aufhängen der Scheine zusah.

»Ein Stück Zucker?«, fragte Elsbeth Schmiedel und holte sie in die Gegenwart zurück.

Cinderella nickte. »Gerne.«

»Nun, wo waren wir stehengeblieben? Ach ja, der Strandanzeiger.« Sie schüttete Milch in ihren Tee und rührte ihn um. »Bahnhofsgasse 10. Ein auffälliges gelbes Gebäude, das oftmals mit einer Poststelle verwechselt wird.«

»Hier im Ort?«

»Nein, in Westerland. Direkt am Bahnhof.«

»Dort, wo die Taxen stehen?«

»Ja. Gegenüber dem Taxistand.«

Cinderella nahm ihre Tasse und blickte auf den sich auflösenden Kandiswürfel. »Kann man die Anzeige vielleicht auch telefonisch aufgeben?« Der Weg nach Westerland erschien ihr zu weit für eine kurze Annonce.

Elsbeth Schmiedel überlegte. »Ich bin mir nicht sicher. Glaube aber nicht. Am besten, Sie rufen dort mal an und erkundigen sich.«

»Mama?«, mischte sich Tommy ins Gespräch. Er hockte vorm Tisch und lutschte ein Stück Zucker. »Fahren wir da mit dem Fahrrad hin?«

»Wohin?«

»Na, zu dem Anzeigenladen.«

»Wohl eher nicht.« Cinderella kicherte. Die Entfernung

war ihr noch sehr gut in Erinnerung geblieben. »Da nehmen wir besser den Bus.«

»Au ja, Bus ist cool. Kann ich am Fenster sitzen?«

»Klar. Aber vorher muss die Mama noch einiges klären.«

Drei Tassen Tee später hatte sich Cinderella mit Elsbeth Schmiedel auf einen Einzugstermin geeinigt. Die nette alte Dame war ihr um einiges an Mietzins entgegengekommen. »Tausend Dank, Frau Schmiedel. Ich kann es noch gar nicht glauben.«

»Nichts zu danken. Die Freude ist ganz auf meiner Seite. Eine verantwortungsbewusste Mieterin zu finden ist ja heutzutage nicht mehr so einfach.«

»Und die Kaution? Kann ich die vielleicht in Raten irgendwie …«

»Nun machen Sie sich da mal keine Sorgen«, unterbrach Elsbeth Schmiedel. »Die können Sie zahlen, wie es Ihnen möglich ist. Oder aber …« Sie goss den restlichen Inhalt der Teekanne in Cinderellas Tasse. »Ach was, dafür haben Sie gewiss keine Zeit.«

»Danke. Wofür soll ich keine Zeit haben?«

»Ach je. Ich dachte da an ein Kleid für meine Tochter, etwas ganz Besonderes. Aber das würde bestimmt zu viel Aufwand bedeuten.«

»Aber nein! Bitte erzählen Sie doch mehr davon.« Cinderella griff nach den gealterten Händen von Elsbeth Schmiedel, die zittrig auf dem Tisch ruhten. »Ich bin genau die Richtige für besondere Kleider.«

Ein kurzes Lächeln huschte über die runzeligen Wangen der Vermieterin. »Ein langes weißes Kleid mit Schleppe. Aus purer Seide, verziert mit Spitze von feinster Qualität. Und es soll bestückt sein mit Perlen und edlem Gestein.«

»Ein Prinzessinnenkleid«, entfuhr es Cinderella.

»Ja, Kindchen. Ein ganz besonderes eben.« In den Augen von Elsbeth Schmiedel sammelten sich Tränen. »Aber dieses Kleid existiert nur in meinem Kopf. Ein Hirngespinst also.«

»Nein! Ganz und gar nicht.« Auch Cinderella kämpfte nun mit Tränen, wie sie die alte Frau so ansah. »Es existiert auch in meinem Kopf. Und wenn Sie erlauben, dann nähe ich dieses wundervolle Kleid.«

»Denken Sie wirklich …?«

»Ja!«

»Was soll ich sagen? Sie haben mich überzeugt.«

»Das freut mich. Ihre Tochter wird bildhübsch darin aussehen.«

Elsbeth Schmiedel erhob sich. »Ich werde Sie noch begleiten. Muss sowieso den Plastikabfall hinausbringen.«

»Aber den kann ich doch mitnehmen«, bot Cinderella an.

»Sie haben schon genug Arbeit, so alleine mit Kind. Außerdem kann ich Ihnen dabei gleich mal den Fahrradkeller zeigen.«

Auf vergangenen Spuren

Die Tage, an denen es wieder galt, ohne Pause durchzuarbeiten, rückten näher. Schon bald würde Inge Lohmann aus ihrem Urlaub zurückkehren. Cinderella wrang das Putztuch aus und wischte über die Bettkante von Zimmer 307. Noch zwei Tage, dann hatte sie Abstand – vom Hotel und der gefürchteten Miss Marple. Ihre Gedanken kreisten um das Apartment. Zwei Zimmer, offene Küche und Luxusbad. Sie konnte es immer noch nicht glauben.

»Kneif mich mal«, forderte sie ihre Kollegin Merle auf, die eben mit Staubsaugen fertig geworden war. Mit ihr war die Arbeit wesentlich entspannter als mit Inge Lohmann.

»Was?«

»Du sollst mich kneifen.«

»Weshalb?«

»Ach, Merle, ich kann das alles nicht glauben. Diese Wohnung … Also kneif mich.«

Merle Rosch kicherte verlegen. »Soll ich wirklich?« Behutsam kniff sie Cinderella in den Oberarm. »Und? Glaubst du es jetzt?«

»Ich weiß nicht. Es ist alles so unglaublich schön.«

»Und du willst dann auch noch Kleider nähen?«

Ja, das muss ich. Ich will Tommy doch was bieten können, ihm ein Fahrrad zu Weihnachten schenken.«

Merle Rosch schüttelte den Kopf. »Du bist verrückt. Noch nebenbei arbeiten …«

»Ich schaffe das.«

»Wann ziehst du um?«

»Übermorgen, wenn ich frei habe …«

»… und die Lohmann noch diktatorischer als zuvor wiederkommt«, prophezeite Merle.

»Erinnere mich bloß daran nicht.« Cinderella griff den Papierkorb unterhalb des Schreibtisches und blickte hinein. »Hm …, zerrissene Kontoauszüge, ein Pralinenkarton … Wer das wohl hier hineingeworfen hat?«

Merle lachte. »Fang du nicht auch noch damit an. Das Lohmann-Syndrom ist eine ernst zu nehmende Erkrankung.«

Cinderella wurde plötzlich trübsinnig. Sie starrte in den Eimer in ihrer Hand. *Verdammt; mein Girokonto. Das habe ich ja komplett vergessen.* »He, was ist los? Hast du einen Geist gesehen?«, witzelte Merle.

»Mein Konto … ich muss da was klären … Am besten sofort.«

Cinderella klopfte gegen die Tür des Personalbüros und öffnete sie einen Spalt. Gabriele Meinert winkte sie herein. »Kann ich Ihnen helfen?«

»Ich …«, begann Cinderella, wurde jedoch vom Klingeln des Telefons unterbrochen.

Die Personalleiterin griff nach dem Hörer.

»Burghotel Sylter Sand, Meinert am Apparat.« Cinderella setzte sich ihr gegenüber. »Hm …, verstehe Herr Wegener. Ich werde mich umgehend darum kümmern«, versicherte Gabriele Meinert ihrem Gesprächspartner, während sie zur Kaffeekanne deutete. Cinderella folgte der Aufforderung, stand auf und nahm sich eine Tasse. »Der Boss«, flüsterte sie. Cinderella nickte ihr zu und setzte sich erneut.

»Ja, kein Problem. Sie haben morgen früh alles auf Ihrem Schreibtisch«, fuhr Gabriele Meinert leicht genervt fort. Dann legte sie auf, blickte zur Uhr und verzog das Gesicht.

»Na super. Ausgerechnet heute«, fluchte sie. »Ist noch ein Kaffee drin? Den brauche ich jetzt dringend.«

Nachdem die adrette Leiterin ihren Unmut über die unverhofften Überstunden mit einem lauwarmen Kaffee heruntergespült hatte, wandte sie sich Cinderella zu. »So, was haben Sie auf dem Herzen?«

»Ich habe eine Bitte. Mein Gehalt … Könnte das eventuell in bar ausgezahlt werden? Ich meine nur für diesen Monat. Bis ich alles geklärt habe.«

»Soweit ich mich erinnere, haben Sie ein Girokonto angegeben.«

»Ja, aber das ist vorläufig …, wie soll ich sagen … eben gesperrt.«

Gabriela Meinert schlug ein Bein über das andere. »So, gesperrt also.«

»Nicht, was Sie denken«, versuchte Cinderella das augenscheinliche Problem zu mildern. »Ist quasi nur eine Kleinigkeit. Und bis ich das geklärt habe, dachte ich …«

»Schon gut. Geht klar.«

»Danke. Vielen Dank.«

»Sonst noch etwas?«

»Nein. Oder doch. Die Essenmarken für diesen Monat. Kann ich die später bezahlen?«

»Geht in Ordnung. Ich mache einen Vermerk.«

»Ich weiß gar nicht, wie ich Ihnen danken soll.«

»Diese Kleinigkeit, von der Sie sprachen, trägt die zufällig die Vorsilbe Ex?«

Cinderella nickte verschämt. »Ja. Irgendwie schon.«

Die Personalleiterin lächelte. »Sie bekommen das schon hin.«

»Denken Sie?«

»Ja. Sie sind stärker, als Sie glauben. Ich drücke Ihnen und dem Kleinen die Daumen.«

Nach Schichtende huschte Cinderella über den Flur. Heute war sie überpünktlich. Genug Zeit, um ihren alten Vermieter anzurufen und ihrer besten Freundin Jule auf den Anrufbeantworter zu sprechen. Gewiss war Jule noch arbeiten, so wie immer um diese Zeit. Ein wenig graute Cinderella vor dem Telefonat mit Herrn Slowalski. Nicht von ungefähr war der Bauunternehmer aus Halle gefürchtet. Keiner legte sich freiwillig mit dem Mann an, der eine ganze Plattenbausiedlung aufgekauft und vor dem Verfall bewahrt hatte. Und was nutzte es Cinderella, davonzulaufen, wenn die Vergangenheit sie doch irgendwann einholen würde. Tapfer schritt sie zum Empfang. »Darf ich kurz das Telefon benutzen?«

»Frau Preußer, nicht wahr?«, fragte die charmante Blondine vom Empfang. Cinderella bejahte. »Wie ich gehört habe, arbeiten Sie jetzt hier im Hotel.«

»Ja. Über zwei Wochen schon.«

»Und? Gut eingearbeitet?«

»Ich denke schon. Kann ich jetzt mal das Telefon …«

»Aber selbstverständlich, Moment.« Die Frau stellte den Apparat auf den Tresen und schob ihn rüber. »Ach, ich bin übrigens Saskia Fritzler.«

»Cinderella Preußer.«

»Cinderella, wie das Aschenputtel?«

Cinderella senkte nickend ihren Blick. Sie tippte die Nummer von Slowalski ein und drehte sich etwas vom Tresen ab. Es tutete in der Leitung, ohne dass jemand abnahm. Ihr Herz pochte wie wild, während sie sich schon die passenden Worte zurechtlegte.

»Hallo?«, ertönte endlich eine krächzende Stimme.

O je, Mutter Slowalski. Sie war mindestens achtzig und hatte ihr Hörgerät ständig auf Sparmodus. »Ja, hallo. Hier ist Preußer, die Cinderella von ganz oben.«

»Wer ist da?«

»Cinderella.«

»Ach Gott, Marella. Die esse ich seit der Wende nicht mehr. Gibt's die denn noch?«

»Nein. Die Cindy Preußer.«

»Ach so, Cindy Preußer.«

»Ja.«

»Tut mir leid, die ist verschwunden.«

»Nein, Frau Slowalski, ich bin Cindy Preußer.«

»Ich weiß nicht wohin.«

»Okay, ich ruf später nochmal an.« Enttäuscht legte Cinderella auf. Außer der zufälligen Information, dass Hannelore Slowalski vor dem Mauerfall Delikatess-Margarine bevorzugt hatte, würden weitere Fragen ebenso wenig Sinn haben, wie Spreewaldgurken an der Saale anzubauen. Erneut tippte sie auf den Tasten des Telefons herum. *Na komm schon blöder* AB, *geh dran.* Aber stattdessen brüllte Jule in den Hörer. »Ja, verdammt, was ist?«

Cinderella stockte für einen Moment. »Äh ..., ich bin es.«

»Cindy, du?«

»Ja.«

»Ich dachte, Jürgen wär's ... Sag mal, wo steckst du? Hier ist die Hölle los.«

»Ich bin auf Sylt.«

»Echt? Auf der Promi-Insel? Du hast Nerven, jetzt Urlaub zu machen, wo doch Slowalski hier Sturm läuft. »

»Ich bin abgehauen, mit Tommy und ein paar Taschen.« Sekunden der Stille folgten. »Jule, bist du noch dran?«

»Du haust ab, ohne mir was zu sagen?«

»Ach, Jule, ich wollte dich nicht mit meinen Problemen belasten.«

»Was? Spinnst du! Seit wann haben wir Geheimnisse voreinander?«

Cinderella schluckte den Kloß herunter, der wie aus dem Nichts plötzlich in ihrem Rachen steckte. »Seit Jürgen?«

Jule stieß einen schrillen Schrei aus. »Dieser Typ ist nicht nur Obersülze, sondern entpuppt sich auch noch als Unsympath aller Frauen.«

»Was heißt Obersülze? Habt ihr gestritten?«

»Gestritten? Nein! Rausgeworfen habe ich die Laberbacke. Aber das ist Schnee von vorgestern. Erzähl lieber, wann du wiederkommst.«

»Ich komme nicht zurück. Ich bleibe auf der Insel. Für immer, Jule.«

»Menschenskind, wach auf. Was willst du da?«

»Ich habe einen Job und eine Wohnung für mich und Tommy.« Erneutes Schweigen. »Jule, was ist? Bist du umgefallen?«

»Sehr witzig. Nein, schockiert. Wie konntest du nur ...«

»Was? Ein besseres Leben anfangen?«, fiel Cinderella ihr ins Wort. Sie hatte Jule unendlich gerne, aber deren Bevormundung wollte sie auch nicht länger hinnehmen.

»Das meine ich nicht.«

»Was meinst du dann?«

»Na einfach abzuhauen, ohne jegliche Vorwarnung.«

»Und was sollte ich deiner Meinung nach tun? Mir eine Fahne ins Haar stecken, wo drauf steht: Ich hau ab?

»Quatsch! Aber reden hättest du doch können. Mit mir, Mike oder deiner Mutter.«

»Stiefmutter.«

»Ist doch egal.«

»Keinesfalls, Jule. Nicht für mich.«

»Dann eben Stiefmutter. Hier geht's ums Reden, Kommunikation, Cindy.«

»Ja, Jule, aber es ging nicht. Du warst auf Wolke Sieben,

Mike war durchgebrannt, und Stiefmütterchen … Ach lassen wir das lieber.«

»Durchgebrannt? Mit wem?«

»Mit Sandra.«

»Was? Mit deiner Schwester?«

»Stiefschwester, Jule.«

»Mensch, Cindy, das tut mir leid. Wenn ich gewusst hätte … Dieses verfluchte Arschloch! Und ich gebe dem noch meine letzten zweihundert Euro.«

»Was hast du?«

»Na, ich habe ihm Geld für die Suchaktion geliehen.«

»Suchaktion?«

»Ja, Mike wollte euch suchen. Ihr wart plötzlich verschwunden. Und er sah so fertig aus, so völlig am Ende.«

»Ach, Jule, du bist unglaublich.«

»Was? Unglaublich dumm?«

»Nein. Unglaublich süß.«

Jule lachte auf. »Ich bin so froh, dass es euch gut geht.«

»Ja, der Traum hat sich erfüllt.«

»Und ich habe wohl jetzt ein neues Urlaubsziel.«

»Ja. Das hast du.«

Saskia Fritzler strahlte. Der gutaussehende Gast am Tresen schien etwas Besonderes zu sein. »Aber natürlich«, erklärte sie übertrieben heiter. Dabei spielte sie mit ihren Fingern an einer herabhängenden Haarlocke. Den Kugelschreiber hatte sie geschickt zwischen ihre auffällig weißen Beißerchen platziert.

Jule am anderen Ende der Leitung plauderte unterdessen weiter. Nicht das kleinste Detail ließ sie aus. Cinderella warf ab und an ein »Aha« ein. Ihr Blick wanderte zur Uhr. *Was? Schon zehn nach sechs?* »Sorry, Jule, aber ich muss Schluss machen.«

»Okay. Und melde dich ja bald wieder, hörst du? Und grüß Tommy von mir.«

»Tue ich. Ach Jule, weißt du, wann ich Slowalski errei-
che?«

»Keine Ahnung. Der renoviert, soweit ich informiert
bin, die Wohnung von den Suizid-Brüdern. Soll wohl
schlimm ausgesehen haben.«

»Sag ihm bitte, dass ich mich melde. Und dass ich die
Mietschulden irgendwie abzahle.«

Prinzen verboten

Die Sonne spiegelte sich in den morgendlichen Wellen der Nordsee. Cinderella stand am geöffneten Stubenfenster ihres Apartments und spähte aufs Meer hinaus. Der Wind säuselte leise. Er umspielte die herabhängenden Zweige einer Trauerweide, die im Vorgarten stand. Die rankenähnlichen Äste schaukelten hin und her. *Ein Traum,* dachte Cinderella. Einer, der Realität geworden war. Sie atmete tief durch. Der Geschmack des Meeres legte sich auf ihre Zunge – eine Mischung aus Salz und Abenteuer.

»Mama?«, rief Tommy gähnend aus dem Nebenzimmer.

»Ich bin hier.« Sie schloss das Fenster und zog die Gardine davor. »Steh auf! Es gibt zur Feier des Tages ein Powerfrühstück.«

»Mit Eiern?«

»Drei besonders großen.«

»Au ja. Und Speck.«

»Klar, Speck ist ein Muss.«

»Mit Krabben?«

Cinderella verdrehte die Augen. »Tommy, hör auf und zieh dich lieber an.«

Ein hübsch gedeckter Frühstückstisch – wie lange hatte sich Cinderella das gewünscht! Tommy saß ihr gegenüber. Mit einer Kindergabel stocherte er im Leberkäse herum. »Das da mag ich nicht.«

»Ist lecker, probier mal.«

»Nee. Käse ist bäh.«

»Das ist Wurst.«

»Und wieso heißt sie dann Käse?«

Cinderella kratzte sich am Kopf. »Hm, gute Frage.«

»Bestimmt ist da Käse drin«, mutmaßte Tommy.

»Glaube ich nicht. Koste mal. Schmeckt nur nach Wurst.«

Tommy verzog das Gesicht. »Pfui.« Er begann die gebratenen Leberkäsestücke zum Rand des Tellers zu schieben.

»Du hättest Leberkrabben reintun sollen.«

»Leberkrabben?«

»Ja. Leberwurst mit Krabben.«

»So etwas gibt's nicht, Tommy.«

»Dann musst du das den Wurstmachern mal sagen.«

Cinderella schmunzelte. Genauso sollte es immer sein. Ein gemeinsames Frühstück mit Tommy, in einem schönen Zuhause. Sie nippte an ihrem Tee, lehnte sich zurück und genoss den Anblick ihres Sohnes, der immer noch mit dem Aussortieren von Leberkäse beschäftigt war. *Mike würde staunen,* dachte sie voller Stolz. *Aber er würde es nicht zu schätzen wissen.* Nicht so, wie sie es tat. Ein Hauch Wehmut überkam sie. Und sie fragte sich, was wohl aus seiner neuen Liebschaft geworden war. Letztendlich spielte es aber keine Rolle mehr. Nicht für sie. Weder Mike noch ein anderer Mann würden ihr jemals wieder nahekommen. Ein lustiger Gedanke huschte durch ihren Kopf. *Männerfreie Zone.*

»Ich brauche ein Bild, Tommy. Eines von einem Prinzen. Kannst du das malen?«

»Mit einer Krone, wie der Prinz in meinem Malbuch?«

»Ja, genau.«

»Mache ich, Mama. Einen ganz großen.«

Cinderella lächelte. Ein ganz großer Prinz war ideal und genau das, was sie benötigte. Sie würde den Adelsmann durchstreichen, mit roten Buchstaben »Prinzen verboten« darunter schreiben und das Bild an die Eingangstür hängen.

Drei Stunden später hatte Cinderella die letzte Reisetasche ausgepackt. Ihr Hab und Gut war regelrecht in der Vielzahl der Schränke verschwunden. Nun endlich hatte sie genug Platz für neue und modernere Sachen. *Ich kaufe mir ein Basecap und veredle es mit bunten Knöpfen. Oder ich nähe gefranste Spitze auf. Hm …* Der Ohrenwecker schlug Alarm und beendete ihre Überlegungen. Zeit für einen Ausflug zur Bank. Sie faltete die erste Lohnabrechnung vom Hotel und steckte sie ein. Keinesfalls wollte sie mit leeren Händen beim Filialleiter vorsprechen. *Ausweis, Anmeldung, Lohnabrechnung, okay.*

»Bist du fertig, Tommy?«

»Fast.«

»Nun mach schon. Ich will pünktlich sein. Was tust du noch?«

»Nichts.«

Cinderella stutzte. Als Mutter wusste sie nur zu gut, dass »nichts« zumeist ganz und gar nichts Gutes verhieß. Sie schlich ins Kinderzimmer und blickte sich um. »Tommy? Wo bist du?«

Keine Reaktion. »Tommy! Jetzt hör auf, dich zu verstecken, und komm raus.«

Ein leises »Hier drüben« ertönte vom Bett.

Cinderella bemerkte eine eigenartige Bewegung auf dem Bett und blickte genauer hin. »Hast du sie noch alle!«, entfuhr es ihr. Tommy lag regungslos auf der getigerten Tagesdecke seines Bettes und grinste. Seinen Körper inklusive Unterhose hatte er komplett in den Farben des Deckenmusters bemalt. »Cool was, Mama?«

»Cool? Du wäschst dir sofort die Farbe ab, aber schnell. Ich glaub das alles nicht …« Cinderella zeigte zur Tür. »Aber ganz schnell! Wie kommst du nur auf solchen Blödsinn?«

Tommy rannte an ihr vorbei ins Bad. »Chamäleon-Taktik muss immer geübt werden, hat der Major gesagt.«

Vielen Dank, Major Schulze! Cinderellas Wut schwächte sich beim Gedanken an den liebenswerten Ruheständler ab. Sie ließ Wasser in die Badewanne ein und hob Tommy über den Wannenrand. »Du und der Major, ihr kommt vielleicht auf Sachen.«

»Nee, Mama, Tarnung ist keine Sache, sondern Kriegstaktik.«

»Sei still und tauch mal lieber ab.« Cinderella schüttete eine extra Portion Schaumbad hinein. *Wenn das nichts nützt, hilft nur noch Linda Neutral.* Damit hatte Oma Trautchen sogar Grasflecke aus verkrusteten Kniewunden geschrubbt. Das Wasser färbte sich zu Tommys Glück hellorange. Somit war er der legendären Trautchen-Scheuerkur entgangen.

Cinderella hing über dem Rand und bürstete die letzten Farbreste von seinen Zehen. Mit schaumbedeckten Händen strich sie ihre im Wasser hängenden Haarsträhnen zurück. Ausgerechnet heute trug sie das Haar offen. Eine Frisur, mit der wohl nur Mütter aus der Fernsehwerbung allen Familienkatastrophen gewachsen waren.

Mittlerweile war es Viertel vor zehn, und der Termin bei der Bank so gut wie in die Binsen gegangen. Vielleicht hätte sie Tommy doch zum Kindergarten bringen sollen? Es musste doch möglich sein, Kind und Leben unter einen Hut zu bringen. Kraftlos sackte sie zusammen. Aber wie? Strenger sein? Cinderella war sich nicht sicher, welche Erziehungsmethode die Richtige war. Sie wusste nur eines: Ohne Girokonto und Geldkarte ging fast nichts mehr im Leben. Erst recht nicht auf Sylt.

Zwanzig Minuten später hetzte Cinderella im Eilschritt über die asphaltierte Straße, die zur Bank führte. Tommy zerrte sie hinter sich her. »Au, meine Hand. Ich kann nicht so schnell.«

»Wer sich tarnen kann, der muss auch den Laufschritt beherrschen.«

»Aber nicht im Krieg«, japste Tommy völlig außer Atem. »Das verursacht Schwingungen im Boden, sagt der Major.«

»Prima. Dann weiß die Bank also, dass wir im Anmarsch sind.«

»Wenn die so ein komisches Schwingungsmessdingsda haben, schon.«

Noch fünfzig Meter, schätzte Cinderella. Dann konnte sie sich in einen der gewiss superbequemen Sessel sinken lassen.

Tommy blieb abrupt stehen. »Ich will nicht mehr.«

»Kommt gar nicht in Frage, los.« Sie riss an seinem Arm, aber er blieb stur wie ein Esel. Links die Bank, rechts ein lahmendes Anhängsel. Cinderella musste sich entscheiden. Sie gab seinen Arm frei. »Okay, dann bleib stehen.«

»Was?« Er starrte sie ungläubig an.

»Ja, bleib hier. Ich geh ohne dich.« Sie lief los.

»Mama, warte.« Tommy setzte sich ebenfalls in Bewegung und folgte ihr.

Der lichtdurchflutete Saal der Sylter Bank blendete sie im ersten Moment. Cinderella verlangsamte ihre Schritte. Ihre Augen wanderten instinktiv zu einem Sicherheitsbeamten, der sie argwöhnisch fixierte.

»Fass mich an, Tommy«, flüsterte sie.

»Warum?«

»Weil das hier eine Bank ist und kein Spielplatz.«

»Aber da drüben steht ein Schaukelpferd«, meinte er altklug.

»Und links daneben ein Mann mit Knarre. Siehst du ihn? Er bewacht das Pferd«, zischte Cinderella zurück.

Tommy fasste zögerlich nach der Hand seiner Mutter. »Schießt der damit auch?«

»Klar.«

»Auch auf kleine Jungs?«

»Nein, natürlich nicht.«

Tommy lockerte seinen Handgriff. »Siehste. Also kann ich ja doch …«

»Aber auf Jungs, die nicht auf ihre Mamas hören«, unterbrach sie ihn.

Er blickte skeptisch zum Wachmann. »Wirklich?« Seine Finger tasteten hastig nach der schützenden Hand seiner Mutter. Erfreut über den kleinen Sieg, steuerte sie auf einen der Schalter zu. »Guten Tag. Ich hatte für heute um zehn Uhr einen Termin bei Herrn Dornbusch.« Die Bankangestellte ließ ihren Blick zur Uhr gleiten. »Tut mir leid, Herr Dornbusch ist im Gespräch. Sie können aber auch anrufen, um einen neuen Termin zu vereinbaren.« Sie schob eine Visitenkarte zu Cinderella.

»Nein! Ich will nicht anrufen. Ich brauche ein Girokonto.«

Die brünette Angestellte zuckte mit ihren Schultern. »Diese Vorgänge bearbeiten Herr Dornbusch oder Herr Finsterländer. Und dafür brauchen sie einen Termin.« Sie tippte mit ihrem Zeigefinger auf die Karte. »Rufen Sie einfach morgen früh an.«

»Hören Sie, es ist wichtig. Kann ich nicht warten, bis Herr Dornbusch oder Herr Finsterländer Zeit haben?«

»Tut mir leid. Ohne Termin geht das nicht.«

»Und wenn Sie mir einen …« Cinderella blickte zur Uhr. »… für elf Uhr geben?«

»Heute?«, fragte die Bänkerin fast schon etwas entrüstet.

»Bitte. Ich brauche dieses Konto.«

Zwischenzeitlich hatte sich hinter Cinderella eine Menschenschlange gebildet. Einige der Wartenden begannen ungeduldig zu tuscheln. Die Dame vom Schalter wurde ebenfalls nervös. »Ich kann Ihnen wirklich nicht helfen.« Sie streckte sich rechts an Cinderella vorbei. »Es geht sofort weiter«, besänftigte sie die gereizte Kundschaft. »Das will ich auch hoffen«, motzte ein Anzugträger zurück.

»Und wenn ich später wiederkomme? Gegen Mittag?«

»Ich habe auf die Terminabsprachen leider keinen Einfluss. Es tut mir leid.«

»Aber ...«

»Auf Wiedersehen.«

Eine dickliche Dame schob sich an Cinderella vorbei zum Schalter. Ihre kleinen listigen Augen stierten sie unfreundlich an. »Touristenpack«, giftete sie Cinderella hinterher.

Ihren zweiten freien Tag als offizielle Sylterin hatte sich Cinderella anders vorgestellt. *Touristenpack!* Diese Gemeinheit klang immer noch nach. Tommy starrte sie erwartungsvoll an. In seinen Augen spiegelte sich die Sehnsucht nach etwas Besonderen, wie dem Ritt auf der Banane. Er hatte diesen Freizeitspaß im Katalog entdeckt und begeistert mit seinen schokoladenbeklebten Fingern draufgetippt. Das da will ich auch mal machen, hatte er damals gesagt. Ach ja, damals. Damals gab es noch Mike und den Plan der zukünftigen Familie Preußer. Heiraten wollte er, gleich nach der Geburt von Tommy. Aber es kam anders, wie so oft im Leben. Mal war das Geld zu knapp, mal die Zeit ungünstig. Meist aber war es das sprunghafte Hin und Her, das Mike zu einem der unzuverlässigsten Väter der Welt machte. Ein ständiges Auf und Ab, bis später die Affären hinzukamen. Cinderella seufzte. Sie hatte ihn geliebt. Ja, das hatte sie wahrlich. Und sie hatte ihm immer wieder verziehen. Doch dann kam der große Krach – das Aus und Ende ihrer einzigen Liebe. *Wie konnte er ausgerechnet mit Sandra durchbrennen? Mit Sandra!* Cinderella verzerrte ihr Gesicht, als würde sie sich furchtbar ekeln. *Mit dieser bescheuerten Kuh Sandra, dem Flittchen der Nation.* Schlimm genug ihre Stiefschwester zu sein. Aber Mike und Sandra? Nein! Das war zu viel.

Sie blickte zu Tommy, der pantomimische Verrenkungen machte. »Was tust du?«

»Ich habe meinen Oldtimer eingeparkt.«

»Aha.«

»Ein Ami, mit ohne Dach.«

»Du fährst einen Ami?«

»Ja, klar. Ein Cabrioleoleole.«

Cinderella lachte. »Ein was?«

»Na ein Oben-ohne-Auto.«

»Weißt du was? Wir gehen jetzt zum Strand und suchen uns eine riesige Luftbanane, auf der wir durchs Wasser rasen können.«

»Au ja.« Tommy klatschte in die Hände. »Und danach hängen wir unsere Sachen zum Trocknen an einen Stock. Genauso wie die Pfadfinder.« *Stopp, falsche Klamotten.* Cinderella blickte an sich herab. Baumwollbluse, Business-Hose und Schuhwerk mit renntauglichen Absätzen waren nicht gerade die Highlights der Strandsaison. Tommy hingegen trug kurze Shorts, Niki und Sandalen. Er sah wesentlich wassergeeigneter aus. *Egal. Hose hoch, Schuhe aus und Knoten in die Bluse.* »Los, Tommy. Auf zum Strand.«

Der südländische Charmeur von der Surfschule lächelte. »Zwei Plätze wären noch frei. Aber …« Er stockte. Sein Blick glitt zweifelnd an Cinderellas Körper herab. »… mit den Klamotten? Bikini ist angesagt auf Bananen-Tour. Den haben sie wohl nicht zufällig drunter?«

Sie schluckte schwer. *Klar, Süßer, einen verdammt heißen sogar. Den trage ich immer bei Bankgeschäften darunter, für den Fall, dass ich einen Abstecher zum Meer mache. Und meine wasserfeste Kredit-Card steckt natürlich fest im Badehöschen. Wenn du mal so freundlich wärst, ich habe gerade ganz verschwitzte Hände.*

»Nein, habe ich nicht. Aber ich könnte mir vielleicht eines dieser Tücher da umwickeln.«

Er blickte sich um. »Einen Pareo?«

»Ja. Dieses dort, mit den hübschen Blumen.«

»Nee, Mama.« Tommy zerrte an ihrem Blusenärmel. »Das dort drüben, mit den Krabbentieren.«

Mit Krabben? Das ist wohl ein Scherz? Entsetzt schüttelte sie den Kopf. »Kommt nicht in Frage. Dann reitest du eher alleine auf der Banane. Aber ich werde keinen Krabben-Pareo tragen!«

Tommy überlegte. »Hm … Na gut, dann kauf den mit Blumen.«

Der Aufstieg auf die luftgefüllte Riesenbanane war wackelig. Cinderella hatte sich kurzerhand von ihrer Hose und Bluse getrennt und den Pareo an einem der Träger ihres Sport-BHs befestigt. Die knallige Rettungsweste verlieh ihrem Outfit eine besondere Note. *Immer noch besser als die Dame im giftgrünen Badeanzug,* munterte sich Cinderella auf. Die speckigen Hüftenringe der Bananen-Tour-Konkurrentin taten sich wie übergigantisch große Donuts unter dem elastischen Stoff hervor. In ihrer orangefarbenen Schwimmweste wirkte sie wie ein eingefärbter Marshmallow auf zwei wabbeligen Beinen. Dennoch hatte sie genug Selbstbewusstsein, um über andere Bananen-Mitfahrerinnen zu lästern. »Guck dir die mal an«, meinte sie zu ihrem ebenfalls gut beleibten Anhängsel. Der Mann kicherte, verschluckte sich und bekam einen Hustenanfall. *Hat der etwa einen Brillanten im Ohr?* Irgendwas funkelte oberhalb der Stelle, an der eigentlich sein Hals sein sollte. Cinderella fixierte den Vordermann ihres Sohnes. Doch bevor sie den Edelstein ausmachen konnte, ruckte die Banane an.

Fröhlich gestimmt schloss Cinderella die Tür zum Apartment auf. Ihr Haar hing strähnig herab. Alles war nass vom höllischen Bananenritt und sandig vom missglückten Trocknungsversuch am Strand. Egal, Tommy strahlte übers Gesicht.

»Hast du das gesehen, Mama? Platsch, da lag sie drin.« Und ob Cinderella das gesehen hatte. Wie ein aufgedunsener Kugelfisch in Abwehrstellung wippte die dicke Klatschtante bei jeder Welle auf und ab. Tommy kreischte vor Entzücken. »Und dann kam das Schlauchboot mit den Männern, die der Tante helfen wollten.«

»Und wenn die Tante nicht so dick gewesen wäre, hätte das auch funktioniert«, erläuterte Cinderella. »Ein ganzes Boot umzukippen ist schon eine gelungene Vorstellung.« Wahrlich eine außergewöhnliche Showeinlage, die jeden Cent wert gewesen war. Sie ließ sich aufs Sofa fallen. *Was für ein Tag!* Zwar hatte sie immer noch kein Girokonto, aber dafür eine Menge Spaß gehabt. Sie zog ihre Beine an und schlang die Arme darum. Sand rieselte von ihren Schenkeln herab.

Tommy hockte sich davor. »Mama, das müssen wir öfter machen.«

»Bananenreiten?«

»Ja. Oder in der Luft fliegen, mit diesen kunterbunten Schirmen.«

Paragliding? »Vielleicht können wir uns aufs Wasser beschränken und lieber schnorcheln gehen?«

»Au prima. Dann finden wir bestimmt auch das Krabbenlokal.«

Super! Ein Tauchausflug ins Meeresrestaurant. »Und was sollen wir da?«

»Na, Krabbenburger bei Neptuns Frau bestellen.«

Cinderella kicherte. »Neptun hat 'ne Frau?«

»Logo, Mama. Sonst gäbe es nicht so viele Meerjungfrauen. Das sind doch alles Kinder von denen.«

Cinderella spürte schmerzhaft jeden Muskel ihres Körpers, aber auch die Kraft, die in ihr steckte. Gleich morgen würde sie einen neuen Termin bei der Bank vereinbaren und auch die anderen Probleme in Angriff nehmen, obwohl diese ihr immer noch unlösbar erschienen.

Nichts als Sorgen

Sechs Wochen danach ... Die letzten Tage des Sommers erwiesen sich als wahre Sorgenzeit. Cinderella hatte zwar endlich ihr Giro-Konto, dafür aber mit einem endlos klaffenden Minus darauf. Zweihundert Euro monatlich für Slowalski, ein wahrhaftig schlechter Deal. Hinzu kamen die Fixkosten fürs neue Heim sowie Ausgaben für Näharbeiten. Wenigstens hatte die Annonce Erfolg gebracht und ihr Kundinnen beschert, die sich gerne mit maßgeschneiderten Kleidern schmückten. Ein kleiner Sieg, der jedoch schnell vergessen war. Major Schulze hatte sich bis zur nächsten Sommersaison verabschiedet, worauf Tommy wenig begeistert reagierte. Der Major und die kriegerischen Übungsstunden fehlten ihm, zumal er noch keine Freunde gefunden hatte. Seine Trauer schlug in Wutausbrüche um, und er rebellierte, wann immer er konnte. Eine Phase, an der Cinderella zu zerbrechen drohte.

»Hör auf, Tommy!«

»Pah ...«

»Du legst sofort den Ball weg.«

»Ich will aber spielen.«

»Nicht in der Wohnung! Das ist kein Fußballplatz.«

»Mir doch egal.«

Cinderella sprang auf und schüttelte ihn. »Was ist nur los mit dir?«

Tommy rannte in sein Zimmer. Er warf sich auf sein Bett. »Ich will dich nicht mehr haben.«

»Was ist denn nur los?« Ihr tat leid, dass sie ihn grob angepackt hatte. Mit verschränkten Armen kauerte sie sich vors Bett. »Rede mit mir. Bitte!«

»Geh weg.«

»So geht das nicht weiter. Bitte, Tommy.«

Er schluchzte. »Nie hast du Zeit oder spielst mit mir.«

»Aber ich muss doch arbeiten, damit wir diese Wohnung behalten können.«

»Dann will ich die blöde Wohnung nicht.«

»Nicht? Aber wo sollen wir wohnen?«

»Mir doch egal.«

Cinderella atmete tief durch. *Ruhig bleiben!* »Wir hatten doch schon so viel Spaß. Am Strand, die Radtour … und weißt du noch …« Sie stupste sein Bein an. »… der Banaenritt. Der war doch klasse oder?«

Tommy wischte die Tränen ab und nickte zögerlich. »Aber ein Vater …, der wäre viel cooler.«

»Was?« Sie konnte nicht glauben, was sie da hörte. »Du und ich, wir zwei sind doch auch eine ganz nette Familie.«

»Aber alle haben einen Dad, außer mir.«

Cinderella setzte sich aufs Bett. »Komm mal her.« Sie drückte ihn fest an sich heran. »Ich weiß, dass das schwer ist so ohne Vater. Aber du bist doch ein Kämpfer, oder?«

Tommy schüttelte den Kopf. »Der dicke Robert hat einen, Pickelfredy und auch die doofe Lisa. Nur ich nicht.«

Was sollte sie darauf antworten? Ein Fünfjähriger, der nur das forderte, was andere Kinder hatten. Was um alles in der Welt sollte sie diesem Jungen erzählen? Tut mir leid, dein Vater ist ein elender Betrüger, und deshalb musst du ohne Vater aufwachsen? Nein! Das konnte sie ihm nicht sagen. Was aber dann? Cinderella spürte die Anspannung, die ihren Körper durchfuhr. Nicht zu wissen, was sie sagen sollte, irritierte sie. *Jule. Ich muss Jule anrufen. Die weiß eine Lösung. Die weiß sie doch immer.*

Die Telefonzelle war nur wenige Schritte entfernt. Ein Pärchen stand davor und küsste sich. »Darf ich mal?«, flüsterte Cinderella so feinfühlig wie möglich. Sie wollte keinesfalls das Allerschönste an einer Beziehung stören, die Kennenlern-Phase. Danach würde es sowieso abwärts gehen. Der junge Mann blickte auf, lächelte und schob seine Freundin küssend beiseite. Cinderella suchte instinktiv Blickkontakt zur kurzhaarigen Schönheit. *Vorsicht Falle, Lady. Wer Prinzen küsst, muss damit rechnen, irgendwann neben einem miesen Frosch aufzuwachen.*

Nach dem dritten *Tuuut* erklang Jules Stimme. »Schönwandt.«

»Hi, ich bin's.«

»Wer? Etwa meine ehemalig beste Freundin, die sich ganz schnell wieder melden wollte?«

Cinderella verstummte. *Jule hat recht. Ich bin eine lausige Freundin.* »Tut mir leid. Wirklich.«

»Schon gut. Erzähl, wie geht's euch?«

»Gut. So weit jedenfalls. Nur Tommy …, wie soll ich sagen, er macht Zicken.«

»Welche Art Zicken?«

Cinderella atmete tief ein. »Stell dir vor, er will einen Vater.«

Jule lachte auf. »Prima. Dann schreib seinen Wunsch auf die Weihnachtsliste.«

»Das ist nicht witzig!«

»Doch, irgendwie schon. Mensch, nimm's humorvoll.«

»Und was soll ich jetzt machen?«

»Oje, du bist echt naiv. Geh raus, misch dich unters Volk und lach dir einen Daddy an.«

»Jule, ich meine es ernst. Tommy ist trotzig, er wird aufsässig und ist kaum zu ertragen.«

»Dann such dir einen strengen Daddy.«

»Ha ha, vielen Dank.«

»Ach, Schätzchen, weshalb willst du alleine bleiben? Liebe ist doch was Wundervolles.«

»Das habe ich gesehen.«

»Vergiss Mister Arschloch. Wegen dem wirst du doch wohl nicht als alte Jungfer ins Gras beißen wollen?

»Nein! Doch! Ach, ich weiß nicht.«

»Siehste. Also such dir einen hübschen Prinzen. Am besten einen mit großem Schloss und noch größerer Schatzkammer.«

»Ich will keinen Prinzen, Jule.«

»Weshalb nicht? He, Mädel, du befindest dich auf Prinz-Eiland. Also schnapp dir einen.«

»Nein. Ganz sicher nicht.«

»Dann such dir einen auf Probe.«

»Einen Mann?«

»Quatsch, einen Ersatzvater.«

Cinderella horchte auf. So verrückt diese Idee ihr auch erschien, war sie doch gar nicht so schlecht. »Jule, ich könnte dich küssen.«

»Weshalb?«

»Die Idee ist brillant. Das mache ich.«

»Stopp! Halloooo? Das war ein Scherz.«

»Nee, Jule, das ist die Lösung. Ein Papa auf Vierhundert-Euro-Basis. Einfach genial. Ich schalte eine Annonce. Im Strandanzeiger, der Inselzeitung hier auf Sylt.«

»Ah ja. Und du denkst, das funktioniert?«

»Keine Ahnung. Aber es ist die einzige Chance. Danke, Jule, ich muss jetzt zurück. Tommy ist allein zu Hause.«

»Okay. Ich drücke die Daumen. Und Cindy …«

»Ja?«

»Leg dir endlich mal ein Handy zu. Du befindest dich im einundzwanzigsten Jahrhundert.«

Cinderella schmunzelte. »Versprochen.«

Draußen stand immer noch das Pärchen und knutschte wild herum. »Schönen Abend noch«, wünschte der Kuss-Künstler, ohne dass seine Lippen die seiner Partnerin verließen. Cinderella nickte verlegen. Dann rannte sie zurück nach Hause.

Montag ist ein blöder Tag, fand Cinderella schon immer. Auch auf Sylt war das nicht anders. Noch etwas schlaftrunken torkelte sie ins Bad. Ihre Lider waren schwer wie Blei. Sie zog ihr Nachthemd hoch und setzte sich aufs Klo. *Ach ja, noch zwei Schichten, dann habe ich ...* Erschrocken fuhr sie hoch. »Was ist das?« Gegenüber der Toilette, da wo sich gestern noch glänzende Fließen befanden, klebten Dutzende von Monatsbinden. »Tommy! Komm sofort her!«

Sein Kopf spähte vorsichtig um die Ecke. »Ist wegen der Spionin da drüben«, meinte er mit Dackelblick zu seiner Verteidigung.

»Welche Spionin?«

»Na die dort drüben.« Er zeigte zur Nachbarswohnung.

»Frau Rößner?«

»Pst ..., Frau Schmiedel hat doch gesagt, dass die immer lauscht.«

»Ich glaube, ich spinne! Und deshalb klebst du Monatsbinden an die Wand? Drei ganze Maxi-Päckchen?«

»Schallschutz, Mama«, brüstete er sich, als sei er Profi der Antilauschangriff-Zwergenkompanie.

Ungehalten drückte Cinderella die Spülung. »In fünf Minuten wird dieses Bad wieder ohne Schallschutz sein. Haben wir uns verstanden?«

»Aber ...«

»Kein Aber! Und nach dem Frühstück bringe ich dich in den Kindergarten.«

»Ich will aber mit nach Westerland.«

»Zur Zeitung? Vergiss es!«

Sie stürmte an ihm vorbei zur Küche. *Vierundachtzig minus sechs entnommener Binden … Unglaublich!* Er hatte nicht eine einzige übrig gelassen.

»Entschuldigung …« Eine fremde Dame trat näher ran. »Sie haben da etwas.« Ihre Hand wies unauffällig zum hinteren Teil von Cinderellas Jeans.

»Der Nächste bitte«, rief die Anzeigenberaterin vom Strandanzeiger.

»Ich … ich … keine Ahnung.« Cinderella drehte sich um und lief verunsichert, mit winzigen Schritten, ähnlich einer Japanerin im viel zu engen Kimono, zum Tisch der Anzeigen-Dame. »Mit einem flauen Gefühl in der Magengegend setzte sie sich. Sie stieß ihre Handtasche vom Schoß, spreizte ihre Beine und versuchte mit einem »Ups, meine Tasche«, so dezent wie möglich einen Blick auf die verräterische Stelle zu erhaschen. Tatsächlich! Ein größerer Fleck versuchte sich durch das Hellblau der Jeans zu kämpfen. Verdammt, sie hatte Papier aus der Küchenrolle nehmen müssen, weil keine einzige Binde mehr da gewesen war.

Die Anzeigenberaterin räusperte sich. »Haben Sie Ihre Tasche?«

»Ja – einen Moment.« Cinderella stieß beim Hochkommen mit dem Kopf gegen die Tischplatte. »Autsch!«

»Alles in Ordnung?«

Abgesehen davon, dass Küchenrolle kein guter Bindenersatz zu sein schien …

»Ja, ich glaube schon.« Sie rieb über ihren Schädel. Dann suchte sie in ihrer Tasche den vorgeschriebenen Text. »Diesen Text möchte ich gerne aufgeben.« Sie schob den Zettel rüber.

»Hm, unter welcher Rubrik?«

»Jobbörse«, sagte Cinderella rasch. Schließlich hatte sie sich vorbereitet. Die Anzeigenberaterin zog die Augenbrauen hoch und rückte ihre Brille gerade. »Sind Sie sicher? Ich meine, suchen Sie wirklich einen Ersatz-Papa auf Vierhundert-Euro-Basis?«

»Ja, das tue ich!«

Vor sich hin murrend, tippte die Zeitungsangestellte den Text ab. »Ob das Erfolg hat …?«

»Wird schon«, erklärte Cinderella.

Ihr Gegenüber blieb skeptisch. »Und welche Kontaktmöglichkeit?«

»Per Handy.«

Nachdem alle Formalitäten geklärt waren, stand Cinderella auf und verabschiedete sich freundlich lächelnd. Dabei versuchte sie ihr Sweatshirt über die Hüften abwärts zum Po zu ziehen, was ihr aber nicht gelang. Elasthan hieß die Wunderfaser, die den Pulli immer wieder in Ausgangsform zurückrutschen ließ. Cinderella meinte die Blicke der Leute zu spüren, sie fühlte sich klein und schmutzig. Und aus irgendeinem Grund dachte sie plötzlich an Rumpelstilzchen und dessen verräterischen Gesang beim Tanz ums Feuer. Niemals würde ihr dieser Fehler passieren! Niemals!

»Frau Preußer, Ihre Vorlage«, rief die Anzeigenberaterin. Dabei winkte sie mit Cinderellas Zettel.

Verdammt!

Ein Anrufer namens Moritz

Enttäuscht legte Cinderella den Strandanzeiger beiseite und glättete die Picknickdecke. Sie hatte so sehr gehofft, ihre Annonce darin zu finden. *Vielleicht in der nächsten Ausgabe,* dachte sie. Obwohl ihr die Dame von der Anzeigenberatung diese Ausgabe versichert hatte. Nicht weiter darüber nachdenkend, ließ sie sich nach hinten fallen. Zu schön war dieser erste Herbsttag, als dass sie ihn mit Grübeln verbringen wollte. Alles war ruhig. Das Listland, so wie einige Sylter den Ort liebevoll nannten, schien sich vom Ansturm der Touristen zu erholen. Auf den Wanderdünen war Frieden eingekehrt. Cinderella atmete tief ein und lauschte dem Säuseln des Windes, der über die Heidelandschaft wehte. Es roch nach Kräutern und dem Wattenmeer, einer Mischung aus modrigen Pflanzen und salzigem Wasser. *Der Duft der Freiheit!* Sie dachte an die Worte ihres Vaters, der immer behauptet hatte, dass nichts den Geist besser reinigen würde als salzhaltige Luft. Er hatte recht! Cinderella verstand, weshalb er nach dem Tode ihrer Mutter auf einem Schiff als Koch angeheuert hatte. Bis er irgendwann von Bord sprang und nie mehr gefunden wurde. *Daran ist Martha schuld,* da war sich Cinderella sicher. Nach ihrer Heirat hatte ihr Vater sich zurückgezogen und hatte jede freie Minute auf dem Schiff verbracht. *Kein Wunder! Bei einer Frau wie Martha ...*

Tommy rollte sich auf den Rücken. »Kann Oma Trautchen uns sehen?«, fragte er in den Himmel blickend.

Cinderella tat es ihm gleich und zog ihre Beine an. »Glaub schon.«

»Und wenn sie durch ein Wolkenloch fällt?«

»Engel haben Flügel. Die fallen nicht einfach vom Himmel.«

Tommy musterte die Wolkenformationen, die langsam vorüberzogen. »Ist da oben jetzt auch Herbstanfang?«

»Ich weiß nicht. Vielleicht.«

»Dann sollten wir der Oma einen Schal kaufen und ihn hinaufschicken.« Cinderella setzte sich auf, streifte Sand vom Ärmel und blickte ihn fragend an. »Und wie soll er da hinaufkommen?«

»Mit einem Luftballon.« Tommy richtete sich ebenfalls auf. Seine Hände malten einen Kreis in die Luft. »Richtig groß muss er sein und gelb wie die Postautos.«

»Weißt du was?« Cinderella kreuzte ihre Beine und rutschte an ihn heran. »Das machen wir. Aber vorher stürzen wir uns auf diesen Picknickkorb.« Tommy griff nach einem Apfel und drehte ihn mehrere Male. »Der sieht aus wie der Apfel von Schneewittchen.«

»Aber in den kannst du unbesorgt reinbeißen«, meinte Cinderella.

»Du, Mama? Warum wollte die böse Stiefmutter Schneewittchen vergiften …«, er biss kraftvoll in seinen Apfel, »… wo die doch so lieb ist?«

»Aus purem Neid.«

»Was ist das?«

»Hm, ich glaube, Neid ist, wenn man denkt, dass ein anderer zu Unrecht etwas besitzt, das man selbst gerne hätte.«

»Und was will die böse Stiefmutter haben?«

»Schönheit, Tommy. Sie will die Schönste im Lande sein.«

»Wenn Schneewittchen tot umfällt, ist die böse Stiefmutter dann plötzlich schöner?«, überlegte er schmatzend.

»Das jedenfalls glaubt die Stiefmutter«, erläuterte Cinderella und reichte ihm ein geschältes Ei. »Hör auf, mich zu löchern, und iss.«

Kurz darauf klingelte Cinderellas Handy – das erste Mal, seitdem sie es gekauft hatte. Etwas hektisch begann sie in ihrem Rucksack herumzuwühlen. *Irgendwo muss es doch …* *Ah ja, da ist es ja.* Ihre klebrigen Finger umgriffen die noch jungfräuliche Hülle des Telefons. »Preußer«, flüsterte sie zaghaft, fast fragend.

»Moritz … Äh, ich rufe wegen der Anzeige an.«

»Der Anzeige?«

»Ja. Im Strandanzeiger.«

»Sie wollen sich nicht zufällig ein Kleid schneidern lassen?«

Er lachte. »Eigentlich nicht. Oder muss ein Papa auf Vierhundert-Euro-Basis diesen Look tragen?«

Sekunden der Stille folgten. *Ich muss die Anzeige übersehen haben.*

»Hallo? Sind Sie noch dran?«, fragte der Anrufer.

»Ja, klar! Ich dachte nur gerade, dass ich die Annonce irgendwie … Egal!

Tommy rückte näher. »Wer ist das?«

Cinderella wehrte ihn ab. »Jetzt nicht!«

»Oh, entschuldigen Sie. Ich kann auch später nochmal …«

»Nein, nicht Sie«, rief Cinderella.

»Sie haben sich also schon für einen Bewerber entschieden?«

»Nein!«

»Ich dachte, weil …«

»Ich meinte meinen Sohn.«

»Ach verstehe.«

»Mama! Ich will auch mithören.«

Cinderella hielt das Handy in die Luft. »Tommy! Lass mich jetzt telefonieren und iss endlich dein Ei.«

»Ich will es aber nicht.«

»Gut, dann wirf es in den Mülleimer dort drüben.«

»Ich will es aber zu den Krabben ins Meer werfen.«

Cinderella holte tief Luft. »Das wirst du nicht tun!«

»Hallo, hören Sie noch?«, rief der Unbekannte am anderen Ende der Leitung.

»Entschuldigen Sie, aber mein Sohn ist derzeit etwas schwierig.«

»Dann geben Sie ihn mir doch mal.«

»Was?«

»Ihren Sohn. Geben Sie ihm das Handy oder schalten Sie auf Lautsprecher.«

Cinderella drückte den oberen rechten Knopf und hielt Tommy das Handy entgegen. »Hier, für dich?«

Zögerlich griff er danach. »Hallo? Hier ist Tommy Preußer«, stotterte er etwas eingeschüchtert hinein.

»Hi, Tommy, ich bin Moritz. Deine Mama sagt, du bist schwierig?«

Tommy blickte entrüstet zu Cinderella. »Weiß nicht.«

»Was spielst du denn am liebsten?«

»Kriegsübungen«, schoss es aus Tommy heraus. Seine Augen begannen zu funkeln.

»Du spielst Krieg?«

»Nee! Chamäleon-Taktik mit Major Schulze.«

»Du hast einen Spielzeugmajor, der Schulze heißt?«

»Quatsch. Einen richtig echten. Und der ist ein ganz großer Held.«

Moritz lachte. »Du spielst mit lebenden Helden? Wow!«

»Und weißt du was? Ich werde später mal Agent beim BND, so wie Null-Null-Sieben.«

»Ein Spion der Zukunft also.«

Cinderella blickte entsetzt zu Tommy. Ihr Sohn ein Spion? Niemals!

»Kommt gar nicht in Frage!«

»Wieso?«

»Darum!«

»Dann gehe ich eben zum MAD«, sagte Tommy bestimmend.

»Meinetwegen.«

»Gute Wahl«, rief die Stimme aus dem Hörer.

Cinderella grinste verlegen. »Danke.«

»Nicht Sie. Ich meine Ihren Sohn.«

»Wieso?«

»Weil er da gewiss noch mehr verdient.«

»Ach. Ja, klar«, sagte sie, als wüsste sie, was MAD bedeutet. »Und was machen Sie beruflich? Sind Sie vielleicht Pädagoge, Erzieher oder Sozialarbeiter?«

Moritz holte tief Luft. »Nichts von all dem. Ich studiere Architektur.«

»Und wo, wenn ich fragen darf?«

»Uni Hamburg. Davon zwei Semester auf Sylt.«

»Sie interessieren sich also für Häuser und Gebäude?«

»Ich entwerfe sie quasi.«

»Dann kennen Sie doch sicherlich Burghotel Sylter Sand? Ein außergewöhnliches Hotel und wirklich faszinierend.«

»Ja, kenne ich. Interessieren Sie sich denn auch für Architektur? Ich meine, weil Sie gerade den Sylter Sand erwähnten.«

»Nein, ich arbeite dort. Aber erst seit einigen Wochen.«

Er räusperte sich. »Ja, das Burghotel ist schon einzigartig in seiner Bauweise.«

»Das ist es! Um nochmal zurück zur Anzeige zu kommen, haben Sie denn Erfahrungen mit Kindern oder vielleicht eigene?«

»Sorry, da muss ich passen. Ist das denn wichtig?«

»Ich denke schon. Zumindest in diesem Fall, als Ersatz-Papa. Ist ja doch eher ein ungewöhnlicher Job für einen Mann.«

»Ja, natürlich! Ich denke, dass ich dennoch gut mit Ihrem Sohn auskommen werde. Schließlich war ich ja auch mal fünf.«

Cinderella kicherte. »Ein starkes Argument.«

Das Abendbrot verlief wortlos. Tommy ignorierte seine belegten Brote und schlürfte absichtlich laut seinen Tee, während Cinderella über den ungewöhnlichen Jobbewerber nachdachte. Er hatte sie, nachdem sich herausgestellt hatte, dass ihre Annonce unter der falschen Rubrik veröffentlicht worden war, doch noch zu einem persönlichen Treffen überredet. *Ausgerechnet unter Kontaktanzeigen.* Ein Fehler, der ihr mehr als unangenehm war. *Wie konnten die nur?* Aber der Fremde mit der sympathischen Stimme hatte ihr irgendwie ein Okay entlockt. Und nun saß sie stumm vor ihrem Rosinenbrot und fürchtete das erste Aufeinandertreffen.

Tommy rutschte vom Stuhl herunter und ging in sein Zimmer.

»Soll ich dir eine Gute-Nacht-Geschichte erzählen?«, fragte Cinderella, ohne mit einer vernünftigen Antwort zu rechnen.

»Aber keinen Mädchenkram.«

Was um alles in der Welt ist Mädchenkram? »Was meinst du?«

»Na, diese Prinzessinnen-Geschichten.«

»Weshalb? Die sind doch schön.«

»Die leben aber am Ende immer noch alle. Sogar Schnee-wittchen.«

»Aber das ist doch gut so.«

»Nee! Ich will Piraten oder Monsterkrabben, die kämp-fen.«

Keine Märchen mehr? Cinderella liebte sie alle – die Mär-chen, mit denen sie aufgewachsen war. Vielleicht konnte sie eine gute Mischung erfinden, einen Mix aus Märchen und Tommys Krabbenmonstern. *Rotkäppchen und der Wolf,* huschte es durch ihren Kopf. Sie stand auf und folgte ihm. Tommy lag tief im Bett versunken. Die Decke hatte er bis zur Nasenspitze gezogen. »Rotkrabbe und der Wolfshe-ring«.

»Was?«, fragte Tommy erstaunt.

»Rotkrabbe war einer der gefürchtetsten Räuber im gan-zen Meer. Er hatte beim Kampf schon zwei seiner Beine verloren und über seinem rechten Auge trug er ein wasser-festes Pflaster.«

Tommy kicherte unter seiner Decke hervor. »Ein Pflas-ter?«

»Ja. Und das war schon so alt, dass es mit den Jahren an-gewachsen und voller Algen war.«

Nachdem Tommy eingeschlafen war, löschte Cinderella das Licht und schlich hinaus. Zum Glück brauchte sie sich kein abscheuliches Ende für den Meeresräuber Rotkrabbe aus-denken. Tommys Augen waren schon gleich am Anfang der Geschichte zugefallen. Dabei hatte er noch irgendwas von Moritz und Surfen gemurmelt. Dieser unverhoffte Anrufer hatte es ihm scheinbar angetan. Müde vom Picknick am Strand, ließ Cinderella sich aufs Sofa fallen. Es ersetzte zwar nicht wirklich ein Bett, war aber ein guter Ersatz. Decke und Kissen lagen tagsüber auf einem der Sessel. Cinderella klopfte eine Kuhle ins Kissen und bettete ihr Haupt darauf. Morgen in aller Frühe würde sie der Ohrenwecker unsanft aus den Träumen reißen. Ach ja, morgen. Der Tag, an dem sie der netten Telefonstimme gegenüberstehen würde. *Wie er wohl aussieht?* Cinderella schloss die Augen und versuchte sich von Moritz ein Bild zu machen. *Architekturstudent, Mitte zwanzig und Surfer.* Ein kinderfreundlicher junger Mann, der ein Semester aussetzen musste, um sich das Geld fürs weitere Studium zu verdienen, mehr wusste sie nicht von ihm. Bestimmt hatte er so einen lustigen Spitzbart, wie sie es oft bei Dauerstudierenden gesehen hatte. *Dunkelblondes Haar, dicht und halblang. Dazu Locken. Ganz bestimmt hatte er welche, so wie Rudi Völler.* Ach, wichtig war jetzt, für Tommy den richtigen Ersatz-Papa auszuwählen. Einen, auf den man sich verlassen konnte. Bisher war Moritz der einzige Bewerber auf den Job. Kein Wunder, wo doch ihre Anzeige nicht unter Jobbörse stand. Aber wer weiß, vielleicht gab es noch mehr Interessierte, die sich darauf melden würden.

Das Drei-Stunden-Papa-Date

In ihrem zweiten Leben wäre sie ein Mann, davon war Cinderella überzeugt. Die Tragegriffe ihrer Einkaufstüten schnitten tief ins Fleisch und verursachten eine zeitweilige Lähmung ihrer Finger. Tommy stand teilnahmslos neben ihr, während sie verzweifelt mit der noch funktionstüchtigen Hand nach dem Haustürschlüssel suchte. *Verflucht, nun komm schon!* Er war in die äußerste Ecke ihrer Hosentasche gerutscht.

»Mama, mach hin! Ich muss aufs Klo«, drängelte er.

»Tut mir leid, dass ich ausgerechnet heute mein anderes Paar Arme abgelegt hab«, erwiderte sie etwas schnippisch. Obwohl, so ein bisschen wie die indische Göttin Kali wäre sie heut auch gern gewesen. Nur dass ihr Gebrüll nicht dem Universum gegolten hätte.

Tommy überlegte, was seine Mutter damit meinen könnte. »Welche Arme?«

»Vergiss es! Hilf mir lieber«, forderte sie ihn auf und drückte die Schlüssel in seine Hand.

Tommy steckte den falschen ins Schloss.

»Der andere, Tommy.«

»Nee.«

»Doch!«

»Nee!«

Knack. Ein Geräusch, das Cinderella nur zu gut kannte. Mike hatte die Gabe gehabt, ständig Schlüsselbärte abzubrechen. Und dieses Talent schien vererbbar zu sein.

»Na super! Ich habe doch gesagt, der andere.«

Missmutig blickte Tommy auf das abgebrochene Stück in seiner Hand. »Der Schlüssel ist schuld.«

»Ach ja? Und wieso?«

»Der war schon alt. Guck, Mama, da ist Rost dran.«

»Blödsinn!« Mit Wucht schwang sie ihre Einkaufstüten auf die übel riechende Biotonne neben der Haustür. »Zeig her. Das ist Dreck, kein Rost.«

»Dann war der trotzdem alt, sonst wäre der ja nicht so schmutzig.«

Kinderlogik war eine Wissenschaft, die selbst eine Mutter überfordern konnte. Mit hochrotem Kopf resignierte sie. »Okay, der Schlüssel ist schuld.«

Nachdem die Schuldfrage geklärt war, überlegte Cinderella, wie sie das Bartstück aus dem Türschloss bekam, ohne es zwingend Frau Schmiedel beichten zu müssen. »Geh mal beiseite.« Sie drückte ihr Auge gegen das Schlüsselloch. »Ich kann ihn sehen, aber nicht greifen.«

Tommy presste die Beine zusammen. »Mama, ich muss jetzt.«

»Halt ein.«

»Geht aber nicht mehr.«

»Dann geh ausnahmsweise hinters Haus an die Hecke.«

»Ich muss aber groß.«

Eine Tatsache, die all ihre Überlegungen zunichte machte. »Gut, dann klingeln wir. Aber du wirst erklären, was passiert ist.«

»Kann ich erst aufs Klo?«

»Nein, Tommy. Wir kommen nicht ins Haus. Niemand kommt mehr hinein. Deshalb müssen wir zuerst klingeln.«

Tommy nickte. »Okay. Ich sag, der Schlüssel war schuld.«

Bei Frau Schmiedel herrschte Stille. Auch nach dem vierten Mal Klingeln ertönte weder der Türsummer, noch öffnete sich eines ihrer Fenster. *Ein schlechter Tag, um sich auszusperren!* Langsam begann es auch wieder zu regnen. Cinderella blickte an der Fassade nach oben. *Die Rößler ...* Sie verwarf den Gedanken aber schnell wieder. Blieb nur noch der alte Friedhelm, ein Mittsiebziger, der im Jahr 1955 stehengeblieben war. Seine Elvis-Locke saß perfekt und wirkte irgendwas zwischen lustig und kultig. Cinderella legte ihren Finger auf seinen Klingelknopf. Vielleicht könnte ihr der freundliche alte Nachbar wenigstens ein passendes Werkzeug leihen. »Mama, guck mal«, rief Tommy. »Da kommt wer.«

Cinderella hörte Schritte hinter sich. *Das Ersatz-Papa-Treffen!* Das hatte sie ja völlig vergessen. Was sollte sie ihm jetzt sagen? Wir müssen unser Gespräch leider in den Vorgarten des Hauses verlegen? Ach, bitte legen Sie doch ab und stellen Sie sich schon mal an die Biotonne. Ich koche nur schnell das Regenwasser auf. *Egal! Ich sag, wie es ist.* Sie fuhr sich durchs feuchte Haar, atmete tief durch und drehte sich erwartungsvoll um. *Wow! Oder nein. Doppel-Wow!* Dieser Mann entsprach ihren Vorstellungen ebenso wenig wie ein Kater, der sprach und Stiefel trug.

Mit vorgestreckter Hand kam er näher. »Sie müssen Frau Preußer sein.«

Cinderella legte ein charmantes Lächeln auf. »Und Sie sind Moritz.«

»Ja, Moritz. Sehr angenehm.«

»Verzeihung, aber Ihren Nachnamen konnte ich nicht verstehen«, bohrte Cinderella nach, während sie seine starke Hand schüttelte.

»Weberknecht – Moritz Weberknecht.« Er blickte zu Tommy, der ihn mit großen Augen anstarrte. »Und du bist also der kleine Held, der zum MAD will?«

»Ja.«

»Na, da hast du dir ja echt einen obercoolen Job ausgewählt.«

Tommys Wangen färbten sich rötlich. Irgendwie schien er plötzlich um einige Zentimeter zu wachsen. »Ist doch nur ein Job.« Er winkte verlegen ab.

»Nur ein Job? Mann, das ist voll der Hammerjob.«

Cinderella beobachtete die Mimik des unglaublich gut duftenden Ersatz-Papas. Seine Augen glänzten im Abendrot des Himmels. Und bei jedem Lachen taten sich kleine Grübchen auf. *Ein fleischgewordener Traum von einem Mann und mindestens ein Meter fünfundachtzig groß,* schwärmte Cinderella gedanklich vor sich hin. Sie hatte bei all dem Stress nicht nur das Treffen vergessen, sondern auch, sich über den eigenartigen Berufswunsch ihres Sohnes schlau zu machen. *MAD? Bestimmt so eine Riesen-Finanzfirma.* Joseph würde das wissen. Er kannte sich in solchen Dingen aus. Moritz zu fragen erschien ihr unangebracht. Er würde vermutlich sofort denken, dass sie keine Bildung hatte. Nein! Diese Blöße wollte sie sich nicht geben. *Dieser Duft ... Moment! Kenne ich den nicht?* Cinderella trat näher an Moritz heran. *Klar, König Drosselbart!*

Nachdem sich herausgestellt hatte, dass Moritz keine Haustüren von außen öffnen konnte, blieb nur noch übrig zu klingeln. Rößler oder Friedhelm? Cinderella entschied sich für Letzteren.

Nach geschlagenen zehn weiteren Minuten hatte sich der freundliche Senior bis zur Tür geschleppt. Er lachte, während er öffnete. »Mein Kreuz – der Ischias, wissen Sie? Da geht alles ein bisschen langsamer.«

»Kein Problem, Herr Friedhelm. Hätten Sie vielleicht Werkzeug für uns. Irgendwas, um einen kaputten Schlüssel aus dem Schloss zu ziehen?«

Er leckte seinen Zeigefinger an und richtete seine Haarlocke. »Werkzeug habe ich. Was brauchen Sie denn?«

Cinderellas zuckte mit den Schultern. »Keine Ahnung. Eine Zange vielleicht?«

»Mama, ich muss doch erst aufs Klo«, brachte Tommy sein Problem in Erinnerung.

»Stimmt, Schatz.« Hilfesuchend blickte sie zu Moritz. »Könnten Sie eventuell?«

»Ja, klar. Gehen Sie voran, ich nehme Ihre Einkaufstüten, wenn Sie nichts dagegen haben.« Dann wandte er sich dem alten Friedhelm zu. »Wenn Sie einen Schraubendreher mit Kreuzschlitz und eine kleine Zange hätten? Ich bin gleich wieder unten.«

Der Alte nickte und schlurfte zurück in seine Wohnung.

Eine Stunde später war die Sache mit dem abgebrochenen Schlüssel erledigt. Moritz erwies sich als geschickter Hobbyschlosser. Aber nicht nur das. Er war ebenso perfekt in seiner Rolle als Ersatz-Papa. Tommy jedenfalls klebte an ihm wie eine Klette. Dennoch wollte sich Cinderella nicht sofort entscheiden.

»Und Sie sind sicher, dass Sie dreimal wöchentlich drei Stunden einrichten können?«

Moritz lächelte und nickte ihr zu. »Kein Problem.«

»Und Sie wissen auch wirklich, welche Verantwortung da auf Sie zukommt?«

»Ja, dessen bin ich mir bewusst.« Er strich Tommy über dessen Locken. »Sag deiner Mama, dass sie sich keine Sorgen machen muss. Wir zwei packen das schon. Oder?«

Tommy strahlte bis zu den Ohren. »Genau! Ich will Moritz als Papa.«

»Als Kinderbetreuer und zum Ausgleich des fehlenden Vaters«, stellte Cinderella richtig.

Moritz trank, vor sich hin grinsend, seinen Tee. »Ihre Anzeige war ja auch durchaus ungewöhnlich. Und dann dieser Fehler mit der Rubrik.«

»Ein wirklich dummer Fehler«, pflichtete Cinderella ihm bei. »Und Sie haben das sofort bemerkt? Ich meine, dass die Anzeige zur Jobbörse gehört.«

»Zumindest habe ich es mir gedacht. Welche Frau sucht schon einen Mann auf Vierhundert-Euro-Basis? Und außerdem stand da ja eindeutig Papa für dreimal wöchentlich gesucht.«

Cinderella lachte verlegen. »Stimmt. Das tut wohl keine Frau.«

Viertel vor zehn geisterte Tommy immer noch im Wohnzimmer umher. »Würdest du dich jetzt bitte bettfertig machen«, mahnte ihn Cinderella.

»Ich will aber, dass Moritz mich ins Bett bringt«, meinte Tommy nörgelnd und himmelte sein männliches Kindermädchen an.

»Aber das geht heute noch nicht. Erst wenn ich mich endgültig entschieden habe. Also geh ins Bett.«

»Menno, ich will aber nicht«, bockte er.

»Gut, dann werde ich dich jetzt ins Bett bringen.« Cinderella stand abrupt auf.

»Lassen Sie, ich übernehme das gerne.« Moritz leerte seinen Tee in einem Zug, erhob sich und ging mit Tommy Hand in Hand ins Kinderzimmer. »Und keine Angst«, rief er von drinnen. »Das ist quasi ein Probe-zu-Bett-Bringen, also völlig kostenlos.«

Cinderella lächelte zufrieden vor sich hin. So viel Glück auf einmal zu haben ängstigte sie auch ein wenig. Weshalb war plötzlich alles so viel anders als früher? Lag es an Sylt? Oder war sie tatsächlich eine andere geworden? Nachdenklich lehnte sie sich zurück. Moritz las unterdessen aus einem der alten Bücher vor, die im Regal des Zimmers standen. *Ein Märchen? Und Tommy motzt nicht herum?* Cinderella konnte es kaum fassen. Dieser Moritz sah nicht nur zauberhaft aus, er schaffte es sogar, rebellische Jungs in lammfromme Knaben zu verwandeln. Ein Wunder, für das sie gerne zwei Kleider mehr nähen würde. Und das musste sie, wenn Moritz als Ersatz-Papa dauerhaft bleiben sollte. Cinderella schlich zur Kinderzimmertür und spähte um die Ecke. Moritz saß auf einem Stuhl neben dem Bett. In seinen Händen hielt er ihr Lieblingsbuch – »Die schönsten Märchen der Gebrüder Grimm«. Seine Stimme war wie geschaffen dafür. Betonend, aber dennoch leise führte er durch die märchenhafte Welt von Schneeweißchen und Rosenrot. Cinderella, die angelehnt am Türrahmen stand, rutschte rücklings hinunter, setzte sich und stützte ihr Kinn auf ihre angewinkelten Beine. Fasziniert lauschte sie seinen Worten. Tommy wurde zunehmend ruhiger. Gerade als beide Schwestern den bitterbösen Zwerg in der Geschichte vorm Ertrinken retten, klappte Moritz das Buch zu und stellte es zurück zu den anderen.

»Schade«, flüsterte Cinderella.

Er lächelte, löschte das Licht und hockte sich vor sie. »Weshalb?«

»Ich mag die Stelle, wenn der Zwerg seiner Boshaftigkeit erliegt.«

»Aha! Soll ich für Sie weiterlesen?« Er zeigte zum Regal.

»Nein, nicht nötig. Ich habe jedes einzelne Märchen Hunderte Male gelesen.«

»Und welches ist Ihr Lieblingsmärchen?« Seine Hand fuhr blitzartig nach oben. »Stopp! Lassen Sie mich raten. Aschenputtel, stimmt's?«

»Denken Sie?«

Er rückte näher. »Ich bin mir ganz sicher.«

»Ach ja? Und weshalb?«

»Tommy hat mir Ihren Vornamen verraten.«

Sie blickte verschämt nach unten. »Mögen Sie noch eine Tasse Tee, bevor Sie gehen?«

»Gerne. Ich hoffe jedoch, dass dieser Abschiedstee nicht der letzte sein wird. Und auch, dass er mich nicht Ihrer Antwort beraubt.«

»Welcher Antwort?«

»Aschenputtel oder nicht?«

Cinderella schmunzelte. »Ach was, ist doch egal.« Sie reichte ihm die Tasse.

»Dennoch würde ich schon gerne wissen, ob ich richtig lag«, fragte er hartnäckig.

»Vielleicht. Vielleicht auch nicht. Noch ein Stück Zucker?«

»Danke gern. Ich schätze, Sie lassen mich tatsächlich schmoren, was die Richtigkeit meiner Antwort betrifft.« Er lehnte sich mit seiner Schulter gegen die Wand und beobachtete Cinderella beim Abspülen des Geschirrs.

»Mag sein«, entgegnete sie. »Tut mir leid, aber ich muss Sie jetzt wirklich verabschieden. Wie Sie sehen, liegt noch eine Menge Arbeit vor mir.« Sie zeigte zur Nähmaschine, die mit Hilfe von Joseph seit einigen Tagen im Wohnzimmer zwischen den Fenstern stand.

Moritz blickte zur kleinen Arbeitsecke seiner Gastgeberin. »Was nähen Sie gerade?«

»Zwei Strandkleider und ein …« Sie stockte. »… Prinzessinnenkleid für eine gewiss wundervolle Traumhochzeit.«

»Das klingt ja romantisch.«

»Ja, das wird es auch werden. Dieses Kleid ist mehr als nur irgendein Brautkleid. Es ist …«

»Was?«

»Ach was, nicht so wichtig.«

Moritz trank seine Tasse aus und übergab sie Cinderella. »Vielen Dank für den Tee und den netten Abend.«

»Ich habe zu danken. Immerhin haben Sie uns eine Menge Ärger erspart.«

Er ging zur Tür, öffnete sie und drehte sich lächelnd um. »Sagen Sie mir Bescheid, wenn Sie sich entschieden haben?«

Cinderella nickte ihm zu.

»Okay. Und danke nochmals für den Tee.«

Er trat in den Flur und zog leise die Tür hinter sich ins Schloss. Nur der Duft seines Eau de Toilette blieb. Ein Duft, der eigentlich eher zu einem Geschäftsmann als zu einem Studenten passte.

Eine verhängnisvolle Entscheidung

Merle Rosch drückte den Wischmopp im Eimeraufsatz aus und fuhr damit über den Boden. »Und du meinst, er ist der Richtige?«

Cinderella schwang die Tagesdecke übers Gästebett. »Glaub schon. Du hättest ihn dabei sehen müssen. Als wenn er das jeden Tag tun würde.«

»Vielleicht tut er das ja auch.«

»Wie meinst du das?« Cinderella blickte erwartungsvoll zu Merle.

»Ich meine, dass er vielleicht selbst Kinder hat.«

»Aber das hätte er doch bei seiner Vorstellung erzählt.«

»Hätte er?« Merle winkte ab. »Männer sagen selten die Wahrheit, wenn es um ihre Vorteile geht.«

»O Mann, du klingst schon fast wie meine Freundin Jule.«

»Na ja, vielleicht weiß deine Freundin, wie Männer ticken.«

»Aber nicht Moritz! Das glaube ich einfach nicht.« Gekonnt faltete Cinderella den Rand der Decke und beseitigte die letzten Falten. »Moritz ist da völlig anders.«

Merle hing den Wischer an den Servicewagen und stellte den Eimer dazu. Dann streifte sie die Gummihandschuhe von ihren Händen, steckte sie ein und strich eine Haarsträhne aus ihrem Gesicht. »Meine Tante hat erst dreizehn Jahre nach ihrer Hochzeit erfahren, dass ihr Ehemann neun Kinder aus Dutzenden vorherigen Beziehungen hatte. Alle im Umkreis von Oldenburg, seiner damaligen Heimat.«

Cinderella drehte sich erstaunt um. »Und wie hat deine Tante reagiert?«

»Gar nicht. Aber ich glaube, sie hat ihm bis heute nicht verziehen.«

Inge Lohmanns Erscheinen unterbrach das Gespräch. Sie blickte sich im Zimmer um. »Und, wie weit seid ihr?«

»Gerade fertig geworden«, erwiderte Merle Rosch.

»Das ist sehr gut«, freute sich Inge Lohmann. »Der Empfang hat eben zwei weitere Zimmeraufbereitungen in Auftrag gegeben.« Sie klatschte in ihre Hände. »Also, die Damen – auf ins nächste Zimmer.«

Viel zu spät, aber typisch für eine Schicht unter dem Regime von Inge Lohmann erschien Cinderella im Kindergarten, um Tommy abzuholen. »Tut mir leid, Schatz, aber es ging nicht früher.«

»Immer bin ich der Letzte«, maulte er. »Sogar Pickelfreddy ist schon lange abgeholt worden. Obwohl den eigentlich keiner will.«

Cinderella beugte sich herab und half Tommy, die Schnürsenkel seiner Schuhe zu binden. »Wieso will den denn keiner?«

»Na, weil der voll ekelig ist und überall Pickel hat.«

»Aber dafür kann er doch nichts.«

Tommy sprang von der Bank auf und griff nach seiner Jacke, die an einem hölzernen Elefantenrüssel hing. »Doch, kann er wohl!«

»Und weshalb?«, fragte Cinderella nach. Sie konnte sich kaum vorstellen, dass ein fast Sechsjähriger niemanden hatte, der ihn mochte.

»Der wirft Popel rum«, rechtfertigte Tommy seine Antipathie.

»Igitt, das ist wirklich ekelig.«

»Und der schmiert die auch heimlich an die Frühstücksbrote von anderen.«

Cinderella riss die Augen auf. »Was? Das ist ja voll daneben.«

»Und weil er noch ganz viele andere ekelige Sachen macht, hat er eben Pickel.«

Da war sie wieder, die Kinderlogik. »Ah ja! Verstehe.« Obwohl Cinderella die unschönen Handlungen des Jungen nicht mit seinen Pickeln in Verbindung bringen konnte, aber sie hatte gelernt, nicht länger über Dinge nachzudenken, die sie sowieso niemals kapieren würde.

»Wir müssen noch schnell in den Kurzwarenladen.«

»Zu der komischen Tante?«, fragte Tommy.

»Ja, zu Ingrids Kurzwaren. Aber die ist nicht komisch, sondern eine Garn-Künstlerin.« Und das war die Inhaberin in der Tat. Staunend blieben die Touristen vor ihrem Schaufenster stehen, wenn Ingrid dekorierte. Sie zauberte wahre Kunstwerke aus Wolle, Spitze und Häkelseide.

Tommy äffte die kreative Geschäftsfrau nach. »Wählen Sie aus meiner bunten Vielfalt.« Dabei verbeugte er sich, schwang seine Hände hin und her und legte ein übertriebenes Grinsen auf.

»Das ist gemein«, schimpfte Cinderella. »Hör auf damit!«

»Das ist 'ne Inselhexe, sagt Florian.«

»Blödsinn. Es gibt keine Hexen.«

»Doch, auf Sylt und auf dem Brocken.«

»Das ist eine Sage, Tommy. Man sagt, dass es früher auf dem Brocken Hexen gegeben hat. Deshalb feiern die Harzer auch jedes Jahr Walpurgisnacht und verkaufen kleine Brockenhexen auf Besen.«

Tommy nahm seine Tasche auf und hängte sie sich um. »Und das ist doch eine Inselhexe.«

»Treten Sie näher und wählen Sie aus meiner bunten Vielfalt«, lockte Ingrid Meißner ein Touristenpärchen hinein, das interessiert vor ihrem Schaufenster stand. Tommy kicherte und stupste Cinderella an, die ihm wiederum einen zornigen Blick zuwarf.

»Reiß dich ja zusammen«, zischte sie ihn an.

»Wann kommt Moritz wieder?«, fragte er.

Cinderella zuckte mit den Schultern. »Weiß nicht. Wenn ich mich entschieden habe.«

»Und wann hast du das?«

»Lass mich jetzt in Ruhe Knöpfe aussuchen.«

»Guck mal, Mama, der ist schön.« Tommy hielt einen riesigen Knopf aus Holz in seiner Hand.

»Stimmt, der ist nicht übel. Findest du noch mehr von denen?«

Tommy wühlte eifrig mit beiden Händen in der Knopftruhe. *Beschäftigungstherapie für kleine Nervensägen,* dachte Cinderella. In der Hoffnung, etwas Zeit für ihre Auswahl geschunden zu haben, suchte sie weiter nach den perfekten Knöpfen für ein gefertigtes Strandkleid. Das Touristenpaar ging währenddessen durch den Laden und bestaunte die Kunstwerke von Ingrid Meißner.

»Dieses da«, sagte die Frau zu ihrem Begleiter und zeigte auf das Schiff aus gewickelter Wolle. »Das will ich haben.«

»Gute Wahl«, beteuerte die Künstlerin und nahm das hängende Woll-Schiff vom Haken. »Ein Einzelstück, das auf meiner letzten Ausstellung sehr viele Besucher in seinen Bann gezogen hat.«

Der Mann beäugte das eigenartige Kunstwerk von allen Seiten. »Was soll es denn kosten?«

»Dreihundertfünfundsiebzig Euro. Aber für Sie gehe ich auf dreihundert runter.«

Er kratzte sich am Kopf. »Hm, wo willst du das denn aufhängen?«, fragte er skeptisch seine kaufwillige Partnerin.

»Über unserer Leseecke.«

Er brummte etwas in seinen Bart, zückte die Geldbörse und bezahlte.

»Mama, da sind keine mehr«, rief Tommy, immer noch mit dem Kopf in der Truhe versunken.

»Dann such weiter.«

Ingrid Meißner winkte dem Touristenpaar hinterher. »Viel Freude damit und gute Heimfahrt.« Dann wandte sie sich Cinderella zu. »Sie sollten meine neue Knopfkollektion anschauen. Da ist bestimmt das Richtige dabei.«

»Warum nicht?«, erwiderte Cinderella und folgte der Ladenbesitzerin zum Kassentisch.

»Farblich verlaufende Edelstücke aus reinem Perlmutt«, erklärte Ingrid Meißner. Dabei ließ sie ihre rechte Hand über die präsentierten Designer-Knöpfe hin und her schweben.

Cinderella betrachtete eines der Knopfsets genauer. »Diese da, die könnten passen.«

»Ich verkaufe sie Ihnen für vierundzwanzig statt für zweiunddreißig Euro.«

Cinderella überlegte. Keinesfalls durfte sie ihr Budget überfordern. »Ich weiß nicht ...«

»Mama, da sind keine Holzknöpfe mehr«, rief Tommy verärgert.

»Dann hör auf zu suchen.«

»Darf ich den Knopf hier behalten?« Er winkte mit dem hölzernen Einzelstück.

»Von mir aus. Aber vorher muss ich ihn bezahlen. Also gib ihn mir.«

Tommy lief zur Kasse und warf den Knopf über den Ladentisch, so dass dieser zu Boden fiel.

»Was soll das?«, schimpfte Cinderella.

Ingrid Meißner bückte sich und hob ihn auf. »Na schau mal an, was du da gefunden hast.«

Tommy starrte sie erstaunt an. »Was denn?«

»Den Knopf des Kapitäns Ratzefatz.«

Tommys Augen wurden größer. »Ist das ein Zauberknopf?«

»Viel besser. Dieser Knopf ist das einzige Überbleibsel von Ratzefatz. Man sagt, dass ihn eines Nachts Seeräuber entführt haben, um an seine Schatzkarte zu gelangen.«

»Schatzkarte?« Tommy strahlte über beide Ohren.

»Ja. Aber die wurde nie gefunden.«

»Nein?«

Ingrid Meißner beugte sich zu Tommy herab. »Man sagt, dass dieser Knopf die Schatzkarte ist«, flüsterte sie ihm zu.

Tommy griff nach dem Holzknopf und beäugte ihn skeptisch. »Da ist nichts drauf.«

»Stimmt! Aber einmal im Jahr, Punkt Mitternacht, wenn der Mond am höchsten steht, soll dieser Knopf für einige Minuten die Wegbeschreibung zum Schatz preisgeben, erzählt man sich.«

Cinderella klatschte in die Hände. »Eine schöne Geschichte.«

»Aber auch traurig, wenn man bedenkt, dass Ratzefatz nie mehr gesehen ward«, erläuterte Ingrid Meißner und zwinkerte Cinderella zu.

»Ach was, ich nehme das Knopf-Set«, entschied Cinderella.

Mittlerweile war es schon sieben Uhr, und sie wollte das Auftragskleid unbedingt fertigbekommen. Ingrid Meißner nickte und steckte die sechs Knöpfe in eine winzige Tüte. Für den großen Holzknopf berechnete sie allerdings nichts.

Schließlich war es ja der Knopf des Kapitäns Ratzefatz – unbezahlbar und einzigartig.

Cinderella fühlte sich nach den Strapazen des Tages ausgelaugt und matt. Eine Tasse Tee würde ihr guttun und die Nerven etwas beruhigen. Tommy schlief tief und fest. In seiner Hand hielt er den seltsamen Knopf aus dem Laden.

Gerade als Cinderella sich aufs Sofa gesetzt hatte, klingelte das Handy. *Um diese Zeit? Wer kann das sein?* Verärgert über die späte Störung nahm sie den Anruf entgegen. »Preußer.«

»Guten Abend, hier ist der Micha. Ich rufe wegen der Anzeige an.«

»Ja, verstehe. Haben Sie denn Erfahrungen mit Kindern?«

»Geht so. Aber mich interessiert mehr die Mutter.«

»Bitte?«

»Na wie Sie aussehen und so. Können Sie sich beschreiben?«

»Ich denke, dass dies für den Job nicht relevant ist.«

»Welchen Job? Ich suche eine Frau.«

»Dann wünsche ich Ihnen viel Glück bei Ihrer Suche. Auf Wiederhören.«

Erzürnt über den Anrufer und den Fehler der Zeitungsredaktion warf Cinderella das Handy aufs Sofa. *Was denkt dieser unverschämte Kerl? Dass er eine Haushälterin bekommt, die ihn bezahlt?* Sie lehnte sich zurück und nippte an ihrem Tee. Eine geschmackvolle Friesenmischung, die ihr Frau Schmiedel empfohlen hatte. *Hm, wirklich lecker.* Moritz mochte diesen Tee offenbar auch. Immerhin hatte er ganze sechs Tassen davon getrunken. *Ach Moritz ... Was er wohl gerade tat?* Sie griff erneut zum Handy. *Soll ich oder soll ich nicht?* Bestimmt wartete er schon gespannt auf ihren Anruf.

Und nach dem letzten Anrufer hatte sie wenig Hoffnung auf einen besseren Bewerber. Sie suchte in der Anrufliste seine Nummer und wählte ihn an.

»Moritz hier.«

»Hi, hier ist Preußer, die Mutter von Tommy.«

»Ich verstehe Sie so schlecht. Moment, ich gehe mal nach draußen.« Im Hintergrund lief Musik, Menschen unterhielten sich und Gläser klirrten. »Ich wollte Sie nicht stören. Ich kann auch morgen noch einmal anrufen«, schrie Cinderella ins Telefon.

»Nein! Moment! Es wird gleich leiser«, brüllte Moritz zurück. »So, jetzt kann ich Sie besser verstehen.«

Cinderella wiederholte. »Hi, hier ist Preußer, die Mutter von Tommy.«

»Das weiß ich bereits.«

»Ach ja? Ich dachte, Sie konnten mich nicht verstehen?«

»Das stimmt. Aber Ihr Name stand im Display.«

Sein Handy kennt meinen Namen? »Ach so. Da stand ich wohl gerade auf der Leitung«, witzelte sie.

»Ich gestehe, ich habe auf Ihren Anruf gehofft«, fuhr er fort.

»Haben Sie?«

»Ja! Und wie lautet Ihre Entscheidung?«

»Na ja, ich denke, dass es okay ist, wenn wir es probieren.«

»Prima! Wann fange ich an?«

Cinderella schluckte. »Da ist noch was, das ich Ihnen sagen muss.«

»Ich bin ganz Ohr.«

»Ich … ich … wie soll ich sagen, ich kann Ihnen aber vorerst nur sieben Euro statt zehn die Stunde zahlen.«

»Kein Problem.«

»Ehrlich nicht? Ich meine, weil Sie doch so dringend das Geld für Ihr Studium brauchen.«

»Ihre Sorge ehrt mich, aber ich bekomme das Geld schon irgendwie zusammen. Notfalls nehme ich einen zweiten Job an.«

Cinderella war gerührt. Dieser Moritz schien wirklich ein guter Mensch zu sein. »Wenn Sie möchten, können Sie Montag anfangen. Da habe ich meinen freien Tag, den ich allerdings für Näharbeiten benötige.«

»Montag klingt gut. Welche Zeit?«

»Vierzehn Uhr?«

»Ist notiert. Bis dahin. Und grüßen Sie mir den kleinen Helden.«

Unerwünschter Besuch

Drei Wochen später …

Cinderella zündete die Duftkerze an. Sie wusste selber nicht so genau, weshalb sie den Lavendelstumpen gekauft hatte. Aus irgendeinem Grund lag dieser unnötige Zusatz in ihrem Einkaufswagen. Und weil das so war, hatte sie ihn bezahlt und mitgenommen. *Hm, Lavendel …* Sie blickte zur Uhr. Noch dreizehn Minuten, dann würde er kommen. Hektisch sortierte sie die herumliegenden Stoffreste, brühte Tee auf und steckte ihr Haar hoch.

»Mama, ich bin fertig«, rief Tommy aus seinem Zimmer. Und tatsächlich. Alles war ordentlich weggeräumt und glänzte. Ein »Wow« huschte über ihre Lippen. Das hatte sie Moritz zu verdanken. Er übertraf ihre Erwartungen. Und das nicht nur als Ersatz-Papa. Auch im Haushalt packte er tatkräftig mit an und wies Tommy in die einfachen Dinge der Hausarbeit ein. Eine Entwicklung innerhalb kurzer Zeit, die sich zum wahren Volltreffer entpuppte.

Ach ja, der goldene Oktober. Cinderella öffnete ein Fenster und inhalierte die herbstliche Meeresluft, die sich mit dem Duft der Kerze vermischte. Der Wind zog geräuschvoll durch die bunten welken Blätter der Trauerweide, die rhythmisch hin und her tanzten. Ein einzigartiges Zusammenspiel der Natur, das Cinderella zu lyrischen Gedanken verführte, wie so oft in den vergangenen Tagen. Fröhlichkeit durchströmte ihren Körper, als sie ihre Gedankensplitter auf einen Zettel schrieb. *Herbsttanz eines Blattes.*

Ein Hauch Romantik dringt zunehmend durch die kalte

Jahreszeit. Ich höre den Klang des Windes, wiege mich rhythmisch hin und her, im Gedanken an dich. Dann endlich! Du bist gekommen. Und mit dir tausend bunte Blätter. Ziellos wirbeln sie herum, bettelnd um den letzten Rausch.

Ich kehre in mich, entsinne mich meiner selbst. Nein! Ich bin keines der verdorrten Dinger, die sich euphorisch dir ergeben. Fabulierend erwehre ich mich, trotze deiner Macht, bis der Novemberblues mich ergreift und mein saftloses Ich in deine Arme trägt.

Immer und immer wieder huschte das herbstliche Gedicht ihr durch den Kopf. Moritz sollte es unbedingt lesen. Geschickt platzierte sie den Zettel neben das Bonsai-Bäumchen, das Moritz, jedes Mal wenn er kam, bewunderte. *Ach Moritz ...* Sie hatte ihn in kurzer Zeit lieb gewonnen. Seine rehbraunen Augen, die Art, wie er lächelte, alles an ihm faszinierte sie. Seit Moritz da war, schien alles leichter zu sein. Sogar die Schichten mit Inge Lohmann.

Cinderella beugte sich über das Fensterbrett und blickte die Straße entlang. Gleich würde er auf seinem blauen Rennrad die Promenade entlang geradelt kommen.

»Mama, das Wasser schäumt über.«

Die Spaghetti! Cinderella eilte zum Herd und riss den Topf in die Höhe. Ein Großteil des Wassers befand sich aber schon zwischen den Herdplatten. »Gib mir mal den Lappen.«

Tommy gehorchte aufs Wort. »Soll ich helfen?«, fragte er.

»Nein. Das ist zu heiß, da kannst du nicht wischen.«

Cinderella füllte Wasser nach und setzte den Topf zurück auf die Kochstelle. Die Tomatensoße hatte sie einen Tag zuvor gemacht, streng nach dem Rezept ihrer Großmutter. Moritz wusste ihre Kochkünste zu schätzen. Er hingegen konnte nicht so gut kochen, jedoch fantastische Longdrinks zubereiten, alkoholfrei mit aufgesteckten Früchten aus der

Dose. Noch eine Minute, dann waren die Nudeln zum Abgießen bereit. Tommy stand da und beobachtete jeden ihrer Handgriffe. »Kann ich eine probieren?«

»Nein.«

»Nur kosten, ob die gut sind.«

»Warte, bis sie auf dem Teller liegen.«

Es klingelte. »Das ist Moritz!« Freudig rannte Tommy zur Tür.

»Ja, öffne ihm. Ich mach schnell das Essen fertig.«

»Mama, das ist nicht Moritz, das ist Papa.«

»Wer?« Cinderella ließ das Sieb mit den Nudeln ins Spülbecken fallen. *Mike? Was will der denn auf Sylt?*

»Mach die Tür zu, Tommy!«, rief sie panisch.

»Cindy, bitte. Ich will mit dir reden«, sagte Mike, der bereits eingetreten war.

Cinderella lief entsetzt in den Flur. »Was willst du hier? Verschwinde gleich wieder.«

»Es tut mir leid. Ehrlich. Bitte lass es mich erklären.«

»Nein! Ich habe deine Lügen satt. Verschwinde, Mike. Sofort!«

»Geht nicht, ich bin pleite, ich brauche deine Hilfe.«

»Ist mir egal. Geh zu Sandra.«

»Das ist vorbei, glaub mir, Cindy. Sie hat mich beschissen! Hat mich um die gesamte Gage geprellt und ist mit dem Veranstalter abgezogen.«

Cinderella blickte zur Uhr. Was sollte sie Moritz erzählen? Musste sie sich überhaupt vor irgendwem rechtfertigen? Immerhin war sie Single, eine alleinerziehende Mutter, die gerade anfing, ihr Leben zu ordnen. Und Moritz war mittendrin aufgetaucht, hineingestolpert in ihr chaotisches Dasein und hatte ihr mehr als nur den Frieden mit Tommy ins Haus zurückgebracht.

»Bitte, Mike, geh!«

»Aber Cindy …«

»Ich heiße Cinderella«, fiel sie ihm ins Wort.

Mike blickte sie erstaunt an. »Du hast diesen Namen doch noch nie gemocht.«

»Stimmt! Aber jetzt bin ich eine andere Frau. Also geh und komm nie wieder.«

»Tommy ist mein Sohn«, erwiderte Mike. »Ich habe ein Recht, ihn zu besuchen.«

Cinderella schnappte nach Luft. »Du hast ein Recht …?« In ihren Augen spiegelte sich die Enttäuschung der letzten Monate wieder. »Du hast uns einfach sitzenlassen! Ohne Geld! Du hast mein Konto überzogen und noch niemals einen Cent Unterhalt gezahlt. Du scherst dich doch einen Dreck um deinen Sohn. Also verschwinde aus meinem Leben!«

»Mama?« Tommy rutschte hinter Cinderella. »Ich will nicht, dass ihr euch streitet.«

Sie hockte sich zu ihm. »Tun wir doch gar nicht! Komm her, kleiner Mann.« Dabei schwächte sie ihren Tonfall ab und warf Mike einen hasserfüllten Blick zu.

Tommy schmiegte sich fest an seine Mutter. »Isst Papa auch mit?« Cinderella schluckte bei der Vorstellung an ein Vier Personen-Menü bei Kerzenlicht. »Ich glaube eher nicht.«

Erneut klingelte es an der Tür.

»Tut mir leid, aber ich erwarte Besuch«, sagte Cinderella barsch und ging zur Tür.

Moritz kam die Treppe hochgerannt. »Sorry, ich hatte einen platten Reifen. Musste die letzten Kilometer schieben«, japste er, völlig außer Puste. Auf seiner Stirn waren kleine Schweißperlen zu erkennen.

»Nicht so schlimm. Ich bin gewissermaßen … na ja, auch abgehalten worden.«

»Moritz, Moritz«, rief Tommy und sprang an seinen Hals.

Moritz beugte sich nach vorne und schaukelte Tommy hin und her.

»He Sportsfreund, hast du schon gegessen?«

»Nee. Die Mama sagt, ich muss warten, bis die Nudeln auf dem Teller sind.«

»Na, wenn Mama das sagt, ist es Gesetz.« Moritz lachte, er setzte Tommy ab und strich ihm über den Kopf.

Cinderella stand immer noch regungslos da und blickte ihn an.

»Ist was passiert?«, fragte Moritz.

»Der Papa ist gekommen«, erklärte Tommy den eigenartigen Gesichtsausdruck seiner Mutter und zeigte zum Wohnzimmer. »Da drin sitzt er. Willst du ihn sehen?« Er griff nach Moritz' Hand und zerrte ihn hinein. »Guck mal, Papa, das ist Moritz, mein Ersatz-Papa.«

Mike nickte mit düsterer Miene. »Ersatz-Papa – aha.«

Cinderella ging wortlos zum Spülbecken. »Hat noch wer Hunger?«, fragte sie, ohne sich umzublicken.

»Ich, Mama – ich habe ganz großen Hunger«, erwiderte Tommy, der Moritz immer noch an der Hand hielt. »Und Moritz mag auch Omas Soße.«

»Großmutters Tomatensoße ist und bleibt die beste«, pflichtete Mike grinsend bei. Wie eine Schlange hockte er auf seinem Sessel, die nur darauf wartete, ihr Gift verteilen zu können.

»Was weißt du schon?«, zischte Cinderella zurück.

»Dass niemand so gute Tomatensoße macht wie du und Großmama.«

»Sie war nicht deine Großmama!«

»Aber sie hat mich gemocht.«

»Hat sie nicht!«

»Sie hat meine Hand gehalten und mir gesagt, ich soll auf ihr Mädchen aufpassen.«

»Auf dem Weg ins Jenseits, Mike! Sie lag im Sterben.« Cinderella knallte den Topf auf die Kochplatte. »Du solltest jetzt gehen.«

Moritz saß Mike gegenüber und musterte den Eindringling. Tommy hatte er auf seinem Schoß sitzen. »Magst du vorm Essen noch etwas herumtoben?«, fragte Moritz und schaute Tommy an.

»Weiß nicht«, murrte der.

»Eine Runde Muschelsuchen. Was hältst du davon?«

»Au ja. Und wer zuerst drei gefunden hat, bekommt eine doppelte Portion Nudeln«, freute sich Tommy, rutschte von Moritz' Schoß und rannte zur Tür.

Cinderellas Augen suchten Moritz. Er zwinkerte ihr zu, verabschiedete sich mit einem Nicken von Mike und folgte Tommy.

Die Tomatensoße köchelte vor sich hin. Cinderella gab Nudeln hinein und wandte sich Mike zu. »Woher wusstest du, wo ich wohne?«

»Slowalski hat mir gesagt, es gibt keine Wohnung Preußer mehr in seinem Haus und dass ich verschwinden soll. Dann gab er mir deine Adresse und hat mich wie einen Hund aus dem Haus gejagt.«

Cinderella schmunzelte. *Weggejagt wie einen räudigen Köter also – eine wunderbare Vorstellung.* »Und was wolltest du da?«

»Zu Tommy … zu dir … meine Gitarre. Ach ich weiß nicht.« Er schlug seine Hände vor den Kopf. »Ich bin so ein Trottel gewesen.«

»Da kann ich nicht widersprechen.«

»Sag mir, was ich tun soll, und ich tue es.«

»Du sollst gehen, Mike, und nie mehr wiederkehren.«

»Nein! Das kann ich nicht. Ich liebe dich und den Kleinen. Bitte!«

Cinderella griff zum Handy. »Wenn du nicht gehst, rufe ich die Polizei.«

»Das ist doch albern. Ich bin Tommys Vater …«

»Tommy braucht keinen Vater, der seine Geburtstage vergisst oder seine Zeit in irgendwelchen Clubs verbringt.« Ihre Hand wies zum Ausgang. »Geh bitte, Mike!«

Mit gesenktem Haupt schlurfte er zur Tür. »Und wo soll ich hin?«, fragte er leise, fast wimmernd.

»Das weiß ich nicht.« Ihre Augen blickten starr an ihm vorbei, als sie ihm die Tür öffnete.

»Kannst du mir wenigstens was leihen?«

Cinderella schüttelte den Kopf. »Auf Wiedersehen, Mike.«

Im Hausflur ging gegenüber die Tür auf. Zwei Augen linsten durch den Kettenspalt.

»Guten Tag, Frau Rößler«, grüßte Cinderella laut ihre Nachbarin, die sich sofort ertappt fühlte und die Tür wortlos wieder schloss.

Mike ging langsam die Stufen herab.

»Warte«, rief Cinderella. Er blieb stehen und blickte nach oben. »Was brauchst du?«, fragte sie.

»Weiß nicht. Zweihundert vielleicht?«

Sie kniff die Lippen zusammen und nickte. »Na schön. Aber das ist das allerletzte Mal.« Sie ging in ihr Apartment zurück. *Dreihundert, Vierhundert, Fünfhundert. Verdammt, die Miete ist noch offen.* Frau Schmiedel würde gewiss schon darauf warten. Cinderella zählte die Geldscheine erneut, aber es wurden nicht mehr. Und bis zum Lohntag waren es noch einige Tage. Zwar standen noch zwei Zahlungen für genähte Kleider aus, aber davon wollte sie Moritz bezahlen. Sie kratzte über ihre Kopfhaut. *Verflucht!* Hin und her gerissen, griff sie drei Scheine und lief zurück ins Treppen-haus. »Dreihundert. Mehr ist nicht drin.«

Mike grinste verschlagen. »Danke, Baby.«

»Schenk dir dein Getue. Ich will, dass zwanzig davon auf dem Grab meiner Großmutter landen. Kauf ihr einen schö-nen Strauß Blumen. Und achtzig gibst du Jule für die Schulden, die du bei ihr gemacht hast.«

Er nickte und ging.

Sachte klopfte Cinderella an die Tür ihrer Vermieterin. »Wie schön, Frau Preußer. Kommen Sie doch rein.«

»Nein, das geht leider nicht. Ich wollte nur schnell etwas fragen.«

Elsbeth Schmiedel griff lächelnd nach Cinderellas Hän-den, die nervös das Treppengeländer umklammerten. »Nun kommen Sie schon. Ich habe gerade Wasser aufgesetzt.«

»Nein! Ich kann wirklich nicht«, versuchte sich Cinde-rella dem Wunsch zu entziehen. »Moritz und Tommy kom-men gleich vom Spielen zurück. Und außerdem steht oben ein großer Topf Nudeln mit hausgemachter Tomatensoße.«

Elsbeth Schmiedel lächelte. »Verstehe. Der Ersatz-Papa, von dem Sie mir erzählt haben. Nun, wie kann ich Ihnen helfen?«

»Ich wollte fragen, ich meine wegen der Miete. Na ja, ob ich die eventuell diesen Monat später zahlen könnte.«

Elsbeth Schmiedel lachte. »Eine Verspätung? Geht in Ordnung. Aber bitte nicht zur Gewohnheit werden lassen.«

»Nein, Frau Schmiedel, ich verspreche es.«

Herzklopfen

Als Moritz und Tommy zurückkamen, war der Tisch gedeckt. Moritz blickte sich um. »Wo ist er?«

»Gegangen«, sagte Cinderella beiläufig, während sie Käse über die Nudeln rieb.

Tommy lief zu seinem Stuhl und schwang sich darauf. »Erster«, rief er. Dann schaute auch er im Zimmer umher. »Ist Papa wieder weg?« Cinderella nickte. »Hände gewaschen?«, fragte sie Tommy und packte eine ordentliche Portion auf seinen Teller.

»Äh, weiß nicht«, stammelte er.

»Nein, warst du nicht«, half sie seinem Gedächtnis auf die Sprünge. Ohne Widerworte stand er auf und ging ins Bad. Moritz folgte ihm. »Will irgendwer Basilikum dazu?«, fragte sie.

»Ich nicht«, rief Tommy.

»Wenn es keine Umstände macht«, rief Moritz.

»Ach was, ich zupfe schnell ein paar Blätter ab.« Cinderella ging zur Kräuterecke. Ein extra Tisch mit verschiedenen Kräutern darauf. Unkraut nannte es Mike immer. Sie riss etwas Basilikum ab und spülte es. Dann legte sie es auf ein Brettchen und fuhr mehrmals mit dem Messer darüber.

Moritz und Tommy setzten sich zurück an den Tisch. »Moritz hatte auch schmutzige Hände«, petzte Tommy.

»Muschelsuchhände«, erläuterte Moritz und steckte sich die vor ihm liegende Serviette in den Hemdkragen.

»Was machst du?«, fragte Tommy.

»Ich binde mir ein Papiertuch um.«

»Weshalb?«

»Damit ich mich nicht bekleckere.«

»Moritz braucht einen Schlabberlatz«, spottete Tommy singend und klopfte dazu mit seiner Gabel auf den Tisch.

»Tommy!«, mahnte ihn Cinderella.

»Ach, lassen Sie ihn ruhig über die üblichen Tischmanieren spotten«, blockte Moritz ab. »Dafür wird seine Bettgeschichte heute umso kürzer.« Tommy wurde still. Brav wie ein wohlerzogenes Kind aß er seine Nudeln. Cinderella lächelte in sich hinein. Dieser Moritz schaffte es jedes Mal, Tommy zu bändigen, ohne auch nur seine Stimme erheben zu müssen. Ein kleines Wunder, wie sie fand.

Kurz darauf lag Tommy im Bett. Zuvor hatte er sich, ohne herumzumaulen, ausgezogen und Zähne geputzt. Moritz saß wie üblich auf seinem Stuhl und las aus einem der Bücher vor. Tommy gähnte. »Du, Moritz? Kannst du mich morgen aus dem Kindergarten abholen?«

Moritz blickte auf. »Hm, weshalb?«

»Na, weil der dicke Roland dich sehen soll. Und auch Pickelfreddy und die doofe Kochliesel.«

Moritz lachte. »Wer ist denn Kochliesel? Eure Köchin?«

»Nee. Das ist doch die Tochter vom Hotelkoch. Die heißt eigentlich Lisa. Aber weil die immer so doofe Zöpfe hat, nennt Florian sie Kochliesel.«

»Ach so. Ein Mädchen aus eurer Gruppe also. Tja, ich weiß nicht so recht, vor sechzehn Uhr ist schlecht bei mir.«

»Bitte«, bettelte Tommy.

»Irgendwann mal. Okay?«

»Och, Menno.«

Moritz nahm das Buch wieder auf und las weiter. Als er am Ende der Geschichte angekommen war, schlief Tommy. Zufrieden klappte er das Buch zu und stand auf. »Mögen

Sie vielleicht auch noch eine Geschichte?«, fragte er Cinderella, die wie immer seinen Worten gelauscht hatte.

»Warum nicht?«

Seine Augen funkelten im Kerzenlicht, als er ins Wohnzimmer trat. »Und welche Geschichte? Aschenputtel?«

»Nein!« Sie strich ihr Haar hinters Ohr und begann auf ihrem Zeigefinger herumzukauen. »Dornröschen«, entschied sie spontan, während sie es sich bequem machte. Moritz setzte sich neben sie aufs Sofa und begann zu lesen. Cinderella zog ihre Beine hoch und rutschte näher an ihn heran. Dann schloss sie die Augen, so wie früher, wenn Großmutter ihr Märchen vorlas.

Moritz stupste sachte gegen Cinderellas Schulter. »Mögen Sie einen Cappuccino?«, flüsterte er, halb über sie gebeugt.

»Was?« Cinderella schnellte erschrocken hoch. »Wie spät? Ich muss eingeschlafen sein.«

Moritz hielt ihr eine Tasse entgegen. »Sahne?«

»Ja«, säuselte sie mit verschlafenem Blick.

Er sprühte Sahne auf ihren Kaffee »Süß, wie Sie da so gelegen haben.«

Cinderella hielt verlegen ihre Tasse vors Gesicht. *Ich habe bestimmt gesabbert. O je! Und vielleicht geschnarcht?* Unauffällig tastete sie ihre Mundwinkel ab. »Wie lange habe ich denn …«

»Geschlafen?«, beendete er ihre Frage.

»Ja.«

»Bis zum bitteren Ende der Geschichte. Und …« Er setzte sich neben sie.

»Und?«, fragte sie mit neugierigen Augen.

»Und noch eine halbe Stunde darüber hinaus. Ich brachte es einfach nicht übers Herz, Sie aus dem Schlaf zu reißen.«

Sie blies eine herabhängende Haarsträhne aus dem Gesicht. »Ich verstehe gar nicht, wie ich einschlafen konnte. Nur gut, dass Sie mich geweckt haben.«

»Was, wenn nicht? Hätte Ihr Schlaf einhundert Jahre gedauert?«

Cinderella lachte. »Wie der des Dornröschens?«

»Vielleicht.« Sein Arm rutschte hinter ihren Rücken. »Darf ich?«, fragte er.

Cinderella nickte. Ihr Herz klopfte wie verrückt, als er seinen Arm um sie legte. Um sie herum schien sich plötzlich alles zu drehen, eine Art Achterbahn der Gefühle, die sie zuvor noch nie erlebt hatte. *Lass diesen Moment niemals enden,* schrie ihr zweites Ich fast hörbar aus ihr heraus. Sie lehnte ihren Kopf gegen seine Schulter. »Tommy scheint Sie wirklich zu lieben«, flüsterte sie.

»Ebenso wie ich ihn und …« Sein Gesicht kam näher.

»Ja?«, hauchte sie fragend. Ein pulsierendes Prickeln überkam ihren Körper, als seine Lippen ihre Wangen berührten.

»… seine Mutter, wenn sie es zulässt.«

Cinderella atmete tief ein und schloss die Augen. *Was tue ich hier? Aufwachen, Mädchen! Froschalarm!* Seine Zunge umspielte liebevoll ihr Ohr, während seine Hand zärtlich über ihren Arm glitt. *O mein Gott!* Verzweifelt kämpfte sie gegen die aufkommende Liebe an. »Jetzt brauche ich eine Zigarette«, sagte sie und sprang auf.

Er blickte sie fragend an. »Aber du, äh … ich meine, Sie rauchen doch gar nicht.«

»Stimmt.« Ihre Augen huschten verwirrt durchs Zimmer. »Ich könnte damit anfangen.«

»Mit dem Rauchen?«

»Ja! Warum nicht? Immerhin soll es beruhigend wirken.«

»Sind Sie denn nervös?«

»Vielleicht. Ach was, ich weeß nicht.«

»Ich befürchte, dass Nikotin bei Ihnen eher das Gegenteil bewirken würde.«

»Ach ja«, erwiderte sie schmallippig. »Und wenn schon!«

»Soll ich eine Kanne starken Kamillentee brühen?«

Cinderella schaute ihn fragend an. »Weshalb?«

»Wegen der beruhigenden Wirkung und …«

»Und was?«

»Na ja, ich dachte, dass wir auf ein persönliches Du anstoßen könnten.«

»Mit Kamillentee?«

»Warum nicht? Es gibt keine Regel, die dagegen spricht.« Moritz stand auf und ging in die Küche. »Übrigens, Ihr Gedicht … Das ist doch von Ihnen, oder?« Er zeigte auf den Zettel, der neben dem Bonsai-Bäumchen lag.

»Ja, ist es.«

»Wirklich fantastisch, was Sie da geschrieben haben.«

»Ehrlich?« Ein *Hurra* donnerte durch ihren Kopf, weil es ihm gefiel.

»Seit wann schreiben Sie?«

Cinderella setzte sich zurück aufs Sofa. »Noch nicht so lange.«

»Lyrik ist mein Herzblut. Ich liebe es, wenn ich all meine Gefühle in ein lyrisches Mäntelchen packen und nach außen tragen kann.« Natürlich wusste sie das. Oft genug hatte sie heimlich in seinem Heft gelesen, in welches er zwischendurch Gedichte schrieb.

Moritz nahm den Wasserkocher und überbrühte den Tee. »Lyrik ist die sinnlichste Art, sich auszudrücken«, schwärmte er weiter, nahm das vorbereitete Tablett und stellte es vor Cinderella auf den Wohnzimmertisch.

Sie lächelte stumm vor sich hin. *Ich tausche Cappuccino gegen Kamillentee? Ich muss verknallt sein!* Der Gedanke,

Bruderschaft mit Kamillentee zu trinken, erschien ihr suspekt. Genauso wie die Tatsache, sich in das eigene Kindermädchen zu verlieben. Sie griff nach einem Kandis, warf ihn in die Tasse und rührte um. Dann blickte sie zu ihm herauf. »Und Sie denken wirklich …?«

»Was? Dass ich die Mutter meines Vierhundert-Euro-Basis-Sohnes duzen möchte?« Er nahm seine Tasse auf, stieß damit gegen ihre und setzte sich neben sie. »Auf ein Du«, flüsterte er lächelnd hinzu.

Cinderella spürte erneut die Hitze, die ihren Körper durchfuhr. Der Geruch seines Eau de Toilette vernebelte ihre Sinne. »Ja«, hauchte sie. Er trank einen Schluck, stellte seine Tasse zurück und legte erneut den Arm um sie. »Ich möchte dich küssen.«

Küssen? Cinderellas Hände umklammerten zittrig die Tasse, die schützend an ihren Lippen lag. *Wach auf, Brödelchen! Verpass dem lüsternen Amphib einen Korb und schick ihn zurück in seinen Sumpf.* Verlegen nippte sie am Kamillentee, auf der Suche nach einem Weg aus der sich anbahnenden Situation. Wusste sie doch zu gut, dass ein einziger Kuss oftmals das ganze Leben verändern konnte. *Eine Allergie! Ich könnte eine Allergie vortäuschen.* Sein Gesicht vergrub sich in ihren Nacken, während seine Hände unter ihren Pullover glitten. Nach und nach rutschten seine Lippen näher an ihre, die sich um den Rand ihrer Tasse pressten.

»Nein!«

Er zog erschrocken seine Hände zurück. »Was?«

»Ich habe eine Allergie.«

Er nahm ihre Tasse und stellte sie weg. »Du kannst nicht küssen, weil du eine Allergie hast?«

Sie wich seinen durchbohrenden Blicken aus. »Ja.«

»Interessant. Du reagierst also mit gewissen Symptomen auf das Berühren meiner Lippen?« Seine linke Hand streifte über ihre rechte Wange zum Ohr. Dabei drehte er ihren Kopf zärtlich in seine Richtung.

Cinderella wurde noch nervöser. »Ich … ich …« Ihre Lider verdreifachten ihre Geschwindigkeit und klimperten planlos vor sich hin. *Ich brauche eine Kröten abschreckende Allergie!* »Ja, so ähnlich. Nur schlimmer.«

»Aha! Vielleicht sollten wir es dennoch versuchen?«

»Nein! Ich …« Er drückte seine Lippen auf ihre, während seine Hände durch ihr Haar fuhren. Überrascht von seinem unglaublichen Kuss, ließ sie es geschehen. Ihre Anspannung katapultierte die Herzfrequenz auf ein gefährliches Maß. Cinderella schien zu schweben. In ihrem Kopf war völlige Leere. Und so sehr sie sich auch innerlich wehrte, konnte sie doch nichts dagegen tun.

Ein Froschkönig ohnegleichen

Die Tage kamen und gingen. Im Nu war der Herbst voran-
geschritten. Cinderella hatte Tommy dick angezogen und
war mit ihm zum Strand gelaufen. Vereinzelt spazierten
noch Späturlauber herum. Sie blickte sich um, konnte aber
Moritz nicht entdecken. Er hatte sie zum Strand gelockt,
wollte ihr und Tommy etwas zeigen. Strandkorb 599
musste ganz in der Nähe sein. Diesen Treffpunkt hatte Moritz genannt.

»Mama, schau mal, ein Drache«, rief Tommy begeistert
und rannte los. »Warte, nicht so schnell«, versuchte Cinderella ihn zu zügeln. Aber er hörte sie nicht. Im Laufschritt
folgte sie ihrem Sohn, der in die Luft blickend den Strand
entlang hastete. »Pass auf«, schrie sie noch hinterher. Aber
Tommy hatte nur Augen für den Drachen und prallte gegen
die Rückwand eines nach hinten gekippten Strandkorbs.

»Aua«, jammerte er und warf sich in den Sand.

Das Pärchen, das in dem Strandkorb lag, lehnte sich seit-
lich über die Armstützen und betrachtete den Störenfried,
der ihre Liebkosungen unterbrochen hatte.

Eine Affäre, dachte Cinderella, als sie den um Jahrzehnte
älteren Mann musterte. Sein schütteres Haar wehte im
Wind, und an seinem rechten Ringfinger war deutlich der
Abdruck eines Eheringes erkennbar. *Eine typische Geschäfts-
reise mit Sekretärin,* dachte sie angewidert.

Tommy saß im Sand und hielt sich seinen Arm. »Mama,
der tut weh.«

Cinderella hockte sich neben ihn. »Zeig mal her.« Behutsam krempelte sie den Ärmel seiner Jacke hoch. »Das wird ein Monsterfleck«, sagte sie kopfschüttelnd. »Ich hab doch gesagt, pass auf.«

Tommy, der mit den Tränen kämpfte, musste plötzlich lachen. »Ein Monsterfleck mit Auge, Nase, Mund.«

»Hä?«

»Ich kann dem Monsterfleck doch ein Gesicht malen. Dann kann er gucken.«

»Auf Sachen kommst du.« Cinderella schmunzelte. In solchen Momenten fragte sie sich jedes Mal, von wem er seine Fantasie geerbt hatte. Sie rieb über die sich bläulich verfärbende Stelle. »Bis du groß bist, ist das wieder verheilt.«

Tommy schob seinen Ärmel zurück, sprang auf und begann zu hüpfen. »Da hinten, da ist Moritz.«

»Wo?«

»Na da.« Er zeigte zu einem der Strandkörbe. Und tatsächlich! Moritz saß auf einem aufblasbaren Hocker und winkte mit irgendwas. *Was hält er da in seiner Hand?* Cinderella kniff die Augen zusammen. Aber die Sonne blendete zu stark. Lächelnd und mit einem eigenartigen Herzklopfen in der Brust schritt sie ihm entgegen.

»Ich dachte schon, du hättest meine Nachricht nicht erhalten«, rief er ihr zu.

Cinderella lachte. »Doch, habe ich. Auch wenn ich mich sehr gewundert habe.«

»Worüber?«

»Ein geheimnisvolles Treffen am Strandkorb 599 klingt schon sehr merkwürdig. Was, um alles in der Welt, machst du hier?«

Moritz saß vor einem kleinen Grill, auf dem eine Pfanne stand, in der irgendetwas vor sich hin brutzelte. »Krabben-burger«, sagte er und überreichte Tommy einen eigenartig aussehenden Gutschein. »Hier, für dich. Ein Gutschein von

Neptun, über zehn original Krabbenburger aus dem Meeresrestaurant.«

Tommy äugte misstrauisch auf das Dokument. »Wirklich?«

»Klar! Schau hier unten.« Moritz tippte auf das Wachssiegel. »Ein Seepferdchen. Das Siegel des Neptun.« Tommy konnte es kaum fassen. »Und weshalb macht Neptun die Krabbenburger nicht selbst?«

Cinderella grinste. »Stimmt! Das würde ich auch gerne wissen.«

Moritz zog Tommy zu sich heran. »Neptun erwartet jeden Moment die Geburt seiner sechshundertsten Tochter. Deshalb bat er mich darum. Aber pst, das ist geheim«, flüsterte er sich umblickend.

Cinderella kicherte. »Nicht übel, Herr Weberknecht.«

Moritz stupste sie an. »Ich weiß nicht, was Sie meinen, Frau Preußer«, stieg er auf den übertrieben höflichen und in der Sie-Form ausgesprochenen Spaß ein.

»Natürlich nicht«, neckte sie weiter. Diese Art Gespräche führten sie öfter mal. Einfach nur so aus Jux oder um verspannte Situationen aufzulockern.

Tommy, der sich an die gelegentlich eigenartigen Umgangsformen schon gewöhnt hatte, starrte währenddessen auf den Gutschein in seinen Händen. »Mann, wenn ich das Pickelfreddy zeige …« Er ließ sich in den Sand fallen.

Moritz hielt ihm einen fertigen Burger hin. »Magst du den ersten?«

Tommy griff danach und biss hinein. »Hm, der ist voll lecker. Probier mal, Mama.«

Was? Krabbenburger? »Nein danke!«

»Und du, Moritz?«, fragte er schmatzend.

»Immer her damit.«

Tommy jubelte. »Und – wie schmeckt der?«

»Gigantisch lecker«, lobte Moritz. »Nur schade, dass wir deine Mama nicht davon überzeugen können. Wo es doch Neptuns original Krabbenburger sind.«

Cinderella schüttelte lächelnd den Kopf. »Keine Chance. Ich esse alles, aber gewiss keinen Krabbenburger.«

Die Glut der Grillkohle spendete ein wenig Wärme. Cinderella rutschte näher heran und hielt ihre Hände darüber. Moritz und Tommy waren zum Wasser gelaufen, um die Reste des mittäglichen Hochgenusses dem König der Meere zurückzugeben.

»Hier, Neptun«, rief Tommy und warf seinen letzten angebissenen Burger in die Wellen.

Moritz feuchtete seinen Burger an und rollte ihn zu einer Kugel. Dann nahm er Schwung, als würde er zum Weitwurf antreten, und stieß die winzige Murmel ebenfalls ins feuchte Element.

Tommy quietschte vor Freude. »Treffer und versunken.«

Moritz nahm ihn bei den Händen und drehte sich im Kreis.

»Huiiii«, kreischte Tommy. Sein Schal flatterte an seinem Hals herum. Moritz blieb stehen. Lachend torkelten beide umher, bis sich Moritz auf den nassen Meeresboden fallen ließ. Tommy warf sich auf ihn.

Das ist einfach wundervoll, dachte Cinderella, die den Spaß der beiden aus sicherer Entfernung betrachtete. Fast wie ein Schauspiel, an dem sie sich nicht sattsehen konnte. *Meine Familie!* Stolz auf das, was sie vor sich sah, und darauf, die richtige Wahl getroffen zu haben, klopfte sie sich auf die Schulter. *Gut gemacht Cinderella!* Ein Froschkönig, dessen Reichtum sein Herz war, wirkte zwischen all den materialistisch denkenden Lurchen wie ein Volltreffer – ein Hauptgewinn in der Liebe. Fröhlich winkte sie ihnen zu. »Wollt ihr mich etwa vereinsamen lassen?«

Tommy winkte zurück. »Komm her, Mama.«

Sie stand auf und ging hinunter zum Watt, das sich nach und nach mit Wasser füllte. In den Sandspalten wabbelte es nur so von Leben. Kleine Krebstierchen und Würmer, die auf die Rückkehr des Meeres warteten. Cinderella beugte sich herab und nahm eine Schnecke auf, deren Häuschen mit Algen versehen war. *Ach Schnecke, kriech hinaus zu Neptun und sag ihm tausend Dank.* Sie lief zum Wasser und warf die Schnecke hinein.

»Was machst du?«, rief Moritz.

»Nichts. Habe nur einer kleinen Wasserschnecke geholfen, die den Weg nach Hause gesucht hat.«

Nach und nach zog Wind von Nordost auf. Dicke Wolken schoben sich ineinander und verdunkelten den sommerlichen Herbsttag.

»Ich friere«, meinte Tommy bibbernd.

Moritz wirkte ebenso unterkühlt, beschwerte sich jedoch nicht.

»Hat wer Lust auf Pfannkuchen?«, fragte Cinderella.

»Ich bin satt, danke«, sagte Moritz.

»Ich auch«, schloss Tommy sich an.

»Okay. Dann gibt's für euch nur einen Tee daheim.« Schulterzuckend lief Cinderella zurück zum Gezeitenschild. Moritz folgte mit Tommy an seiner Hand.

»Wie lange dauert es, bis man sechs Meter lange Haare hat?« Mit neugierig blitzenden Augen lugte Tommy aus seiner Bettdecke heraus. Moritz ließ ein verzweifeltes »Hm, ja« vernehmen und drehte sich hilfesuchend zu Cinderella, die am Türrahmen hockte.

»Keine Ahnung. Ist das wichtig?«, erwiderte sie.

»Ja!« Tommy grinste.

»Ich denke, dass Rapunzel dreiundfünfzig Jahre gewartet hat.«

Moritz gluckste. »Dreiundfünfzig?«

»Ja, ihr zwei Schlaumeier. Mit dem richtigen Shampoo und ohne Föhn, könnte es hinkommen.«

»Wieso ohne Föhn?«, fragte Moritz nach.

Cinderella kicherte in sich hinein. »O Mann! Jeder weiß doch, wie schädlich heiße Luft für Haare ist.«

»Und du denkst, dass Rapunzel das gewusst hat?«

»Nein, natürlich nicht! Aber sie konnte keinen Föhn benutzen.«

»Aha! Und weshalb nicht?«, bohrte Moritz weiter.

Cinderella warf ihm einen spöttischen Blick zu. »Was denkst du denn, warum sie keinen benutzen konnte?«

»Weil es keine gibt im Märchenland?«, antwortete er fragend.

»Blödsinn!«

Tommy feixte aus seiner Decke heraus. »Der Föhnladen war zu weit weg.«

»Auch nicht richtig.« Cinderella lachte. »Im Turm von Rapunzel gab es keine Steckdosen.«

»Und wieso?«, wollte Tommy wissen.

Moritz klappte das Buch in seinen Händen zusammen und blickte Cinderella gespannt an. »Das interessiert mich Architekturstudenten jetzt aber auch.«

»Na, weil die Wände des Turmes rund waren und Steckdosen nun mal nur auf geraden Wänden eingebaut werden können.«

Tommy starrte zu Moritz. »Stimmt das?«

»Tja, was soll ich sagen? Ein Argument, das nicht von der Hand zu weisen ist.«

»Die Mama hat's gewusst«, freute sich Tommy.

»Nun ja, das hat sie. Aber weshalb ist das Haar von Rapunzel nicht ergraut oder ausgefallen, wenn sie doch schon über dreiundfünfzig war?«

»Gute Vererbung halt«, meinte Cinderella.

»Und keine Falten?«

»Nein!«

»Nicht mal Altersflecke?«

»Auch die nicht.«

Moritz kapitulierte und las weiter. Nur hin und wieder schüttelte er fassungslos seinen Kopf.

Im Zimmer war es frisch geworden. Cinderella hüllte sich in ihre Decke und rutschte zur linken Ecke des Sofas. Die rechte Seite ließ sie für Moritz frei. Leise vor sich hin pfeifend rührte er den Eintopf vom Vortag um. Ein Gemüse-Kartoffel-Gericht, das Cinderellas Großmutter erfunden hatte. »Preußentopf« hatte sie ihn genannt und die Zutaten stets wie einen Goldbarren gehütet. »Und?«, fragte Cinderella.

Moritz kostete vom Holzlöffel. »Hm, heiß«, zischte er mit vorgehaltener Hand. »Ich glaube, er ist noch besser als gestern. Hier probier.«

Sie lachte. »Nicht nötig. Ich weiß, gut durchgezogen ist dieser Eintopf unschlagbar.«

»Was ist da drin? Schmeckt irgendwie nach Muskat und Tomatenwürze.«

»Netter Versuch, Herr Weberknecht«, neckte sie ihn. »Du weißt doch, dass ich …«

»Sorry, ich vergaß«, fiel er ins Wort. »Ein Geheimrezept von Oma Trautchen.« Er drehte sich um und verneigte sich. »Mögen Madame einen extra Teller?«

Cinderella lächelte. »Ach was, einer ist ausreichend.«

Moritz bestückte den Tellerrand mit Pfirsichstreifen und setzte sich neben sie. »Ist dir warm geworden?« Seine Hand tastete unter ihre Decke.

»Ein bisschen.«

»Okay. Dann bleib in deinem Kokon.« Lächelnd führte er den Löffel zu ihren Lippen. »Mund auf«, leitete er sie an. Cinderella folgte seinen Worten und küsste ihn auf die Wange.

»Ich habe mir überlegt …«, erklärte sie schmatzend, »… dir einen Schlüssel zu geben.«

»Für dein Apartment?«

»Ja, wieso nicht? Ich meine, wo du doch sowieso fast täglich hier bist.«

»Ich weiß nicht«, stammelte er überrascht.

»Dann könntest du Tommy abholen und hier mit ihm spielen. Egal, wann ich Feierabend habe«, versuchte sie ihn zu überzeugen.

Moritz rührte ausweichend mit seinem Löffel im Eintopf herum. »Hast du einen passenden Reißverschluss bekommen?«

Cinderella blickte zum Sonderauftrag, der auf einem Bügel an der Wand hing. »Na ja, nicht so wirklich. Aber die Wollkünstlerin hat mir ein marmoriertes Einzelstück besorgt, das farblich wenigstens nicht absticht.«

»Gut! Wann holt es die quietschige Dame ab?«

Cinderella stieß ihn gegen den Arm. »Hey, Frau von Wegerich quietscht nicht.«

»Eine quietschende Opernsängerin mit Geschmacksverirrungen.«

»Hör auf! Das ist nicht fair. Sie singt wunderschön.«

Moritz schob sich einen Löffel Eintopf in den Mund und lachte. »Trällert wie ein Vögelchen, dem gerade ein Viertonner über den Schwanz gefahren ist.« Er verschluckte sich. »Sorry«, hustete er. »Aber diese von Wegerich ist schon ein komischer Singvogel.«

»Und wenn schon! Sie bezahlt doppelt soviel wie die anderen.«

»Dafür hat sie aber auch doppelt soviel sonderbare Ansprüche.« Moritz verzog das Gesicht und kniff die Augen zusammen. Mit aufgepusteten Backen äffte er Cinderellas beste Kundin nach. »Äh ja, und die Knöpfe sollten unterschiedliche Formen und Farben haben und mit dem gezackten Saum sowie mit dem Design meiner Nägel harmonieren.« Er klopfte mit seinen Fingern rhythmisch auf den Tisch. »Sehen Sie? Der neueste Schrei aus Mailand.«

Erzürnt über den Spott, streifte Cinderella die Decke ab. »Würdest du mir bitte den Teller reichen?«

Moritz wurde ernster.

»Entschuldige, aber die gute Dame hat ständig Extrawünsche. Und du? Du sitzt nächtelang da und nähst dir die Finger wund.«

»Stimmt! Weil es mein Job ist!«

»Dein Zweitjob«, korrigierte er sie.

»Aber dennoch mein Job.«

Moritz rückte näher.

»Hey, lass mir was übrig.« Er starrte auf den Teller in Cinderellas Hand.

»Mach den Mund auf, Mister Nörgel.«

»Hm, der ist wirklich gut. Selbst kalt noch«, schwärmte er erneut. »Hast du schon einmal über ein eigenes Label nachgedacht?«

Cinderella verstand nicht. »Wie meinst du das?«

»Eine eigene Kollektion.«

»Dafür ist meine Zeit zu knapp.«

»Aber nicht, wenn du Angestellte hättest und dich nur noch dem Designen der Kleider widmen würdest.«

»Ich und Angestellte?« Sie stieß ihn zärtlich in die Rippen und kicherte. »Blödsinn.«

»Nein! Das ist mein voller Ernst. Du hast da ein Händchen für.«

»Und wo sollen all meine Angestellten arbeiten? Hier?«

»In deiner Boutique.«

»Meiner Boutique?«, wiederholte sie.

Seine Hände strichen ihr durchs Haar, während er ihr einen Kuss auf die Lippen drückte. »Ja. Ein Schneiderlädchen in Muschelform. Und über der Ladentür wird *Cinderellas Dream* stehen. Was hältst du davon, meine holde Designer-Prinzessin?««

»Eine wirklich schöne Vorstellung. Vielleicht mache ich das! Irgendwann.«

Ihre Hände glitten unter seinen Pullover. »Aber vorerst ist dafür kein Geld übrig. Das benötige ich nämlich für einen gewissen Studenten mit frechem Mundwerk und einer unglaublich schönen Fantasie.«

Er wich zurück. »Ich will es nicht!«

»Was?«

»Das Geld!«

»Blödsinn! Du brauchst es doch fürs Studium und die Pension.«

»Ja, schon! Aber du vergisst, dass ich nicht mehr für dich arbeite.«

»Tust du nicht?« Cinderella kicherte. »Ist mir gar nicht aufgefallen, dass du gekündigt hast.«

»Hör auf mit dem Quatsch.« Moritz wurde zunehmend wütend. »Ich nehme kein Geld von dir und Basta!«

»Aber ...«

»Nix aber! Steck es in Tommys Spardose.«

»Fast Vierhundert Euro im Monat?«

Er kratzte über sein Kinn. »Stimmt! Ein bisschen viel Geld für einen Fünfjährigen, oder? Wahrscheinlich würde er davon einen Panzer kaufen.«

»Oder einen Krabbenkutter.« Cinderella lachte. »Nein, im Ernst, wie willst du alles finanzieren ohne das Geld?«

»Ich suche mir einen Job. In einem Büro oder so. Vielleicht auch im Hafen.«

»Und Tommy? Er braucht dich. Wann wirst du noch Zeit für ihn haben?«

»Ich kriege das hin. Ist ja nicht für dauerhaft.«

Cinderella lehnte ihren Kopf an seine Schulter. »Oder du wohnst hier.«

Moritz schüttelte den Kopf. »Und schlafe auf zwei zusammengeschobenen Sesseln?«

»Du nimmst das Sofa und ich die Sessel.«

Sein Finger strich sanft über ihre Stirn. »Du bist echt süß. Aber was wäre ich für ein Mann, ließe ich meine Prinzessin auf zwei solch altertümlichen Sitzmöbeln schlafen.« Seine Hand wies zum Sessel, auf dem seine Füße ruhten.

»Ich bin ja nicht die Prinzessin auf der Erbse«, argumentierte Cinderella dagegen.

»Stimmt!« Er küsste ihre Stirn. »Du bist viel empfindsamer als jene Königstochter.«

»Bin ich nicht!«

»Dennoch! Ich bleibe vorerst in Kampen.«

»In deiner Schiffskoje«, neckte Cinderella ihn.

»Klar! Die Schiffskoje ist gar keine so üble Pension für einen Studenten wie mich. Und außerdem teile ich mir das Zimmer mit einem äußerst klugen Studienfreund, von dem ich durchaus profitiere.« Dabei zwinkerte er ihr zu. *Gott! Er ist so süß, wenn er lächelt.* Vollkommen entspannt schloss Cinderella die Augen und überlegte, wie sie das für Moritz eingeplante Geld sinnvoll anlegen könnte. »Was hältst du davon, wenn ich davon das Brautkleid fertig schneidere?«

»Für deine Vermieterin?«

»Ja!«

»Klar! Warum nicht!«

»Dann gehe ich gleich morgen zu Ingrid Meißner und

bestelle alles, was ich dafür brauche.« Schmunzelnd blickte sie ihn an. »Dieses Kleid wird das allerschönste! Das aller-allerschönste, das je erschaffen wurde.«

Moritz küsste ihre Nasenspitze. »Davon bin ich überzeugt.«

Der Doppelgänger

Merle Rosch stieß Cinderella an. »Guck mal, die Loh-mann«, flüsterte sie im Vorbeigehen.

Cinderella stellte die Putzmittel zurück auf den Service-wagen und blickte unauffällig über ihre Schulter. Inge Loh-mann stand eigenartig verrenkt vor dem frisch eingecheck-ten Gast und spielte verlegen an ihrer Halskette herum. Fast schien es, als wollte sie trickreich die Augen des offensicht-lich interessierten Herrn auf ihr übergroßes Dekolleté len-ken. *Was? Die Lohmann lächelt?* Cinderella feixte Merle Rosch zu. Der ultimative Beweis, dass selbst ein steingewor-denes Herz nicht auf Zuspruch verzichten konnte. Ihre ge-strenge Vorgesetzte verfügte zweifelsohne über eine femi-nine Seite, die beim ersten Kompliment des stattlichen Endfünfzigers nach außen gedrungen war. Redselig wie ein Entchen beim Schnatterwettbewerb flatterte Inge Loh-mann um den Gast herum und erläuterte jedes noch so un-wichtige Detail.

Merle Rosch drehte sich mit zusammengepresstem Mund ab, um einem Lachanfall zu entgehen. »Wir sind dann soweit«, signalisierte Cinderella der liebestrunkenen Vorzimmerdame.

»Ja, wunderbar«, freute sich Inge Lohmann. »Dann schlage ich vor, dass sie beide jetzt eine Pause machen. Wir treffen uns …«, sie musterte das Ziffernblatt ihrer Arm-banduhr, »… in exakt zwanzig Minuten im Servicezimmer.«

Eine Pause? Die Lohmann muss krank sein! Cinderella spähte misstrauisch zu Merle, die die einmalige Chance auf zwei zusätzliche Zigaretten sofort beim Schopfe packte. Geschwind streifte sie sich die Handschuhe ab und schob den Servicewagen hinaus auf den Flur.

»Kommst du?«, fragte sie zurückblickend.

Cinderella nickte, streifte ebenfalls die Handschuhe ab und folgte ihr zur verglasten Raucherinsel. Draußen tobte ein Orkan mit Namen Silvia. Jene Silvia war auch für die ungewöhnlich warme Luft und die unzähligen Gewitterfronten verantwortlich, die seit Tagen die Insel heimsuchten. Joseph Möllemann sprach sogar von einem sich zusammenbrauenden Tornado kleineren Ausmaßes, wobei er dafür nur ganze zwei Worte gebrauchte. »Silvia? Mini-Tornado.«

Merle Rosch lehnte sich gegen die Wand und griff in ihre Rocktasche. »Wäre ich froh, wenn ich das lassen könnte.«

»Das Rauchen?«, fragte Cinderella gedankenversunken. Sie musste immer wieder an eine außergewöhnliche Begegnung im Fahrstuhl denken.

»Ja! Ein Vermögen kostet das jeden Monat.« Merle zündete sich eine Zigarette an und blies den Qualm durch ihre gespitzten Lippen zum Himmel. »Mein Schatz hat mal ausgerechnet, dass wir bis zu unserer Rente knappe zweihunderttausend Euro verqualmen.«

Cinderella nickte. In ihrem Kopf spukte ein unbekannter Hotelbesucher herum, den sie mit Moritz verwechselt hatte.

»Hallo? Ich sagte gerade zweihunderttausend.« Merle wedelte mit ihrer Hand vor Cinderellas Gesicht herum. »Huhu! Was ist los?«

»Ach, nichts weiter.«

»Nichts? Dafür beschäftigt dich das Nichts aber gewaltig.«

»Na ja …«, begann Cinderella zögerlich. »Ich hatte heute so eine merkwürdige Begegnung.«

»Außerirdische?« Merle lachte. Sie nahm einen kräftigen Zug und drückte den Rest ihrer Zigarette ordnungsgemäß auf dem Metallrost des Tabak-Man aus. Jene silberne Kugel, vor der sich das rauchende Personal traf.

»Quatsch, Moritz. Dachte ich jedenfalls. Aber es war wohl wer anders.«

»Jemand, der wie Moritz aussah?«

»Ja.«

»Und wer?«

»Das weiß ich nicht. Ich weiß nur, dass dieser Mann dasselbe Eau de Toilette wie Moritz benutzt, genauso aussieht und in Richtung Chefbüro gelaufen ist.«

»Vielleicht hat er einen Zwillingsbruder?«

»Nein! Er hat keine Geschwister.«

Merle steckte sich eine zweite Zigarette an. »Hm, echt komisch. Und du bist ihm nicht nachgegangen?«

»Wie sollte ich, wo doch die Lohmann an meinen Fersen geklebt hat.«

»Verstehe. Beschreib ihn mir.«

»Was?«

»Sag mir, wie er aussieht, was er trägt. Vielleicht ist Mister Doppelgänger noch im Hause.«

Cinderella gab eine umfassende Beschreibung des Unbekannten ab. Lediglich das Gesicht ließ sie aus. Merle hörte gespannt zu. »Und du hast ihn nicht von vorne gesehen?«

»Nein. Er lief von mir abgewandt. Und als ich ihn rief, reagierte er nicht.«

Merle zuckte mit den Schultern. »Das könnte quasi jeder gewesen sein. Auch unser Juniorchef.«

»Wir haben einen Juniorchef?«

Merle zog an ihrer Zigarette und lachte. »Du kennst Junior Maxe nicht?«

»Nein!«

»Ein super Süßer, sage ich dir, auf den das mit dem Eau de Toilette mehr als zutrifft. Der duftet immer wie …« Merle schaute sich um. »… ein zwölfstöckiges Freudenhaus.«

»Ein Freudenhaus?«, wiederholte Cinderella, entsetzt über den Vergleich.

»Ist ein Spruch meines Freundes«, erklärte Merle lachend. »Falls mir also ein gut riechender Mann unter dreißig über den Weg laufen sollte, werde ich ihn eintüten und mitbringen.«

»Sehr witzig«, erwiderte Cinderella. »Mach lieber das stinkende Ding aus und beeil dich.« Immer noch an den merkwürdigen Fremden denkend, lief sie zurück ins Hotel.

Überstunden? »Ich weiß nicht, Frau Lohmann. Dazu müsste ich kurz meinen Freund anrufen.«

»Na, dann tun Sie das, Fräulein Preußer. Und wie gesagt, diese Delegation ist für unser Haus von großer Wichtigkeit.«

Cinderella lief im Eilschritt zum Servicezimmer. Das Handy musste irgendwo in ihrer Jacke stecken. Hastig tastete sie danach. *Ah, das könnte … Ja!* Ihr Daumen drückte sich durch das Adressbuch, das in den vergangenen Wochen um einige Kontakte gewachsen war. *Martha, Merle, Moritz.* Es rief und rief. *Komm schon, geh dran!* In einer Stunde musste Tommy abgeholt werden. Und zu Ingrid Meißner musste sie auch noch. Dort warteten zwei Knopfsätze, die unbedingt noch vorm Wochenende an die dafür vorgesehenen Kleider sollten.

»Ist jetzt schlecht. Können wir später reden?«, meldete sich Moritz halb flüsternd.

»Ja, okay. Aber …«

»Aber was? Gibt es etwas Wichtiges?«

»Überstunden und ein Kind, das in genau fünfundfünfzig Minuten abgeholt werden müsste.«

»Mist! Ich kann nicht.«

»Wieso? Ich dachte, du hast heute Zeit? Wir wollten doch kochen.«

»Ja, schon. Aber mir ist was dazwischengekommen. Eine super Chance auf einen Job.«

»Verstehe!«

»Tut mir leid, aber ich muss jetzt ins Gespräch.«

»Ich drücke dir die Daumen.« Ein seltsames Gefühl durchfuhr Cinderella, als sie auflegte. Eine Mischung aus Skepsis und Freude. Einerseits liebte sie ihn über alles. Andererseits hatte sie Angst vor einer erneuten Enttäuschung. Sie atmete tief durch. *Bleib cool! Es ist alles in Ordnung.* Dann wählte sie die Nummer von Joseph Möllemann.

»Jo«, brummte der Eifeler ihr entgegen.

»Ich bin es, Cinderella. Eine Notlage, Joseph. Tommy, ich weiß nicht, wohin mit ihm. Muss heute Überstunden machen, und Moritz …«

»Bringst ihn halt«, unterbrach sie der Hausmeister in gewohnt ruhiger Stimmlage.

»Danke, Joseph! In fünfzig Minuten?«

»Jo.«

Zehn Minuten hatte Inge Lohmann angewiesen. Dann mussten sich alle zur Sonderschicht einfinden. *Diese blöde Delegation! Ausgerechnet heute!* Cinderella drückte Tommys Fuß in den Schuh. »Hör auf, dich so steif zu machen«, fluchte sie.

Tommy ignorierte die Aufforderung.

»Tommy! Du läufst auf Strümpfen zu Joseph.«

»Ich will aber viel lieber zu Moritz«, nörgelte er und verschränkte bockig seine Arme.

»Moritz hat aber zu tun.«

»Ist mir egal!«

Cinderella warf den Schuh in seinen Rucksack. »So, jetzt ist Schluss! Dann gehst du mit nur einem Schuh!«

»Aber …«

»Nix da!« Sie griff seine Jacke vom Elefantenrüssel und klemmte sie unter ihren Arm. »Komm, ich habe keine Zeit.«

Er hüpfte auf einem Bein hinterher. »Immer musst du arbeiten.«

»Ja! Um dir all die Sachen kaufen zu können, die du brauchst«, sagte sie, ohne sich umzublicken.

»Das Piratenschiff brauche ich aber auch.«

»Das bringt der Weihnachtsmann! Und nun mach endlich hin. Ich muss zurück.«

»Warum kaufst du mir das nicht?«

»Ich habe kein Geld dafür.«

»Hat der Weihnachtsmann mehr Geld als du?«

Gute Frage! Hat der Weihnachtsmann überhaupt irgendwelche Einnahmen? Cinderella fand keine Antwort auf die Frage. Vielleicht würde das ja Moritz wissen. »Lass mich in Ruhe mit dem Quatsch!«

Tommy blieb stehen. »Doch, Mama! Der muss ganz viel Geld haben.«

»Wieso?« Cinderella drehte sich um.

»Der schenkt doch allen Kindern auf der Welt etwas. Das kostet bestimmt ganz viel Geld. Und das muss er alles alleine bezahlen.«

Santa Claus der große Held? »Moment, Tommy. Ganz alleine bezahlt er das nicht. Er bekommt Zuschüsse von den Eltern und hat Sponsoren.«

Er blickte sie fragend an. »So wie unser Fußballverein in Halle?«

»Ja. So ähnlich.«

»Dann hat der Weihnachtsmann auch ›Gefördert vom Bauverein Lüppe‹ auf seinem Mantel?«

»Nein! Ganz sicher nicht. Der hat nur himmlische Sponsoren.«

»Was sind himmlische Sponsoren?«

»Nun mach schon! Die Lohmann wartet.«

Tommy hinkte seiner Mutter hinterher. »Meine Socke wird schmutzig.«

»Egal!«

»Sind das Engel so wie Oma Trautchen?«

»Wer?«, fragte Cinderella genervt.

»Na, die himmlischen Sponsoren.«

»Nee, Tommy! Keine Engel! Und damit du endlich Ruhe gibst, verrate ich es dir. Aber das bleibt unser Geheimnis.«

Tommy nickte.

»Rentiervereinigung himmlische Pforte. Und nein, der Weihnachtsmann hat kein Logo von denen auf seinem Mantel.«

Cinderella klopfte an die Tür des Hausmeisters, der sofort öffnete. »Bis später«, sagte sie und schob Tommy hinein. Joseph nickte ihr zu. »Danke«, flüsterte sie, drehte um und lief den Flur entlang.

Ein Geschenk des Himmels

Als es an der Tür läutete, zuckte Cinderella instinktiv zusammen. Das schlechte Gewissen hatte sie schon am Vortag heimgesucht. *Die von Wegerich! Was sage ich nur?* Zum ersten Mal hatte sie eine Auftragsarbeit nicht fristgerecht fertig bekommen. Und das nur, weil sie sich einfach bei der Arbeit am Prinzessinnenkleid verloren hatte. Jede freie Minute hatte sie davor gesessen und Perle für Perle angebracht. Ein Traum in Weiß, der einen schnell die Zeit vergessen ließ. Aber das würde eine Diva wie Frau von Wegerich wenig interessieren.

Vorsichtig schlich Cinderella zum Fenster und blickte durch einen Gardinenspalt. Sie konnte jedoch den Porsche der Opernsängerin nicht sehen. Lediglich ein Postauto stand vor der Einfahrt. Cinderella öffnete das Fenster. »Hallo?«, rief sie hinunter.

»Eine Lieferung für Preußer«, entgegnete der Postmann. *Eine Lieferung? Für mich?* »Ich habe nichts bestellt.«

»Ist was Größeres. Ein Rad, glaube ich.«

»Ein Fahrrad? Wer schickt mir denn ein Fahrrad?«

Der Postbote zuckte mit den Schultern. »Vielleicht ein Geschenk?«

»Moment, ich komme runter.« Cinderella schlüpfte in ihre Jacke und huschte die Treppen hinab. Wer, um alles in der Welt, würde ihr ein Rad schicken? Sie musterte das übergroße Paket auf der Suche nach einem Absender. *Familie Mustermann?* »Kenne ich nicht«, sagte sie, vor sich her grübelnd.

»Kein Wunder. Ist nur ein Musterabsender.«

»Musterabsender? Wer macht denn sowas?«

Der etwas rundlich geratene Paketzusteller verzog seinen Mund. »Vielleicht will der Gönner unbekannt bleiben. Nehmen Sie an oder nicht?«

»Muss ich was zahlen?«

Er schüttelte den Kopf und überreichte ihr einen Schein. »Nur gegenzeichnen bitte.«

Cinderella unterschrieb und zerrte das Geschenk zum Hauseingang.

»Ah, Frau Preußer«, ertönte es aus einem der unteren Fenster. »Was macht der kleine Pirat?«

»Guten Tag, Frau Schmiedel. Tommy geht's gut.«

»Das freut mich zu hören. Und die Liebe?« Elsbeth Schmiedel strahlte über ihre faltigen Wangen. »Vielleicht bringen Sie Ihren Freund zum nächsten Teekränzchen mal mit.«

»Ja, gerne.« Cinderella begann den Karton aufzureißen.

»Warten Sie, ich gebe Ihnen eine Schere.«

»Vielen Dank.«

Im Nu waren die Plastikriemen durchgeschnitten. *Mein Leihfahrrad! Und sogar mit Kindersattel. Wie ist das möglich?* Cinderella blickte ungläubig auf das dunkelviolette Rad, das ihr plötzlich noch schöner erschien, als sie es in Erinnerung hatte.

»Sie haben sich ein Rad gekauft. Sehr gut!«, sagte Elsbeth Schmiedel und nickte.

»Nein! Ich nicht. Irgendwer hat es mir geschickt.«

»Ein Geschenk also. Wie wunderbar!«

»Ja, das ist es wohl.« Aber wer steckte dahinter? Niemand außer Joseph wusste davon. *Moment! Moritz und Frau Schmiedel! Denen habe ich es auch erzählt. Hat einer von denen vielleicht …?* Cinderella blickte hinauf zum Fenster.

»Das ist das Rad, mit dem ich zum ersten Mal hier war. Das Leihfahrrad, erinnern Sie sich?«

Elsbeth Schmiedel lächelte. »Ach je, da muss ich erstmal meine Brille holen.« Sie verschwand und tauchte mit einer Brille auf der Nase wieder auf. »Ich weiß nicht, kann mich nur vage erinnern. Aber es ist ein schönes Fahrrad. Und hier auf Sylt ein Muss.«

»Da haben Sie recht, Frau Schmiedel.« *Nein! Frau Schmiedel fällt weg. Moritz? Joseph?* Cinderella hatte nicht die geringste Ahnung. Sie brachte das unverhoffte Geschenk in den Fahrradkeller und rannte die Treppen hinauf. *Ich muss Moritz anrufen!* Vielleicht steckte er hinter der Mustermann-Adresse. Hastig tippte sie sich durchs Menü, das sie mittlerweile schon wie ein Profi beherrschte. Sie klemmte das Handy zwischen Schulter und Hals und goss sich den letzten Frühstückskaffee ein.

»Guten Morgen, meine sanftmütige Prinzessin.«

Cinderella räusperte sich. »Welch Worte von einem Mann, der Operngesang und Gehirnfolter in einem Atemzug benennt.«

»Na, nicht so zynisch an einem so schönen Morgen.«

»Was macht ihn denn so besonders?«

»Du! Du machst ihn zu etwas ganz Besonderem.« Moritz küsste laut in den Hörer hinein.

»Weißt du noch – das Fahrrad, das ich mir immermal ausgeliehen habe«, begann Cinderella auf den eigentlichen Grund ihres Anrufes zu sprechen zu kommen.

»Ja, na ja … nicht wirklich. Was ist damit?«

»Es gehört jetzt mir.«

»Du hast es gekauft? Gratuliere!«

»Danke! Aber gekauft hat es wer anders.«

»Ach ja? Ich hoffe nicht der Geist aus deiner Vergangenheit?«

»Mike? Nein! Ganz bestimmt nicht!«

»Gut! Wer dann?«

»Sag du es mir!«

»Ich?«

»Ja!«

»Sorry! Da muss ich wohl passen.«

»Wann kommst du? Wir könnten Tommy gemeinsam vom Kindergarten abholen, wo ich doch jetzt ein Rad habe.«

»Auch da muss ich passen. Ich hätte dich sowieso gleich angerufen. Stell dir vor, ich soll ein Probeprojekt erstellen, ein Bürogebäude in Kegelform kreieren, das den Anforderungen von Baubehörde und Umwelt entspricht.« Moritz atmete tief aus. »Weißt du, was das bedeutet?«

»Dass du heute nicht kommst?« Cinderella seufzte enttäuscht.

»Sei nicht traurig. Ich liebe dich! Nein, ich revidiere. Ich liebe euch! Küss den Zwerg von mir und sag ihm, dass es mir leid tut.«

»Ja, tue ich. Und Moritz?«

»Ja?«

»Viel Glück!«

Tommy rannte zur Hintertür des Kindergartens hinaus. »Und wann bekomme ich ein Fahrrad?«

Cinderella verabschiedete sich von Hannelore Michelson und schlenderte hinterher.

»Wann kaufst du mir eins?«, quengelte er weiter.

»Ich habe das nicht gekauft. Das hat der Postmann gebracht.«

»Dann will ich auch eins vom Postonkel«, entschied Tommy. »Genau so ein komischfarbenes, aber mit Stützrädern dran.«

»Okay, ich sag's dem Postmann.«

»Da …« Tommy zeigte auf die Lenkstange. »Mein Krabbenpickser.«

Cinderella musterte den Griff genauer. *Tatsächlich!* Entsetzt blickte sie ihn an. »Tommy, wie konntest du nur!« Versteckt und kaum sichtbar, ragte unterhalb des Schaumstoffgriffes ein kleines Holzstäbchen hervor.

»Ist Moritz zu Hause?«

»Moritz kann heute nicht. Er muss sich auf ein Probeprojekt vorbereiten.«

»Menno! Ich will aber mit ihm Kriegsschiff spielen.«

»Wir rufen ihn später an.«

»Nee! Wir können doch auch mal zu ihm fahren.« Tommy schlug mit seiner Hand auf die Mittelstange des Rades. »Mit dem Fahrrad sind wir ganz schnell bei Moritz.«

Weshalb eigentlich nicht? Cinderella blickte zum Himmel. Das Wetter war nicht das schlechteste für einen Überraschungsbesuch in Kampen. Nur der Gedanke, Moritz zu stören oder ihn gar unnötig von seinem Projekt abzuhalten, ließ sie zweifeln. »Ich weiß nicht. In einer Stunde wird es eh dunkel. Vielleicht sollten wir lieber doch nur kurz anrufen.«

»Och bitte, Mama!«

»Ich kenne den Weg nicht, müsste auch erst Joseph fragen.«

»Der Inselweg führt zu Moritz. Tante Schmiedel sagt, der führt überall hin«, meinte Tommy altklug.

»Und wahrscheinlich auch nach Rom«, erklärte Cinderella.

Tommy überlegte. »Ist das auch bei Kampen?«

»Vergiss es! Wir fahren ein anderes Mal.«

»Nee, heute!«

»Stimmt! Und zwar genau bis vor unsere Haustür. Ich

muss noch die Kleider für Frau Wegerich fertig machen. Also rauf mit dir.«

Tommy trat gegen das Fahrrad. »Für die olle Singdrossel hast du Zeit.«

»Tommy!« Cinderella griff nach seinen Schultern. »So etwas will ich nie wieder hören! Verstehst du?« Sie rüttelte an ihm herum. »Hast du mich verstanden?«

Tommy nickte.

»Gut! Dann schwing dich rauf.«

Cinderella schlug die Tür ins Schloss und stellte Tommys Rucksack ab. Gerade als sie ihre Jacke ausziehen wollte, klingelte das Handy. »Preußer.«

»Major Schulze hier. Wie geht es dem Krabbenburschen?«

»Er ist derzeit etwas starrköpfig, aber sonst geht es ihm gut.«

»Freut mich zu hören. Und Ihnen?«

»Mir?«

»Ja! Haben Sie sich gut eingelebt?«

»Ich denke schon. Aber Tommy hat Sie anfänglich sehr vermisst. Moment, ich hole ihn ans Telefon.«

»Negativ! Ich befinde mich in Australien und kann nicht lange sprechen.«

»Australien?«

»Ja! Sondereinsatz Kamelrettung.«

»Sie retten Kamele?«

»Genauer gesagt, impfen wir sie gegen unnötiges Rülpsen.«

»Ah ja! Und weshalb?«

»Damit sie nicht erschossen werden.«

»Man erschießt Kamele, weil sie rülpsen?«

»Korrekt! Weil sie bei jedem Rülpser Methan ausstoßen.

Somit sind sie zum Klimakiller abgestempelt und für den Abschuss freigegeben.«

Tommy schlich näher an Cinderella heran. »Wer rülpst, Mama?«

»Sei still! Ich kann den Major nicht verstehen.«

»Ah, der Krabbenbursche. Kann er mich hören?«

»Ja.«

»Soldat Null-Null-Drei stillgestanden! Das Ohr an den Hörer gedrückt und zugehört! Ab sofort wird jeglicher Widerspruch mit einem Strafpunkt gewertet und in eine Liste eingetragen. Zu viel davon bedeutet das Aus deiner militärischen Laufbahn. Hast du das verstanden, Soldat?«

Tommy salutierte. »Ja, Sir!«

»Hat der Soldat einen Wunsch zu Weihnachten?«

»Ja, Sir! Piratenschiff und Walkie Talkies.«

»Das sind zwei! Aber dennoch, gute Wahl, Soldat!«

»Danke, Sir!«

Cinderella unterdrückte ein Kichern, als Tommy auch noch die Fersen aneinanderschlug.

»In Ordnung! Weggetreten!«, ertönte es aus dem Hörer.

Tommy drehte ab und lief im Armeeschritt den Flur entlang zurück in sein Zimmer.

»Danke, Major Schulze.«

»Wofür? Für die Kamelrettung?«

»Auch das.«

»Auf Wiederhören!«

Der Jöölboom

Cinderella konnte es kaum erwarten. Nach Feierabend würde sie nach Hause stürmen und endlich den Weihnachtsbaum sehen, mit dem sie zum ersten Mal ein wirklich schönes Fest haben würde. Immer wieder blickte sie auf die Uhr an der Wand, deren Zeiger sich heute irgendwie langsamer zu drehen schienen. *Weshalb quälst du mich?* Aber die Uhr tickte erbarmungslos weiter. *Ach ja! Endlich Weihnachten!* Kerzen, Lametta und Kugeln hatte sie längst gekauft. Nun freute sie sich auf ein gemeinsames Schmücken in Familie mit einem »O du Fröhliche« auf den Lippen.

Merle stieß sie an. »Na los, verschwinde.«

»Nee, die Lohmann sagte vierzehn Uhr.«

»Nun mach schon. Heute ist Heiligabend. Und Frau Obergenau ist mit der Königssuite gewiss noch bis nach vierzehn Uhr beschäftigt.« Sie schob Cinderella aus dem Zimmer. »Los! Und frohe Weihnacht.«

Cinderella strich Merle über den Oberarm. »Danke! Du bist ein Schatz.«

Geschwind eilte sie über den Gang zum Lift. *Ein schöner grüner Tannenbaum, geschmückt in festlichem Rot. Und obendrauf der zerzauste Engel von Großmutter.* In ihrem Kopf stand er schon am Fenstereck des Wohnzimmers. Groß und stattlich, mit Lichtern so hell wie Sterne. Bestimmt hatte Moritz Mühe gehabt, den Baum aufs Fahrrad zu binden. *Ob er bis zum Apartment schieben musste?* Der Fahrstuhl öffnete sich. Cinderella trat ein und drückte auf Erdgeschoss. Sie wunderte sich, weil der nette rothaarige Liftboy fehlte.

Pause? Klo? Zu gerne hätte sie ihm ein frohes Fest gewünscht. In der unteren Etage ging es wie im Taubenschlag zu. Musiker rannten aufgeregt mit ihren Instrumenten zwischen Garderobe und Gastraum hin und her. Der Dirigent brummelte etwas vor sich hin und schwang dazu sein Stöckchen, während er den Flur im Taktrhythmus voll durchlief. Cinderella huschte fast unbemerkt zwischen den Künstlern hindurch. *Schnell noch umziehen und dann …*

»Frohe Weihnachten«, erklang es hinter ihr. Sie drehte sich um und erkannte Josephs blauen Kittel. »Danke, ebenso.« Er winkte, bevor er im chaotischen Trubel unterging.

Tommy saß schon fertig angezogen auf der Bank im Kindergarten. »Schau mal.« Er hielt einen Weihnachtsmann aus Pappe in die Höhe. »Den habe ich mit Florian gebaut.«

»Gebastelt«, korrigierte Cinderella ihn.

»Nee, gebaut haben wir den!« Er schob den Bart des heiligen Mannes beiseite und spritzte mit Wasser.

»He! Was soll das? Hör auf damit!«

Tommy kicherte. »Ist das cool oder was?«

»Cool?« Cinderella griff nach dem Wasser spuckenden Santa Claus. »Entweder du hörst auf damit, oder er landet im Müll!«

»Der Weihnachtsmann?«, fragte Tommy empört.

»Ja! Inklusive seinem lustigen Wasserballon.«

Hannelore Michelson kam hinzu. »Na, da ist ja die Mutti.« Sie reichte Cinderella die Hand. »Erholsame Festtage wünsche ich Ihnen.«

»Danke.«

»Wie ich gehört habe, wird es ein Familienfest.«

»Ja … irgendwie schon«, erwiderte Cinderella lächelnd. »Und das erste auf Sylt.«

»Na, dann hoffe ich doch, dass es Ihre Erwartungen übertrifft.« Hannelore Michelson beugte sich herab und rückte Tommys Mütze gerade. »Und dir wünsche ich ganz viele Geschenke vom Weihnachtsmann.«

Wind war aufgekommen und peitschte mit aller Härte über den menschenleeren Weg, der nach Hause führte. Noch einige Meter, dann waren sie daheim. Cinderella zog ihre Mütze über die Augenbrauen und trat stärker in die Pedalen. Tommy umklammerte die Lenkstange. »Hat Moritz einen richtig großen Baum gekauft?«

»Weiß nicht«, sagte Cinderella mit fröstelnder Stimme. »Wir werden es gleich wissen.«

»Ich will eine Nordmanntanne, so wie Tante Jule immer hat.«

Jule! Die habe ich völlig vergessen. Cinderella bremste, stieg ab und hob Tommy vom Rad. »Da vorne! Da wohnen wir!«, beschwerte er sich.

»Du wirst doch wohl die paar Schritte laufen können«, erwiderte sie mit dem Handy am Ohr.

»Wer stört?«, meldete sich Jule.

»Ich, Cinderella.«

»Cinderella? Hm, kenne ich nicht! Oder ist das etwa die …«

»Ja, ja! Spar dir den Kommentar. Ich bekenne mich schuldig.«

Jule lachte. »Schuldig im Sinne der Anklage. Die Reue der hier zu Verurteilenden wird dem Strafmaß angerechnet und auf eine Woche Gastgeberschaft gemindert.«

»Du kommst? Wann?«, jubelte Cinderella.

»Weiß noch nicht genau. Irgendwann Anfang nächsten Jahres.«

»Das ist ja super! Wir könnten Tarot-Karten legen, oder

du bringst das alte verstaubte Hexenbrett mit. Genauso wie früher!«

»Nun wart doch erstmal ab. Noch bin ich nicht da.«

Tommy quetschte sich zwischen Rad und Cinderella. »Mama! Der Baum!«

»Ja! Sofort.« Cinderella schob das Fahrrad ins Haus.

»Höre ich da ein nörgelndes Kind?«, fragte Jule.

»Ja, er will endlich den Weihnachtsbaum schmücken.«

»Habt ihr das etwa noch nicht?«

»Nein! Die Zeit war zu knapp. Zu viel Arbeit halt. Aber Moritz hat einen gekauft.«

»Moritz, der Ersatz-Papa?«

»Ja! Und nein!«

»Hä?«

»Moment, Jule. Ich muss das Fahrrad schnell in den Keller bringen.« Cinderella drückte Tommy das Handy in die Hand. »Lass es ja nicht fallen«, mahnte sie ihn zur Vorsicht.

Oben ging eine Tür auf. »Tommy? Cinderella?«, rief Moritz die Treppe herab. »Wo bleibt ihr?«

»Schon unterwegs«, erwiderte Cinderella, immer noch das Handy am Ohr.

»War er das?«, fragte Jule.

»Ja.«

»Wenn er so gut aussieht, wie er klingt …«

»Besser!«, kicherte Cinderella zurück.

»Jetzt hast du mich aber neugierig gemacht.«

Tommy rannte die letzten Stufen hinauf. »Wo ist er?«, rief er Moritz zu.

Moritz grinste. »Na, wo schon? Auf dem Tisch. Aber auspacken soll ihn die Mama.«

Auf dem Tisch? Cinderella stutzte. *Er hat den Tannenbaum auf den Tisch gelegt?*

»Bist du noch dran?«, fragte Jule.

»Ja! Nur gerade etwas geistesabwesend.«

»Wegen dem Baum oder dem Mann?«

»Beides! Moment, ich soll den Baum auspacken.«

»Er hat ihn verpackt? Etwa in Geschenkpapier?«, machte sich Jule lustig.

»Weiß nicht.« Cinderella befreite sich einhändig von ihrer Jacke.

»Mit wem telefonierst du?«, fragte Moritz.

»Mit Tante Jule«, verriet Tommy. Er rannte ins Wohnzimmer. »Da ist kein Baum, Mama!«

Cinderella folgte ihm, immer noch ihre Mütze tief ins Gesicht gezogen. *Tatsächlich!* Sie drehte sich zu Moritz. »Wo ist er?«

»Auf dem Tisch! Sagte ich doch!«

»Und?«, rief Jule. »Wie ist der Baum?«

»Moment noch.« Cinderella tippte auf ein verschnürtes Päckchen, das auf dem Tisch stand. »Ist er das?«

Moritz nickte. »Ja! Pack ihn aus.«

Cinderella presste das Handy zwischen Schulter und Ohr und zerriss das Papier. »Das ist ein Weihnachtsbogen oder so«, stammelte sie enttäuscht vor sich hin. Tommy starrte auf das fünfundzwanzig Zentimeter hohe Holzgestell, an dem ein grüner Kranz mit vier Kerzen hing. »Guck mal, Mama, die Bremer Stadtmusikanten.« Er zeigte auf kleine Tiere, die zwischen den Holzstäben eingearbeitet waren.

»Stimmt! Aber – ups – die Katze fehlt. Wahrscheinlich war es ihr zu eng auf dem üppigen Weihnachtsbaum«, meinte sie ein wenig spöttisch. Dann drehte sie sich Moritz zu. »Genug herumgealbert! Wo ist er?«

Moritz stand wortlos da. Seine Mimik erinnerte an einen Koch, dem man soeben in die Suppe gespuckt hatte.

Cinderellas Fröhlichkeit wich. »Tja …, wie soll ich sagen? Wirklich hübsch dieser kleine … äh, wie soll ich sagen …«

»Jöölboom!«, erwiderte Moritz, ohne auch nur den Anflug eines Lächelns. »Der traditionelle Weihnachtsbaum hier auf Sylt.«

»Ach so«, stotterte Cinderella verlegen. Am liebsten hätte sie Moritz jetzt umarmt und geküsst. Aber er wendete sich ab und ging zur Küche.

»Wer möchte einen alkoholfreien Friesenpunsch?«

»Au ja! Ich will«, jubelte Tommy und rannte hinterher.

»Cinderella?«, ertönte es aus dem Handy.

»Ich glaube, wir telefonieren später weiter. Nicht böse sein, Jule.«

»Okay! Ich habe ja auch noch zu tun, bevor der Weihnachtsmann reinschneit. O Mann, ich hoffe nur, er bringt die Antifaltencreme.«

Über Cinderellas Wangen huschte ein Grinsen. »Du hattest Antifaltencreme auf deiner Wunschliste?«

»Klar, Baby! Eine extra Familiendose für zerknitterte Dauersingles wie mich.«

»Du spinnst! Aber dafür liebe ich dich. Mach's gut und lass die Finger vom Weihnachtsmann.«

»Der ist mir eh zu christlich«, witzelte Jule. »Und Cindy? Du hast es verdammt richtig gemacht.«

Cinderella schmunzelte. »Ich weiß nicht.«

»Doch! Hast du! Also greif dir deinen Moritz und deinen Sohn und mach das Beste aus Weihnachten.«

»Danke, Jule! Du hast recht.«

Nachdem es endlich gelungen war, Tommy aus dem Zimmer zu verbannen, verteilte Cinderella die Geschenke um den Jöölboom herum. Moritz stand an Tommys Tür Wache. »Übrigens ist das ein Pferd und kein Esel«, sagte er auf den Baum blickend.

»Es tut mir leid, ich wusste ja nicht«, versuchte sie sich von Schuld freizusprechen. »Ich kannte diese Art Baum eben nicht!«

Er lächelte. Das erste Mal seit ihrer Heimkehr. »Und ich hätte das wissen müssen! Und euch einen echten Tannenbaum besorgen sollen.«

»Ach was!« Sie winkte ab. »Der Baum ist doch perfekt. Und er nadelt nicht.«

»Stimmt!«

Es klopfte an der Tür. »Frau Preußer? Ich habe hier etwas aus Australien.«

Aus Australien? »Ich hoffe, es ist kein Kamel«, flüsterte sie Moritz zu.

»Ich komme, Frau Schmiedel.«

»Lass mich vorher aufs Klo«, drängte Moritz. Sein Gesicht war blass geworden. Cinderella legte ihre Hand auf seine Stirn. »Du wirst doch wohl nicht krank?«

Er schüttelte den Kopf und verschwand im Bad.

»Kommen Sie doch herein.« Cinderella wies auf einen der Sessel. »Setzen Sie sich doch. Ein Gläschen Friesenpunsch?«

Die Rentnerin nickte und legte das Paket zu den anderen Geschenken. »Sehr gerne.«

»Wann ist das Päckchen denn gekommen?«

»Heute gegen elf Uhr. Ich vermute, Sie waren arbeiten.«

»Ja, bis vierzehn Uhr.« Cinderella stellte das Glas mit dem Punsch auf den Tisch. »Kandis ist schon drin.«

»Danke. Ist denn Ihr Freund nicht da?«

»Doch. Aber ihm geht's nicht gut. Ich glaube, er nimmt ein Bad.«

»Mama!«, brüllte Tommy aus seinem Zimmer. »Ist das die Frau vom Weihnachtsmann?«

Santa Claus hat 'ne Frau? »Nein, es ist Frau Schmiedel.«

»Kann ich raus?«

»Noch nicht!«

»Ach herrje! Vielleicht sollten Sie sich lieber um Ihren Freund kümmern.« Elsbeth Schmiedel erhob sich. »Nicht, dass er noch ertrinkt.«

»In der Badewanne?«, fragte Cinderella erschrocken.

»Ist alles schon passiert.«

»Aber Ihr Punsch.«

»O je! Den hätte ich fast vergessen.« Elsbeth Schmiedel nippte am Glas. »Wirklich vorzüglich. Vielleicht mögen Sie morgen alle drei zum Essen kommen? Es gibt Ente, Rotkraut und selbstgemachte Meerrettichklöße.«

»Ente? Hm, klingt gut.« Cinderella hämmerte gegen die Tür vom Bad. »Was hältst du von einem hausgemachten Festtagsbraten bei Frau Schmiedel?«

»Wann?«, fragte Moritz von drinnen.

»Morgen.«

»Das ist nett, aber ich wollte euch zwei morgen eigentlich an einen besonderen Ort entführen.«

Eine Überraschung? Wie schön! Cinderella zuckte mit den Schultern. »Tut mir leid.«

»Nicht so schlimm. Es klappt schon irgendwann«, sagte Elsbeth Schmiedel verständnisvoll und trat in den Flur hinaus. Sie drückte Cinderella einen zusammengefalteten Geldschein in die Hand. »Und das stecken Sie dem kleinen Piraten in die Sparbüchse.«

Cinderella wurde rot. »Aber, Frau Schmiedel ...«

Die Hände der alten Dame umgriffen Cinderellas Hand. »Ich bitte Sie. Nehmen Sie es.« Dann drehte sie um und ging langsam die Stufen herab. Cinderella blickte ihr hinterher. Ihr tat es leid, nicht mehr Zeit für die nette Rentnerin zu haben.

Der Weihnachtsmann hatte zwei Funkgeräte, Wintersachen, Malstifte und einen sprechenden Soldaten gebracht. Enttäuscht über das fehlende Piratenschiff, widmete sich Tommy den Walkie Talkies von Major Schulze, der sogar passende Batterien mitgeschickt hatte. »O du Fröhliche« war damit gestorben! Moritz musste als Kontaktperson herhalten und ging völlig in seiner neuen Rolle als »grauer Wolf« auf.

»Chamäleon eins, bitte melden«, rief er ins Funkgerät.

Tommy hockte irgendwo versteckt unterm Tisch. »Hier Chamäleon eins. Was gibt's, grauer Wolf?«

»Ein ungesicherter Lebkuchen.«

Tommy quietschte vor Freude, krabbelte unterm Tisch hervor und schnappte sich das weihnachtliche Gebäck. »Chamäleon eins an grauer Wolf. Zielobjekt eliminiert.«

Die eliminieren meine Lebkuchen? Cinderella griff sich den Weihnachtsteller mit den Süßigkeiten und stellte ihn hoch oben auf einen der Schränke.

»O Menno«, fluchte Tommy. Und auch Moritz blickte sie an, als sei sie eine verbrecherische Spielverderberin.

»Nun guckt nicht so«, sagte Cinderella. »Schließlich muss das bis zum zweiten Feiertag reichen.«

Moritz grinste. »Sparmaßnahme des Finanzchefs! Da ist nix zu machen«, flüsterte er Tommy zu. »Aber ...« Er klatschte in die Hände und stand auf. »... es ist sowieso Zeit fürs Bett. Auch Kriegshelden müssen schlafen.«

Tommy rannte voraus. »Ich will heute die Schneidergeschichte.«

»Das tapfere Schneiderlein«, verbesserte ihn Cinderella.

Moritz nahm das Buch aus dem Regal. »Na gut, dann ab in die Koje.«

Wie gewonnen, so zerronnen

Als Cinderella erwachte, lag Moritz noch immer auf den zwei zusammengeschobenen Sesseln neben dem Sofa. Sie streckte sich und gähnte. »Guten Morgen.« Moritz griff sich ins Genick und stöhnte auf. »Ich fühle mich völlig erschlagen. Mit was sind diese Sessel aufgepolstert?«

Cinderella piekte ihre Fingerspitze in seine Hüfte. »Gewiss nicht mit Steinen.«

»Lass das«, wehrte Moritz ab. »Sonst setze ich die dauerfröstelnde Prinzessin in eine Wanne mit kaltem Wasser.«

»O nein! Das wirst du nicht!« Cinderella zwickte ihn noch heftiger.

Moritz ergriff ihre Hände und zog sie zu sich herüber. »Gib mir sofort einen Kuss.«

»Versprich, dass du dich nicht in eine Kröte verwandelst.«

»Wieso Kröte?« Moritz lachte. »Ich bin ein verwunschener Kaffeekocher. Und wenn du mich küsst, werde ich sofort anspringen und dir einen leckeren Cappuccino bereiten.«

»Mit Sahne?«

»Finde es heraus.« Seine Hände glitten an ihrem Rücken entlang, während seine Zunge ihr Ohr umspielte. Cinderella genoss jede Berührung, spürte seinen Atem, der sich ihrem Mund näherte. Sie schloss ihre Augen, bereit sich vollkommen seinen Lippen hinzugeben. *Ja! Ich will!*

»Grauer Wolf, bitte melden«, krächzte es durch das Funkgerät und ließ Moritz sofort erstarren. »Ist er schon wach?«, fragte er ungläubig. Dann kam Tommy aus seinem Zimmer gepoltert. Freudestrahlend stand er vorm Tisch und musterte die beiden. »Was macht ihr da?«

»Äh … äh …«, stammelte Moritz.

»Massage! Ich massiere Moritz, weil ihm der Nacken weh tut«, erklärte Cinderella ihre ungewöhnliche Sitzposition.

Tommy beäugte misstrauisch Moritz, der sich sofort mit der Hand ins Genick griff. »Steifer Halswirbel vom Schlafen«, erläuterte er mit schmerzverzerrtem Gesicht.

»Tut das dolle weh?«, fragte Tommy. Mitleidig betastete er den Hals von Moritz.

Cinderella, die sich der Befragung ihres Sohnes entzogen hatte, machte derweil Frühstück. Nur ab und zu blickte sie lächelnd ins Wohnzimmer.

Moritz schob den Teller beiseite und rieb über seinen Bauch. »Was haltet ihr davon, wenn wir uns jetzt anziehen und die Dünen entlang spazieren.«

»Bei dem Wetter?«, rief Cinderella aus. Sie fröstelte schon bei dem Gedanken, einen Schritt vor die Tür zu machen.

Moritz lachte auf. »Zwei Grad über null, meine holde Prinzessin. Und schau, der wärmende Planet zeigt sich auch in Spendierlaune.«

Cinderella blickte zum Fenster. »Und was ist mit der Überraschung?«

»Ich will auch die Überraschung«, mischte sich Tommy ins Gespräch. Er hatte die Konfitüre von seinem Pfannkuchen gekratzt und in den Tee gerührt.

Cinderella sah entsetzt auf seine Tasse. »Was machst du da?«

»Erdbeertee«, sagte er keck. »Willst du mal kosten?«

Cinderella verzog das Gesicht. »Igitt! Das ist ja …«

»Eine neue Kreation?«, fragte Moritz lächelnd.

Cinderella schnitt eine Grimasse. »O ja! Die Welt hat darauf gewartet.«

»Auf meinen Erdbeertee?«, wollte Tommy wissen.

»Nein, Schatz! Auf Pfefferminztee mit Fruchtaufstrich.«

Moritz stand auf. »Ich schlage vor, wir helfen jetzt deiner Mama beim Abspülen. Und danach gehen wir in ein Muschelrestaurant.«

»Zur Goldenen Auster« stand über der Tür des Restaurants, in das Moritz eingeladen hatte.

Cinderella umgriff Tommys Hand fester. »Du bleibst hier«, zischte sie ihn an. Moritz schien sich auszukennen und steuerte gezielt auf den Platzkellner zu. Cinderella folgte ihm.

»Was hältst du von einem Tisch am Fenster?«, fragte Moritz. Sie nickte.

»Dann schlage ich den hinteren Vierer am Kamin vor«, entschied der Kellner und setzte sich in Bewegung. »Wenn Sie mir bitte folgen würden.« In der Mitte des Lokals hingen Fischernetze, vor denen ein Musiker auf einer Schiffskiste saß und La Paloma auf seinem Akkordeon spielte. Keiner der Gäste nahm Notiz vom ihm. Cinderella blieb stehen und betrachtete den Künstler, durch dessen Gesicht sich eine dicke Narbe zog. Gekonnt wanderten seine Hände über die Tasten des Musikinstruments. Er lächelte.

»Kommt ihr?«, rief Moritz, der mit dem Kellner am Tisch stand und darauf wartete, dass Cinderella zuerst Platz nahm. Leichtfüßig huschte sie mit Tommy an den speisenden Gästen vorbei. Einige blickten auf. Andere hatten nur Augen für die Speisen auf ihrem Teller. *Kein Wunder,* dachte Cinderella. Drei Miesmuscheln auf einer öligen Soße mit Blattgrün, davon konnte wahrlich niemand satt werden.

»Gibt es auch Krabbenburger?«, fragte Tommy im guten Glauben an ein herzhaftes Essen.

Der streng dreinblickende Kellner überhörte die anmaßende Frage nach einem Fastfood-Gericht und half Cinderella, Platz zu nehmen. Moritz setzte sich ihr gegenüber. Er blickte sie fragend an. »Und? Wie findest du es?«

»Ich …« *O Gott, was soll ich sagen? Eine Currywurst wäre mir lieber gewesen?* Ihre Augen huschten durchs Restaurant. »Ich denke, dass es für Touristen und Feinschmecker ein empfehlenswerter gastronomischer Ort ist.«

Moritz griff nach ihren Händen. »Ich will keine allgemeine Einschätzung. Ich will wissen, wie du es findest.«

»Tja, was soll ich sagen? Eine extravagante Location für Austernfans. Und eine gute Möglichkeit, vielleicht eine Perle zu finden?«

»Wer weiß«, erwiderte Moritz lächelnd.

Tommy zeigte zum Musiker. »Ich finde den Seeräuber gut.«

Moritz blickte zum Musiker und schmunzelte. »Das ist kein Seeräuber, sondern ein Seemann mit Schifferklavier.«

Tommy nickte. »Ja, den finde ich cool.« Er hielt Moritz eines der Funkgeräte hin. »Können wir spielen?«

Moritz schüttelte den Kopf. »Nein! Später! Pack es weg!«

Tommy klopfte mit dem Funkgerät von unten gegen den Tisch. »Hör auf«, schimpfte Cinderella und griff danach. Dabei fiel es zu Boden.

Tommy sprang vom Stuhl und hob es auf. »Du hast es kaputt gemacht«, fluchte er.

»Blödsinn! Hab ich nicht.«

»Doch! Der Knopf hängt fest.«

»Dann hättest du ihn nicht reindrücken sollen.«

»Musste ich aber …«

»Schluss jetzt«, mischte sich Moritz ein. Er griff nach

dem Funkgerät und legte es beiseite. Dann faltete er seine Hände. »Hast du es fertig bekommen? Das Kleid für deine Vermieterin.«

Cinderella schüttelte den Kopf. »Noch nicht ganz.« Ihre Augen glänzten. »Aber heute Nacht! Da wird es vollkommen sein!«

Nachdem Cinderella alle Speisen der Karte, inklusive der nicht zu verachtenden Preise, überflogen hatte, entschied sie sich für eine Austernsuppe auf gebackenem Kürbiskernbrot.

Tommy rebellierte. »Ich will aber diese Steindinger nicht.«

»Austern«, berichtigte Moritz. »Probier sie wenigstens.«

»Nee! Ich will Pizza oder Krabbenburger.«

»Gut! Aber die wirst du hier nicht kriegen.«

Tommy verschränkte bockig seine Arme, während Moritz den Kellner heranwinkte. »Wir hätten gern …«

Cinderellas Handy klingelte. Alle ringsum starrten entsetzt. Auch Moritz und der Kellner, dessen Garderobe dem Federkleid eines Pinguins glich. *Was habe ich getan? Warum gucken die so?*

»Preußer hier«, murmelte sie, peinlich von den Blicken berührt, in den Hörer.

»Wie konntest du nur?«, rief eine ihr nicht unbekannte Stimme fast weinerlich. *Martha?* Sie drückte das Handy gegen ihre Schulter. »Sorry, meine Stiefmutter.«

»Die Oma aus Halle«, erläuterte Tommy gelangweilt, während er aus einer Serviette ein Flugzeug faltete.

»Möchten Sie lieber später bestellen?«, fragte der Kellner schmallippig.

»Wäre vielleicht besser«, versuchte Moritz den Kellner milde zu stimmen.

»Nein! Wir bestellen gleich«, forderte Cinderella. Sie hatte keine Lust, bis zum Abend zu bleiben. »Ich nehme die Austernsuppe auf … diesem Dingsda-Brot.«

»Dingsda-Brot?« Die Nasenlöcher des Kellners weiteten sich wie bei einem Stier in der Arena. »Tut mir leid, aber Dingsda-Brot führen wir nicht!«

Sie griff nach der Karte. »Wie hieß es doch gleich?«

»Cindy! Was machst du denn nur? Ich muss mit dir reden!«, krächzte es aus dem Handy.

»Moment, Martha! Bin gleich wieder dran.« Cinderella quetschte das Telefon zwischen Kinn und Hals. *Woher hat sie meine Nummer? Mike? Jule? Slowalski?* Sie durchblätterte die Karte. »Ah, da! Austernsuppe auf Kürbiskernbrot.«

Der Kellner notierte. »Und welches Getränk darf ich bringen?«

»Eine Limo.«

Er schnappte nach Luft. »Zu Austernsuppe?«

»Nein! Für unseren Sohn«, sagte Moritz. »Weiterhin hätte ich gerne die gratinierten Austern auf Blattspinat. Und dazu eine Flasche Muscadet de Sèvre et Maine.«

»Eine wirklich vorzügliche Wahl«, entgegnete der Kellner und bedankte sich mit einem Nicken.

»Martha? So, bin wieder dran.«

»Also sag mal, wieso hast du mir nicht gesagt, dass du wegziehen willst?«

»Ich bin nicht weggezogen, ich bin abgehauen, weil ich die Nase voll hatte.«

»Ohne zu kündigen oder mir Bescheid zu geben. Und nun …« Martha Preußer schluchzte. »… nun bin ich völlig ruiniert und muss mein Lebenswerk aufgeben. Meine Altersvorsorge …« Sie schnäuzte sich. »Alles futsch! Und kein Geld, um die Unkosten länger zu tragen.«

Cinderella hörte dem Gejammer ihrer Schwiegermutter

zu und schwieg. In ihrem Kopf überschlugen sich die Ereignisse der vergangenen Jahre. Tommys Geburt, zu der Martha nicht kommen konnte. Ihr gebrochener Arm, mit dem sie neben der Arbeit in Marthas Schneiderei auch noch Tommy alleine versorgen musste. Die Weihnachten und Silvester, an denen Martha nicht einmal anrief. Immer waren andere Dinge wichtiger. Sandra, die Schneiderei, das Urlaubsgrundstück und all das, mit dem sich Martha gerne umgab. »Du musst kommen! Hörst du, Cindy? Sonst verliere ich die letzten Kunden und dann …« Erneutes Schluchzen folgte.

Moritz blickte Cinderella fragend an. »Ist was passiert?«

Cinderella schüttelte den Kopf und winkte ab. »Martha? Können wir später nochmal telefonieren? Es ist jetzt äußerst ungünstig.«

»Du musst kommen, Cindy! Sag, dass du kommst!«

»Martha! Ich habe hier einen Job!«

»Nimm Urlaub oder melde dich krank. Du kannst mich nicht hängen lassen. Das würde dein Vater auch nicht wollen. Wo ich dich doch wie eine Tochter aufgenommen habe.«

Wie eine Tochter? »Unnützer Balg hast du mich geschimpft. Damals, als Vater noch lebte.«

»Meine Güte! Du warst eben ein sehr lebhaftes Kind. Und meine Nerven waren schon damals kaputt«, schniefte sie in den Hörer.

Cinderella wischte sich eine Träne aus dem Auge. »Du hast recht! Entschuldige, dass ich keine Wahl hatte. Genauso wenig wie Agga.«

»Meinst du etwa dieses Viech, das du immer mit ins Bett geschleppt hast?«

»Ja! Die schreckliche Schildkröte, die deinen Schlaf gestört hat.«

»Das ist Jahre her, mein Gott.«

»Stimmt! Aber das macht sie auch nicht lebendiger!«

Die Gäste vom Nachbartisch warfen Cinderella empörte Blicke zu und tuschelten kopfschüttelnd. Und auch Moritz vergrub sein Gesicht in die Dessertkarte.

»Könntest du bitte später telefonieren«, murmelte er ihr zu.

»Klar! Kein Problem.« Cinderella legte auf und steckte das Handy zurück in die Tasche. »Was ist?«, fragte sie umherblickend. »Darf man auf Sylt in einem Restaurant nicht telefonieren?«

»Doch! Dazu geht man aber in der Regel hinaus«, erwiderte Moritz, dem die Peinlichkeit deutlich anzusehen war.

»Ach ja, tut man das? Und wohin geht man? Hinaus in die Kälte, wo sich Dutzende von Rauchern versammeln, um sich eine gemeinschaftliche Bronchitis einzufangen? Oder gibt es separate Ecken dafür?«

Moritz griff nach ihren Händen. »Verdirb den Tag nicht. Bitte!« Er blickte zu Tommy. »Schau ihn dir an. Ein braver Flugzeugbauer ohne die geringste Spur von Rebellion.«

»Tut mir leid, ich war unfair! Aber meine Stiefmutter …«

Moritz drückte seinen Zeigefinger sachte gegen ihre Lippen. »Pst … Ich weiß.« Dann küsste er ihre Hand. »Dieser Tag ist unser Tag.«

»Ich hab Hunger«, beschwerte sich Tommy. Zwischenzeitlich hatte er drei Flugobjekte vor sich liegen, die nur darauf warteten, auf einem benachbarten Teller zu landen. Neugierig sah er sich um.

»Wage es ja nicht«, ermahnte ihn Cinderella. Ihr Suppenklecks war von einer dickeren Scheibe Brot umhüllt. »Magst du einen Löffel abhaben?«

»Ich will das Brot.«

»Da musst du warten, bis ich fertig bin.«

»Warum?«

»Weil darin meine Suppe gebettet ist.«

Er stand auf und betrachtete die magere Mahlzeit genauer. »Die Suppe schläft im Brot?«

»Ja, gewissermaßen.«

Tommy stupste seine Mutter an. »Guck mal, Tante Schmiedel mit Joseph.«

Moritz ließ seine Gabel fallen. »Ups, äh, wer?«

»Meine Vermieterin mit Joseph, einem gemeinsamen Freund.« Cinderella winkte ihnen zu. »Hallo.«

Elsbeth Schmiedel winkte zurück. »Huhu«, rief sie. Fröhlich gestimmt kamen beide näher. »Wie schön, Sie alle drei hier zu treffen.«

Cinderella erhob sich. »Ja, ein netter Zufall. Darf ich vorstellen, mein Freund Moritz.«

»Elsbeth Schmiedel, sehr erfreut. Sie sind also der junge Mann, von dem ich bisher soviel Gutes gehört habe.«

Moritz erhob sich ebenfalls. Sein Gesicht war leicht errötet, als er die Hand der alten Dame schüttelte. »Ja, der bin ich wohl.«

Joseph verharrte zögerlich. »Möllemann, angenehm«, sagte er ungewöhnlich distanziert und vom Tisch abgewandt. »Kommst du, Elsbeth? Der Kellner wartet.«

»Nun hetz mal nicht so. Du weißt doch, ich bin keine zwanzig mehr«, witzelte Elsbeth Schmiedel. Dann drehte sie sich wieder Moritz zu. »Mir ist, als würde ich Sie kennen. Helfen Sie einer senilen Rentnerin auf die Sprünge?«

Moritz wurde schlagartig blass. »Tut mir leid«, sagte er schulterzuckend. »Ich wüsste nicht …«

»Das Alter halt«, fuhr Elsbeth Schmiedel lachend dazwischen. »Na dann, einen schönen Abend noch. Und ich hoffe, wir sehen uns bald mal wieder zu einem Kaffeekränzchen bei mir.«

»Ganz sicher«, erwiderte Moritz.

»Ihnen auch einen schönen Abend«, rief Cinderella hinterher. Am liebsten hätte sie der liebenswürdigen Seniorin vom Kleid erzählt und den wenigen Perlen bis zur Vollendung. Aber Cinderella schwieg. Es sollte eine Überraschung werden, die Elsbeth Schmiedel zu Tränen rührten und ihre Tochter zur schönsten Braut aller Zeiten machen würde.

Nachdem sich Tommy über das Kürbiskernbrot hergemacht hatte, war der Tisch voller Krümel. Moritz saß stumm vor seinem Teller und starrte die Austern an.

»Bist du etwa schon satt?«, fragte Cinderella grinsend.

Er nickte.

»Von einer Auster und drei grünen Blättern? Wow! Du bist ja ein sparsamer Prinz.«

»Ha ha! Nein, mir ist irgendwie der Appetit vergangen.« Er füllte sein Weinglas nach. »Du auch?«

Cinderella lachte. »Lieber nicht. Ich muss noch dreihundert Perlen vernähen.«

Tommy fläzte sich am Tisch und rollte Brotkrümel zwischen seinen Finger. »Ein Fußball«, sagte er teilnahmslos und kullerte die Sauerteigmurmel zu Moritz, der dem Musiker zuprostete. »Zum Wohl«, rief er. Der Akkordeonspieler nickte dankend, erhob sein Glas und trällerte »Seemann, lass das Träumen« ins Mikrofon.

Gott! Lass den Kellner die Rechnung bringen. Cinderella blickte sich hilfesuchend um, konnte ihn aber nicht entdecken.

Moritz stand auf. »Ich geh mal zur Toilette. Falls der Kellner kommt ...«

»Soll er die Rechnung bringen«, beendete Cinderella seinen Satz.

Moritz trat herum und hockte sich vor sie. »Weißt du,

dass du wunderschön bist? Aber manchmal auch ganz schön frech«, sagte er lächelnd und küsste ihre Nasenspitze.

»Ich muss auch mal«, sagte Tommy, hopste vom Stuhl und rannte los.

»Moment, kleiner Mann«, rief Moritz hinterher. »Vorher leerst du deine Hosentaschen. Ich habe keine Lust, den Spielkram aus dem Klo zu fischen.«

Cinderella kicherte. Sie musste an Lumpi denken, der kopfüber im Abfluss gesteckt hatte. Brav legte Tommy das zweite Funkgerät, drei Kaubonbons und seinen verzauberten Holzknopf auf den Tisch. Dann gingen beide, sich an der Hand haltend, hinaus. Cinderella blickte hinüber zum Tisch von Elsbeth und Joseph, die gerade im Begriff waren zu gehen. Sie nahm das kaputte Funkgerät und winkte ihnen damit zu. »Ach, Joseph, könnten Sie vielleicht danach mal schauen?«

Der Eifeler trat näher und beäugte Tommys Spielzeug. »Wat is domit?«

»Runtergefallen ist es mir, und seitdem funktioniert dieser Knopf nicht mehr.«

»Jo! Dat ham mer glich.« Er wühlte in seiner Jackettasche, konnte aber das passende Werkzeug nicht finden.

»Das hat doch Zeit«, sagte Cinderella. »Hauptsache, es funktioniert wieder und Tommy gibt Ruhe.«

»Jo! De Elsbeth brengt et später.« Er steckte es ein und umarmte sie. »Mach et jot.«

Kurz darauf kam Tommy angelaufen. »Wo ist die zweite Funke?«, fragte er auf den Tisch blickend.

»Die hat Joseph mitgenommen, um sie zu reparieren.«

»Prima! Dann kann ich ihm dabei zuhören?«

»Hä? Wie das?«

Tommy griff zum funktionstüchtigen Walkie Talkie und drehte den Lautsprecher auf Maximum. »Hörst du?«

»Tommy! Schäm dich! Sowas tut man nicht. Moment mal, ist das Moritz?« Cinderella presste ihr Ohr ans Gerät.

»Ja! Der redet mit Joseph. Draußen bei den Klos.«

»Wieso? Die kennen sich doch gar nicht?«

Tommy zuckte mit den Schultern. »Weiß nicht. Guck mal, mein Serviettenflugzeug …«

»Pst! Sei mal still!«

»…, jedenfalls danke ich Ihnen, dass Sie eben nichts gesagt haben. Auch wenn das für Sie gewiss alles unverständlich ist, aber was sollte ich denn tun? Sie kennen doch meinen Vater und wissen, dass er mich immer unter die Haube bringen wollte. Sein Sohn ein Single und Herumtreiber? Nein! Dutzenden gutsituierten Damen hat er mich vorgestellt, bis ich irgendwann keine Lust mehr hatte, mir die Zeitung griff und mit geschlossenen Augen auf eine der Kontaktanzeigen getippt habe. Die sollte es sein …«

Was? Er hat …

»Mach es aus!«

Tommy sah Cinderella verdattert an. »Warum?«

»Tue es einfach!« Cinderella unterdrückte die aufkommenden Tränen. *Moritz – ein Lügner und Betrüger?* Das wollte sie nicht glauben. Aber es war Realität. Ein tiefgreifender Schmerz bohrte sich durch jeden Zentimeter ihres Herzens. Wieso hatte sie es nicht bemerkt?

»Komm Tommy, wir gehen!«

»Und Moritz?«, fragte er vorsichtig.

»Den gibt's nicht mehr!« Cinderella nahm ihre Tasche und hastete zum Ausgang, wo Moritz ihr entgegenkam.

»Sucht die Prinzessin etwa das stille Örtchen?«, fragte er lachend. Cinderella schob ihn beiseite und schüttelte enttäuscht den Kopf. »Spar dir dein Theater! Die Show ist vorbei! Ich will dich nie wiedersehen!«

Tommy, der langsam mit gesenktem Kopf angeschlurft

kam, blickte im Vorbeigehen traurig zu Moritz auf. »Darfst du jetzt nicht mehr mit mir spielen?«

Moritz zuckte verwirrt mit den Schultern. »Was soll das alles? Was ist überhaupt los?«, rief er hinterher. Aber Cinderella zerrte Tommy wortlos nach draußen.

Lügen haben braune Augen

Cinderella hatte die Türklingel abgestellt und das Handy ausgeschaltet. Sie wollte Moritz weder sehen noch mit ihm reden. Nie mehr! Viel zu tiefgreifend war die Verletzung, die sie davongetragen hatte. *Dieser elende Narr!* Wusste er denn nicht, dass ihre Liebe etwas Besonderes war? Stark genug für die Ewigkeit, hatte Cinderella ihm ins Ohr gehaucht, bevor er sich entschied, jene Nacht zu bleiben. Und nun saß sie weinend vorm schönsten Brautkleid, das sie je geschaffen hatte, und vernähte die letzten Perlen. Dicke Tränen kullerten aus ihren verquollenen Augen über die geröteten Wangen hinweg hinunter aufs Kleid. Und so sehr sie auch wollte, sie konnte nicht aufhören, an ihn zu denken. Immer wieder tauchten die Bilder der vergangenen Tage in ihrem Kopf auf. Fast wie ein Film, der nicht zu stoppen war. *Warum?*, fragte sie sich immer wieder. Doch eine Antwort fand sie nicht. Cinderella ging zum Fenster und öffnete es. Die Nacht war ungewöhnlich ruhig. Sogar das Meer, dessen Wellen sonst rauschend ans Ufer schwappten, hüllte sich in Schweigen.

Ach Sylt! Ist das der Traum, den ich leben soll? Eine unwahre Liebe auf Zeit?

Am Horizont war ein schwacher Lichtschein zu erkennen, der sich zunehmend in wundervolles Orange färbte. In weiter Ferne schrie eine Möwe. *Leb wohl, meine Trauminsel!*

Tommy saß im Bett und kaute auf Lumpis Ohr herum.

»Magst du nicht aufstehen?«, fragte Cinderella.

»Nein«, sagte er, ohne aufzublicken.

»Dann bleib im Bett. Ich bringe dir gleich ein Wurstbrot.«

»Hab keinen Hunger.«

»Du musst aber etwas essen, bevor wir fahren.«

»Zu Moritz?«, fragte er mit leuchtenden Augen.

»Nein! Wir gehen zurück. Zurück nach Halle.«

»Ich bleibe hier!« Tommy ließ sich ins Kissen fallen und zog die Decke über den Kopf. »Ich gehe nicht mit!«

Cinderella ignorierte seine Antwort. Sie hatte keine Kraft, sich gegen die verbale Rebellion eines Fünfjährigen zu wehren. Und irgendwie konnte sie ihn auch verstehen. Schließlich war sein Herz gebrochen. Genauso wie ihres. Tommys Frühstück stellte sie auf den Stuhl, der neben dem Bett stand. Der Stuhl, auf dem Moritz immer gesessen und vorgelesen hatte.

»Tee steht in der Küche«, sagte sie, ohne eine Antwort abzuwarten. Dann nahm sie die Reisetaschen aus dem Schrank und stellte sie aufs Sofa. Sie trat zurück und schlug die Hände vors Gesicht. So, wie sie es einst am Strand nach ihrer Ankunft tat. Nur dieses Mal war es nicht der Zweifel, der sie zerfraß, sondern die Liebe selbst. Das Leben, das sie für Tommy aufbauen wollte, erwies sich als nichts anderes als ein ungeschriebenes Märchen. Sie dachte an Merle, die ihr Fluchtvorhaben gewiss nicht verstehen könnte. An Joseph, der kopfschüttelnd sein Gesicht in einer Tasse Friesentee vergraben würde. Und an Elsbeth Schmiedel, in deren Augen sich Traurigkeit spiegeln würde. All die Menschen, die ihr in den letzten Wochen zur Seite gestanden hatten. Cinderella wischte mit der Hand über ihr schmerzendes Gesicht. *Und der Major?* Er würde sie am Kinn packen, ihren Kopf gerade rücken und auf einer ordentlichen Haltung bestehen. Danach ihr das Heulen untersagen und lautstark brüllen: Ein Aschenputtel kennt keinen Schmerz!

Die Taschen waren gepackt. Cinderella blickte zur Uhr. »In zehn Minuten kommt das Taxi«, rief sie.

Tommy saß stumm auf seinem Bett. In seiner Hand hielt er das Funkgerät, das alles verändert hatte. Auf dem Weg vom Restaurant nach Hause schimpfte er es noch blödes Ding. Nun behütete er es, als sei das Gerät die einzige Bindung zur Insel und der seidene Faden zu Moritz.

»Pack es in die Tasche«, forderte Cinderella.

Tommy schüttelte den Kopf. »Das behalt ich in der Hand!«

»Dann pack wenigstens Lumpi rein.«

»Den auch!«

»Du sollst …« Cinderella winkte ab. »Meinetwegen!« Tief im Herzen tat Tommy ihr leid. Zu gerne hätte sie ihn fest an sich gedrückt. Aber er wich ihr aus und ließ keinerlei Emotionen zu. Müde von der schlaflosen Nacht sah sie sich ein letztes Mal um. Das Kleid für Elsbeth Schmiedel hing hübsch drapiert am Schrank. Die Kündigung fürs Hotel lag gut sichtbar auf dem Tisch. Und die Mietzahlung für einen Monat im Voraus steckte mit einer Entschuldigung im Briefkuvert, adressiert an ihre Vermieterin. Mehr Geld hatte Cinderella nicht übrig. Bestimmt würde die freundliche Rentnerin schnell wieder einen Nachmieter finden.

»Komm, Tommy!« Sie zog ihre Jacke an und stellte alle Taschen in den Flur. »Mach schon«, ermahnte sie ihn.

Wehmütig schlurfte er zu ihr und ließ sich anziehen. »Und wo wohnen wir?«, fragte er leise.

»Bei Tante Jule.«

Er blickte ins Wohnzimmer. »Und der Jöölboom?«

Cinderella hockte sich vor ihn und stülpte die Handschuhe über seine Finger. »Der passt nicht mehr in die Taschen.«

»Schade«, erwiderte Tommy. »Ich mag ihn nämlich.«

Cinderella stupste gegen seine Nase. »Weißt du was? Ich auch!« Dann lief sie zum Tisch und holte den hölzernen Weihnachtsbaum. Obwohl dieser eigenartige Baum sie an Moritz erinnerte, konnte sie Tommy diesen Wunsch nicht abschlagen.

»Eine Hose ist wesentlich vorteilhafter hier auf Sylt.« Der Taxifahrer lachte, als Cinderella ihm mit Tommy an der Hand entgegenkam.

»Ach, Sie sind das«, erinnerte sich Cinderella. »Der Taxi-Mann, der mich gerettet hat.«

»Ich hoffe, Sie wollen uns nicht wieder verlassen?«

Cinderella nickte. »Meine Stiefmutter braucht mich.«

»Doch nicht etwa dauerhaft?«

»Ja! Leider!«

»Ach, wie schade!« Er öffnete den Kofferraum und legte die Sitzschale für Tommy auf die Rückbank. Dann blickte er ihn an. »Soll ich helfen?«

»Nee! Ich bin schon groß und kann das selbst«, blockte Tommy ab.

Cinderella lief zurück ins Haus. »Die Taschen«, rief sie.

Der Taxifahrer folgte. »Nun lassen Sie mal. Ich mache das schon.«

»Danke!« Cinderella ging zum Auto und stieg ein. *Verdammt! Die Schlüssel!* »Ich komme gleich wieder«, sagte sie zu Tommy, der schweigend hinter ihr saß. Sie sprang hinaus, rannte zum Haus und warf die Schlüssel fürs Apartment in den Briefkasten von Elsbeth Schmiedel.

»Na? Was vergessen?«, fragte der Taxifahrer mit den letzten beiden Taschen in der Hand.

»Alles erledigt«, antwortete Cinderella schwermütig. Der Abschied fiel ihr schwerer, als sie dachte. Sie blickte am

Haus empor. »Dort oben«, sagte sie, mit der Hand auf die oberen Fenster zeigend. »Da haben wir gewohnt.«

Er stellte die Taschen ab und blickte hinauf. »Und Sie sind sicher, dass Sie nicht wiederkommen?«

Tränen liefen über ihr Gesicht. »Ja.«

Ein Fenster ging auf. »Ach, Frau Preußer. Das wollte ich dem Kleinen gestern schon bringen. Aber die Klingel war abgestellt.« Frau Schmiedel hielt Cinderella einen Beutel mit weihnachtlichen Süßigkeiten und Tommys Funkgerät entgegen. »Es müsste wieder einwandfrei funktionieren, sagt Joseph.«

»Vielen Dank.«

»Ach was«, erwiderte Elsbeth Schmiedel. Dann musterte sie den Taxifahrer, der die Reisetaschen wieder aufnahm und zum Auto trug. »Wollen Sie etwa verreisen?«

Cinderella schnappte nach Luft. Was sollte sie der herzlichen Vermieterin sagen? »Ich …«

»Ihr Sohn«, rief der Taxifahrer aufgeregt dazwischen. Er stand am Auto und blickte suchend umher. »Er ist weg! Einfach weg!«

Weg?

»Was soll das heißen?« Cinderella lief zum Taxi. Aber da war kein Tommy mehr. »Wo ist er?«, fragte sie den Taxifahrer, der fassungslos die Straße entlang starrte.

»Ich weiß es nicht. Er war plötzlich verschwunden.«

Elsbeth Schmiedel hatte sich eine Strickjacke übergezogen und eilte ihnen entgegen. »Du meine Güte«, sagte sie kopfschüttelnd. »Er wird doch nicht ins Watt gelaufen sein.

Zur Küste, ins Meer hinein?

»Bitte nicht!« Cinderella zitterte am ganzen Körper. »Und wenn das Wasser kommt?«, schrie sie. »O Gott, er wird ertrinken!«

Elsbeth Schmiedel drückte Cinderella fest an sich. »Keine Sorge, Kindchen, ihm passiert schon nichts. Vielleicht sucht er nur Muscheln oder versteckt sich.«

Cinderella horchte auf. *Muscheln?* Das hatte er immer mit Moritz getan, Muscheln gesucht.

Der Taxifahrer saß derweil im Wagen und telefonierte. »Die Kollegen und die Jungs von der Küstenwache wissen Bescheid und halten Ausschau«, versuchte er Cinderella zu beruhigen. »Wissen Sie, ob er irgendwas dabei hat? Einen Rucksack oder so?«

Cinderella schüttelte den Kopf. »Weeß nich, ich globe seine Funke«, sagte sie weinerlich.

»Er hat ein Funkgerät bei sich? Das ist doch schon mal was«, sagte er sichtlich erleichtert.

»Ja. Und Lumpi.«

»Lumpi? Einen Hund?«

»Nee! Seinen Plüschhasen.« Sie drückte dem Taxifahrer das reparierte Walkie Talkie in die Hand. »Wissen Sie, wie das funktioniert?«

Er schaute es von allen Seiten an und erläuterte ihr die wichtigsten Funktionen. Cinderella bedankte sich, griff das Funkgerät und lief los. »He, wo wollen Sie hin?«, rief ihr der Taxifahrer hinterher.

»Zum Strand«, erwiderte sie, ohne stehenzubleiben.

Cinderella rannte die Dünen entlang. »Tommy?«, schrie sie immer und immer wieder. Zwischendurch blieb sie stehen und versuchte Tommy übers Funkgerät zu erreichen. Ohne Erfolg. Kraftlos sank sie auf die Knie. *Bitte lieber Gott, lass nicht zu, dass ihm etwas passiert,* weinte sie ehrfürchtig in sich hinein. Ihr Gewissen plagte sie heftig. Sie wusste, welchen Schmerz er in sich trug, welche Ängste ihn begleiteten. Aber musste er davonlaufen?

»Tommy, bitte …«, flehte sie in das schwarze Gerät. »Ich verspreche, dass wir ein neues schönes Zuhause finden. Und ein neues Kindermädchen. Und neue Freunde …«

»Geh weg!«, erklang es zaghaft. »Ich will das alles nicht.«

»Wo bist du, Schatz?«

Tommy hüllte sich in Schweigen. Außer einem Rauschen war nichts zu hören. »Tommy? Bitte rede mit mir?«, flehte sie ihn an. Aber das Gerät schwieg und gab keinerlei Hinweise auf seinen Verbleib. Cinderella lief zurück zum Haus. Das Taxi war weg.

»Da sind Sie ja«, rief Elsbeth Schmiedel. »Der junge Mann hat sämtliche Häuser und Vorgärten abgesucht. Dann musste er los. Ich soll Ihnen diese Karte geben.« In ihren vom Alter gezeichneten Händen hielt sie eine Visitenkarte des Taxifahrers. »Jederzeit – Tag und Nacht«, hatte er hinten draufgeschrieben.

Cinderella nickte. »Danke! Und die Taschen?«

»Stehen sicher in meinem Flur. Aber jetzt kommen Sie erstmal rein und wärmen sich etwas auf.«

Cinderella griff nach Elsbeth Schniedels Händen und senkte ihren Kopf. »Ich konnte ihn nicht finden. Aber …«

»Aber was?«

»Ich habe ihn kurz gehört.«

»Ja und?«

»Er sagte, ich solle weggehen. Und dass er das alles nicht will.«

»Um Himmels willen, was denn?« Was meint der Kleine denn?«

Cinderella begann erneut zu zittern. »Er will die Insel nicht verlassen …«, schluchzte sie, »… und Moritz.«

»Sie wollten nicht verreisen, stimmt's? Sie wollten zurück.« Elsbeth Schmiedel blickte Cinderella fragend an. In ihren Augen war deutlich Unverständnis zu erkennen.

Cinderella schluckte. »Ja.«

»Aber warum denn, Kindchen? Jetzt, wo sie so einen netten Freund gefunden haben.«

Cinderella wischte die Tränen ab und lachte bitter auf. »Moritz? Den gibt es nicht mehr!«

Der Wasserkocher pfiff lautstark. Elsbeth Schmiedel eilte zur Küche und goss den Tee auf. »Was ist passiert? Haben sie gestritten?«, rief sie. Cinderella starrte aufs Handy. »Mit Moritz?«

Die Rentnerin nickte. »Er machte so einen netten Eindruck, gestern im Restaurant.«

Cinderella ignorierte die Beurteilung ihrer Vermieterin. »Die Küstenwache wird doch anrufen, wenn sie Tommy finden, oder?«

»Ja, sicher! Der Taxifahrer hat denen dreimal ihre Handynummer durchgesagt. Gut, dass ich mir die auf einen Zettel notiert hatte.«

»Vielleicht sollte ich nochmal zum Strand runterlaufen«, sagte Cinderella ungeduldig und sprang auf.

»Nun trinken Sie doch wenigstens eine Tasse Tee, bevor Sie wieder hinausrennen«, flehte Elsbeth Schmiedel besorgt. Sie zündete eine Kerze an und stellte sie neben den Weihnachtskranz auf den Tisch. »Die ist für Tommy«, sagte sie. »Ich werde für Sie und den Jungen beten, dass Sie ihn gesund und munter nach Hause bringen.«

Nach Hause? Wo ist das?

Cinderella unterdrückte die erneut aufkommenden Tränen. Ein wenig fühlte sie sich wie Grete, deren Hans im Käfig steckte, während sie das Holz, das sein Verderben sein sollte, zum Ofen trug – hilflos und leer, ohne Hoffnung auf Rettung. Und auch die Brotkrumen, die ihren Weg nach Hause zeichnen sollten, waren längst verschwunden.

Es dämmerte, als Cinderella zurückkehrte. Im Wohnzimmer ihrer Vermieterin brannte Licht. Die Stimme von Joseph war zu hören.

»Und?«, empfing sie Elsbeth Schmiedel.

Cinderella schüttelte den Kopf. »Und übers Funkgerät? Haben Sie es damit noch einmal versucht?«

»Ja. Aber da ist nur dieses Rauschen.«

Joseph Möllemann saß im Wohnzimmer der hageren Rentnerin. Als er Cinderella sah, stand er auf und umarmte sie, ohne auch nur ein einziges Wort zu sagen.

»Die Taschen hat Joseph wieder hochgetragen«, erklärte Elsbeth Schmiedel das Fehlen des Reisegepäcks. Das Briefkuvert in ihrer Hand deutete darauf, dass sie alles wusste. Zusammen mit den Schlüsseln drückte sie es in Cinderellas Hand. »Dieses Kleid ist so wunderschön …« Ihre Augen füllten sich mit Tränen. »Schöner als all meine Vorstellungen. Und das Geld stecken Sie mal schön wieder ein.«

»Aber …«

»Ich habe den Rest von der Ente im Ofen. Also setzen Sie sich«, verwarf die Seniorin Cinderellas Bedenken. »Mögen Sie Rotkraut dazu?«

»Gerne.« Cinderella ließ sich auf einen der Stühle fallen. »Wieso spricht Tommy nicht mit mir? Warum?«

Joseph zuckte schweigend mit den Schultern.

»Vielleicht tut er das ja mit Ihrem Freund?«, sagte Elsbeth Schmiedel beiläufig, während sie den Teller servierte. »Nun essen Sie erstmal ordentlich. Sonst fallen Sie mir noch um.«

Mit Moritz? Das würde er vielleicht tatsächlich. Cinderella starrte das Fleisch auf ihrer Gabel an. *Aber dazu müsste ich ihn anrufen.* Sie schlang das Stück Entenbrust hastig hinunter. *Und ihn bitten zu kommen? Nein!* Dann blickte sie zu

Joseph, der am Fenster stand und hinaussah. »Wer ist er? Ich meine Moritz«, fragte sie.

»Dat is keene üble Jung, dat Wegener Mäxchen.«

Cinderella verschluckte sich und rang nach Luft. *Wegener? Der Sohn vom Boss?*

»Was?«, keuchte sie hustend.

Joseph steckte seine Hände in die Hosentaschen. »Ne Jeck mit jootem Hätz, der Maxe.«

Nein! Eine Sumpfkröte, die auf die falsche Annonce gesprungen war, dachte Cinderella leiderfüllt. »Ob Tommy mit ihm reden wird?«

Joseph nickte. »Dat is joot möchlich.«

»Ich wusste doch, dass ich den jungen Mann irgendwoher kenne«, sagte Elsbeth Schmiedel. In ihrer Hand hielt sie eine Kanne Friesentee. Sie blickte kopfschüttelnd zu Joseph. »Und du hast nichts gesagt?«

»Jo!« Er nahm ihr den Tee ab und setzte sich. »So is dat.«

Goodbye, my Love!

Cinderella atmete tief ein. »Hallo, Moritz. Oder sollte ich lieber Herr Wegener sagen?«

Er seufzte auf. »Du weißt es also. Von Joseph, nicht wahr?«

»Und wenn schon! Es spielt keine Rolle mehr!«

»Cinderella, bitte hör mir zu. Ich …«

»Nein! Du wirst mir zuhören«, schrie sie. »Tommy ist verschwunden!«

»Was?«

»Aus dem Taxi. Einfach abgehauen.«

»Wieso Taxi? Wo wolltet ihr hin?«

»Das ist doch völlig egal! Kannst du kommen? Er hat das Funkgerät dabei.«

»Ja! Ich bin gleich bei dir.«

Cinderella legte auf und warf das Handy aufs Sofa. *Du verdammter Lügenprinz, gib mir mein Herz zurück!* Seine Stimme hatte wie die von Moritz geklungen – des Mannes, in den sie sich unsterblich verliebt hatte. Wie sollte sie auch wissen, dass dieser Moritz gar nicht existierte? *Verknallt in eine Fiktion!* Damit konnte nicht einmal Jule aufwarten.

Moritz trug den Duft der Insel mit sich, als er in ihr Apartment trat. Eine wohlriechende Mischung aus frischer Meeresluft und einem Hauch Eau de Toilette.

»Es tut mir so leid«, begann Max Wegener zögerlich und zog seine Strickmütze vom Kopf. Der Glanz in seinen Augen war gänzlich verschwunden.

»Was? Dass ich nicht auf des Prinzen List hereingefallen bin?«

»Hör auf! Lass uns Tommy heimholen.«

Cinderella biss sich auf die Lippen. »Du hast recht! Wo könnte er stecken?«

Er fuhr sich durchs zerzauste Haar. »Bei Neptun!«

»Du spinnst!«

»Ich denke doch.«

Ihre Fingernägel bohrten sich in seine Jackenärmel. »Du meinst, er ist ins Meer gelaufen?«, schrie sie panisch und rüttelte ihn.

»Nicht ins Meer«, versuchte Max sie zu beruhigen. Er umfasste ihre Handgelenke, die sich verkrampft gegen ihn stemmten. »Ich meine zu der Stelle, wo er glaubt, dass Neptun ihn hören kann.«

Cinderella lockerte ihren Griff und sank weinend zu Boden. »Ich will meinen Sohn wiederhaben! Hörst du?«

Max Wegener hockte sich zu ihr. »Wir finden ihn. Ich verspreche es dir.«

Der Himmel war sternenklar, und es war kalt geworden. Cinderella hatte ihre Kapuze über die Mütze geschwungen und den Schal bis zur Nasenspitze gezogen. »Er wird frieren«, jammerte sie sorgenvoll.

Max Wegener stapfte, ohne zu antworten, durch den steifgefrorenen Sand. »Chamäleon eins, bitte melde dich«, rief er ins Funkgerät.

»Grauer Wolf? Bist du das?«

Cinderella blieb erleichtert stehen. »Tommy?«, brüllte sie hysterisch vor Freude.

Max Wegener drehte sich von ihr weg. »Pst! Sei doch still«, mahnte er sie. Dann drückte er den Sprechknopf. »Ja! Ich bin es!«

»Ist Mama bei dir?«

»Ja. Und sie macht sich große Sorgen um dich.«

»Sie soll weggehen! Ich will sie nicht mehr!«

»Nicht? Das ist jetzt doof.«

»Wieso?«, murmelte Tommy leise.

»Na, weil Mamas in der Regel vom Umtausch ausgeschlossen sind.«

»Sehr lustig«, flüsterte Cinderella und stieß gegen Max' Arm. Tränen der Freude rannen über ihre roten Wangen.

»Ehrlich?«, hakte Tommy nach.

»Klar! Aber was soll's. Es gibt wesentlich schlimmere Mütter.«

»Die von Schneewittchen«, sagte Tommy.

»Genau! Da bist du doch wesentlich besser dran. Denn Zwerge gibt es hier keine, bei denen du dich verstecken könntest.«

Cinderella kicherte und weinte zugleich. »Du bist unglaublich, weißt du das?«

Max schüttelte den Kopf. »Nein! Du bist es!«

»Frag ihn, wo er ist«, drängte sie ungeduldig.

»He, kleiner Mann, wo steckst du?«

»Weiß nicht.«

»Beschreib mir, wo du bist.«

»Am Strand.«

Super! Der perfekte Hinweis auf einer Insel.

»So finden wir ihn nicht«, mischte sich Cinderella ins Gespräch. Panik stieg in ihr hoch.

Max wehrte mit der Hand ab. »Bleib ruhig! Wir finden ihn schon.«

»Grauer Wolf? Bist du noch da?«

»Ja, Tommy. Sag mir, was du siehst.«

»Das Meer und die anderen Strandkörbe.«

»Die anderen? Bist du denn an einem Strandkorb?«

»Ja.«

»Kannst du die Nummer darauf lesen?«

»Nein. Ich bin müde.«

»Nicht schlafen, hörst du? Ich bin gleich bei dir.«

»Okay. Aber die Mama darf nicht schimpfen.«

»Tut sie nicht. Versprochen.«

Tue ich nicht? Cinderella stampfte Max hinterher. Links und rechts an jedem einzelnen Strandkorb vorbei. »Siehst du ihn schon?«

»Noch nicht.«

»So finden wir ihn nie!«

»Chamäleon eins, sag was.«

Endloses Rauschen folgte. »Chamäleon eins? Du musst mir antworten!«

Cinderella griff nach Max Wegeners Arm. »Was ist los? Warum sagt er nichts?«

»Keine Panik. Er kann nicht weit weg sein.«

»Da! Da vorne, Max!« Cinderella zeigte auf zwei zusammengeschobene Strandkörbe. »Da liegt wer drin.«

Max hatte seine Jacke ausgezogen und über Tommy gelegt. »Er schläft so friedlich«, sagte er lächelnd, während er die Flamme des Lagerfeuers mit neuen Ästen fütterte.

»Ja«, erwiderte Cinderella lächelnd. »Gar nicht so dumm, sich zwei Strandkörbe als Nachtlager zusammenzuschieben.«

»Stimmt! Ein echter Sylter eben!«

Sylter? Eher ein cleverer Hallenser. Cinderella rutschte näher ans Feuer heran und blickte gedankenversunken an Max vorbei.

»Woran denkst du?«, fragte er.

»An den Froschkönig«, erwiderte sie, ohne den Blick vom Horizont zu nehmen.

Ein Schmunzeln überzog sein Gesicht. »Der Krone tragende Frosch, der durch den Kuss seiner Angebeteten zum wunderschönen Prinzen geworden ist?«

»Falsch! Dazu musste sie ihn erst gegen die Wand werfen.«

Max blickte sie erschrocken an. »Autsch! Klingt nicht gerade nach dem Anfang einer unendlichen Liebesstory.«

»War es vielleicht auch nicht.«

»Nicht? Ich dachte, sie hielten Hochzeit und lebten glücklich bis an ihr seliges Ende?«

Cinderella zuckte mit den Schultern. »Wer weiß? Vielleicht haben sie sich aber auch wieder getrennt, und der Streitwert ihrer Scheidung hat sie auf Lebenszeit ruiniert.«

Max schüttelte den Kopf. »Glaubst du das wirklich?«

Sie lachte. »Ich glaube gar nichts! Außer, dass man Prinzen lieber aus dem Weg gehen sollte. Denn wer sie küsst, muss damit rechnen, neben einem Frosch wach zu werden.«

Der Wind frischte auf und wirbelte Glut durch die Luft. Wie kleine Sterne tanzten sie durch das Dunkel der anbrechenden Nacht. Cinderella hatte sich zu Tommy gesetzt. Sein Kopf lag auf ihren Schoß gebettet.

»He kleiner Mann, aufstehen«, flüsterte sie. Dabei rieb sie liebevoll über seine Wange.

Max blickte sie fragend an. »Wirst du morgen noch hier sein?«

Sie schüttelte den Kopf. »Bitte lass es gut sein.«

»Aber ich kann alles erklären«, sagte Max, fast schon euphorisch bettelnd.

»Ich will es nicht hören!«

Tommy gähnte und streckte sich. »Mama? Ist Moritz da?«

Sie blickte zu Max, dessen Augen im Licht der Glut funkelten. »Ja, mein Schatz.«

»Kann er mich nicht nach Hause tragen?«

Cinderella piekte Tommy in die Seite. »Ein tapferer Soldat lässt sich nicht tragen. Also hoch mit dir.«

»Doch«, murmelte Tommy. »Wenn er verletzt ist, schon.«

»Tut dir denn was weh?«, fragte sie besorgt.

»Das da«, erwiderte er und tippte sich ans linke Ohr.

»Eine Rhabarberohrblattentzündung sozusagen«, flunkerte Max, nahm Tommy hoch und presste die Lippen gegen seine Stirn.

»Und?«, fragte Cinderella.

»Etwas erhöht maximal. Aber kein Grund zur Sorge.«

Cinderella streckte ihm die Arme entgegen. »Gib ihn mir!«

»Was?«

»Du sollst mir Tommy geben!«

»Aber ich …«

»Nein! Das kann ich selbst.«

»Achtzehn Kilo bis zu dir daheim?«

»Nein, neunzehn wiegt er seit Heiligabend. Und ja, ich schaffe das.«

Tommy wehrte Cinderella ab. »Ich will aber, dass mich Moritz trägt.«

»Nun zappel mal nicht so herum«, ermahnte ihn Max. »Ich trage dich dann ein anderes Mal.«

»Morgen?«, fragte Tommy.

»Klar! Versprochen.«

Cinderella ging in die Knie. »Los, Huckepack«, forderte sie Tommy auf. Bereitwillig sprang er auf den Rücken und umklammerte ihren Hals. »Na dann, mach es gut und vielen Dank für die Rettung des quirligen Bündels auf meinem Kreuz.«

Max starrte sie entsetzt an. »Und das war's oder wie?«

»Was erwartest du? Dass ich dich heirate?«, erwiderte sie zynisch.

»Zum Beispiel!«

»Was?«

»Ja! Du hast richtig gehört.« Max sank auf seine Knie. »Cinderella Preußer, ich liebe dich über alles und möchte keinen Tag mehr ohne dich sein. Willst du meine Frau werden?«

Cinderellas Augen füllten sich mit Tränen. »Wie könnte ich? Wo es doch Moritz, den Mann, in den ich mich verliebt habe, gar nicht gibt.« Sie küsste ihn auf die Wange und ging.

Als der Zug anruckte, winkte Elsbeth Schmiedel mit ihrem tränendurchnässten Taschentuch. »Und nicht vergessen anzurufen«, rief sie Cinderella zu. Joseph stand regungslos neben ihr. Tommy drückte seine Nase gegen das Zugfenster. »Guck mal, Mama, der Taxi-Mann.« Er lief ein Stück weit mit dem Zug mit und hob die Hand zum Abschied. Wehmut überkam Cinderella und ließ ein »Time to say Goodbye« durch ihren Kopf dröhnen. Mit jedem Kilometer verschwand das gewohnte Umfeld – die Insel, die sie so sehr liebte. Ein Gefühl der endlosen Leere machte sich breit und forderte seinen Tribut.

Ich glaube, ich muss kotzen!

Von der plötzlichen Übelkeit überrascht, blickte Cinderella sich um. »Tommy! Gib mir mal schnell die Tüte!«

»Da sind meine Süßigkeiten drin«, beschwerte er sich.

»Gib her«, zischte sie, griff danach und erbrach sich darein.

Tommy fuhr erschrocken zurück. »Äh pfui! Die will ich jetzt nicht mehr.«

»Ich kauf dir neuen Süßkram«, erwiderte sie peinlich berührt. Wie gut, dass niemand sonst im Abteil Platz genommen hatte.

Tommy starrte immer noch entsetzt auf den Plastikbeutel in Cinderellas Hand.

»Tut mir leid. Aber aufs Klo hätte ich es nicht geschafft.«

»Der stinkt!«

Cinderella atmete tief durch. *Kinder sind grausam!* Mitleid, egal in welcher Form auch immer, gab es anscheinend in der Welt eines Fünfjährigen nicht. Sie erhob sich mitsamt dem Beutel und ging zur Tür des Zugabteils. »Bin gleich wieder da.«

»Ich will mit.«

»Aufs Klo?«

»Ja.«

Als Cinderella mit Tommy zurück ins Abteil kam, saß ein Mann in zerlumpter Kleidung auf einem der Sitze. Er musterte die beiden.

»Guten Tag«, grüßte ihn Cinderella und setzte sich ihm gegenüber.

Tommy zwängte sich zwischen ihre Knie. »Ist das ein Penner?«, flüsterte er.

Cinderella warf ihm einen bösen Blick zu. »Sei still!«

»Pickelfreddy sagt, sein Onkel ist auch ein Penner.«

Der unbekannte Mitfahrer lächelte. »Weltenbummler gefällt mir besser.«

»Ist das dasselbe?«, fragte Tommy.

Der Mann nickte. »Magst du einen Kaugummi?« Er hielt Tommy ein angerissenes Päckchen entgegen.

»Hast du die im Müll gefunden?«

Cinderella stieß Tommy gegen den Arm. »Hör auf, den Mann mit Fragen zu löchern!«

»Was denn?«, verteidigte er sich. »Pickelfreddys Onkel sucht auch immer im Müll nach Pfandflaschen.«

Auf Sylt? Der Insel der Prominenten?

Cinderella war sich sicher, dass es auf Champagnerflaschen gar kein Pfand gab. Kein guter Ort also für die Pfandjäger der Gesellschaft. Und irgendwie auch nicht für Aschenbrödels, die Pechmariechen dieser Welt. Cinderella dachte an Jule. *Ups! Das Handy!* Sie hatte ganz vergessen, es wieder einzuschalten. Immerhin musste sie ihrer besten Freundin wenigstens Bescheid sagen, bevor sie mit Sack und Pack zu ihr hineingepoltert käme.

Dreizehn entgangene Anrufe. *Martha, Martha, Jule … Moritz? Den sollte ich löschen.* Cinderella tippte sich durchs Menü.

Tommy hatte sich zum Landstreicher hinüber gesetzt und präsentierte Lumpi.

»Siehst du? Ganz flauschiges Fell hat der.«

Der Unbekannte nickte. »Zeig mal her.«

Nein! Nicht doch! Aber Tommy konnte ihre gedanklichen Einwände nicht hören und legte das Kuscheltier in die verschmutzten Hände des Penners. Cinderella starrte angewidert auf Lumpi. *Ob der eine Neunzig-Grad-Wäsche übersteht?* Das Klingeln des Handys riss sie aus ihren Gedanken. Sie blickte auf das Menü.

Merle? Hat die nicht Schicht?

Zögerlich ging sie dran. »Preußer.«

»Du lässt mich mit der Lohmann alleine? Ausgerechnet vor Silvester?«

»Sorry, Merle. Ich musste das einfach.«

»Was musstest du? Was ist überhaupt los?«

»Was los ist? Ich bin abgehauen. Hab die Taschen gepackt und weg.«

»Du hast was?« Merle Rosch hustete. »Hab ich etwas nicht mitbekommen?«

»Ach, Merle, Moritz, …« Cinderella seufzte auf und spähte zu Tommy hinüber, der den Penner soeben in die

Technik seiner Walkie Talkies einweihte. »Ich kann jetzt nicht reden, wenn du verstehst.«

Merle holte tief Luft. »Klar, verstehe. Muss sowieso wieder rein.«

»Zigarettenpause beendet«, schlussfolgerte Cinderella.

»Ja, was sonst. Diese Scheißdinger verkürzen die Pause ja sowieso, indem sie von selbst ausgehen.«

»Die Zigaretten?«

»Ja! Wenn du mal nicht daran ziehst, schwupps, ist die Kippe aus. Ich hatte schon die Lohmann in Verdacht.«

»Deine Zigaretten manipuliert zu haben?«, fragte Cinderella neugierig.

»Klar! Wo die doch jeden Raucher angiftet und unsereins mit einem Schwerverbrecher gleichstellt. Aber in diesem Fall ist sie unschuldig, sagt mein Freund. Wahrscheinlich so eine Art Brandschutzmaßnahme, vermutet er.«

»Hä?«

»Keine Ahnung! Irgendwas in der Art! Damit sich die letzten tabakabhängigen Steuerzahler nicht abfackeln.«

»Merle, lass das Qualmen und mach's gut.«

»Ja, du auch.«

Der Zug bremste unverhofft. »Hier gibt es keinen Bahnhof«, sagte der Landstreicher und blickte zum Fenster hinaus.

»Nicht?« Cinderella versuchte ebenfalls im Dunkeln etwas zu entdecken. »Aber weshalb halten wir dann?«

Er zuckte mit den Schultern und verzog sein unrasiertes Gesicht. »Ein Hindernis auf den Schienen vielleicht.«

»Oder nette Räuber«, freute sich Tommy. »So wie Robin Hood.«

Zugüberfallende Helden in elastischen Hosen?

»Das glaube ich eher nicht«, erwiderte Cinderella. »Die gibt es nur in deinen Büchern.«

»Ah, der König der Diebe.« Der Vagabund schmunzelte. »Der Vorläufer sozialer Gerechtigkeit.«

»Aber dennoch ein Dieb«, sagte Cinderella und zog Tommy zu sich. Die Unruhe der Zuggäste irritierte sie.

»Kommt Moritz uns auch wirklich bald besuchen?«, fragte er mit großen Augen.

Cinderella schluckte. Was sollte sie ihm sagen? Nein, ich habe dich angelogen, damit du nicht mehr wegläufst? Sie sah die Sehnsucht, die sich in seinen Augen spiegelte. Eine Sehnsucht, vor der sie gerade wegrannte. Und sie fühlte sich schlecht dabei. Sie nahm ihren Sohn auf ihren Schoß und küsste seine Wange. »Klar! Sobald wir eine Wohnung gefunden haben«, flunkerte sie ihn an.

Tommy lehnte seinen Kopf gegen ihre Brust. »Dann zeige ich Moritz den alten Spielplatz und das Geisterhaus.«

Die Tür des Zugabteils öffnete sich. Eine ältere Dame schaute hinein. »Wissen Sie, was los ist?«, fragte sie aufgeregt.

Cinderella schüttelte den Kopf und blickte zum Penner, der zunehmend nervöser wurde. »Der junge Mann hier sagt, vielleicht ein Hindernis auf den Schienen.«

»Meinen Sie? Aber … Moment, da kommt ein Zugbegleiter.« Die fremde Dame verschwand im Gang und ließ die Tür offen.

»Komm, Schatz, wir gucken auch mal raus«, animierte Cinderella ihren Sohn zum Aufstehen. Draußen im Gang standen Dutzende Menschen und redeten durcheinander.

»Hallo! Wann geht's denn weiter?«, rief Cinderella dem Schaffner zu. Er stand umringt von drei Frauen, die wild gestikulierend auf italienisch mit ihm sprachen. Sein Gesichtsausdruck ließ vermuten, dass er kein Wort verstand.

»Irgendein Verrückter auf den Schienen«, erwiderte er sichtlich überfordert. »Doch wohl kein Selbstmörder?«, fragte Cinderella.

»Nein! Da hat wer seinen Hammer auf den Gleisen stehen lassen. Angeblich ein medizinischer Notfall.«

Hammer? Notfall? Hä? Cinderella verstand ebenso wenig wie die drei Italienerinnen, die immer noch auf den Schaffner einredeten. Was ein Hammer war, wusste sie. Aber wieso konnte der einen ganzen Zug zum Stehen bringen? Konnte den niemand vom Gleis nehmen?

»Boa, ein geiles Gefährt«, schrie ein Jugendlicher seinem Vater zu. »Dieses Auto heißt nicht nur so, sondern ist auch voll Hammer.« Enthusiastisch präsentierte er die Fotos auf seinem Handy.

Auto?

»Es gibt ein Auto, das nach einem Werkzeug benannt ist?« Cinderella drängelte sich dazwischen. »Darf ich mal sehen?«

»Nee, Mama! Nach einem Schalentier«, meinte Tommy an ihrer Hand angeberisch. »Major Schulze sagt, dass er nach dem Hummer benannt worde, aber Hammer heißt.«

Hä? Hammer? Hummer? Cinderella konnte nicht wirklich etwas Hummer- oder Hammerähnliches an diesem Auto entdecken. *Ein Jeep in Maxiformat, nichts weiter.* Mit viel zu vielen Ecken und Kanten, wie sie fand. Tommy hingegen war vollends fasziniert. Wie eine Motte ums Licht schwirrte er um das Handy herum. *Typisch Mann!*

Ein weiterer Zugbegleiter kam angelaufen. Er ergriff den Teenager. »Bist du verrückt, einfach aufs Gleisbett zu rennen!«

»Moment mal«, mischte sich der Vater des jugendlichen Hobbyfotografen ein. »Sorgen Sie lieber dafür, dass es weitergeht, anstatt meinen Sohn zu drangsalieren.«

»Die Polizei ist schon informiert«, versuchte der Schaffner den Zorn des Vaters zu besänftigen. »Von einem medizinischen Notfall sprach der junge Mann, der uns unsanft gestoppt hat.«

»Was denn für ein Notfall?«

Der Angestellte zuckte mit den Schultern. »Keine Ahnung. Er stammelte etwas von einer Frau mit Kind hier im Zug.« Er blickte den Gang entlang. »Ah, da hinten kommt ja schon mein Kollege mit ihm.«

Max? Das glaub ich ja wohl nicht! Cinderella zerrte Tommy zurück ins Abteil.

»Was ist denn?«, maulte Tommy.

»Nichts! Ich will mich wieder setzen.«

»Och Menno, ich wollte aber noch draußen gucken.«

Der Penner hatte sich in die äußerste Ecke gesetzt und stellte sich schlafend. »Geht's Ihnen nicht gut?«, fragte Cinderella.

Er schüttelte den Kopf. »Zu viele Schaffner, wenn Sie verstehen.«

Sie nickte.

»Und Ihnen? Sie sehen aus, als hätten Sie einen Geist gesehen.«

»Könnte man so nennen. Nur wollte ich diesem Geist eigentlich entfliehen.«

Er lächelte. »Die Geister der Vergangenheit holen einen immer wieder ein.«

Tommy hämmerte mit seiner Hand gegen die Scheibe des Zugabteils. »Moritz? Hier sind wir!«

Klasse! Mein Sohn ist ein Verräter!

Max Wegener riss die Tür auf. »Da seid ihr ja!«

Tommy heftete sich sofort an sein Hosenbein. »Fährst du jetzt mit zur Oma nach Halle?«

Max beugte sich herab und nahm Tommy hoch. »Nein, kleiner Mann! Ich will, dass ihr mit mir zurückfahrt.«

»Echt?«, jubelte Tommy begeistert. »Wir müssen nicht nach Halle?«

Was? Cinderella rang nach Worten. Sie konnte nicht fassen, was Max von sich gab. Die Zuggäste, die sich vorm Abteil gesammelt hatten, starrten hinein.

»Da ist doch …«, rief einer der Zugbegleiter und drängte sich durch die Menge. Er lief zum Penner, der sich immer noch schlafend stellte, und ergriff dessen Arm. »Hierher, Henry! Hier ist der Schwarzfahrer!«

»He, was soll das! Lass mich in Ruhe«, wehrte sich der Weltenbummler.

»Was soll das?«, mischte sich Cinderella ein. »Dieser Mann gehört zu mir.«

»Zu dir?«, wiederholte Max.

»Der Onkel hat mir einen Kaugummi geschenkt«, sagte Tommy.

»Er hat kein Ticket und wird uns begleiten müssen!« Der Schaffner zerrte den Vagabunden vom Sitz herunter. »Mitkommen!«

»Moment mal! Ich zahle für ihn«, versuchte Cinderella den Zugbegleiter zu besänftigen.

»Wann geht es denn endlich weiter?«, rief eine aufgebrachte dicke Dame ins Abteil.

Max setzte Tommy ab und kniete vor Cinderella nieder. »Ich hatte es mir zwar wesentlich romantischer vorgestellt, aber bitte.« Er zog einen Handschuh aus seiner Jackentasche und streifte ihn über Cinderellas Hand. »Diesen Handschuh hat meine Herzensdame verloren, gestern am Strand. Und wie ich sehe, passt er dir.«

Cinderella blickte verwirrt auf die behandschuhte Hand. »Was soll das?«, flüsterte sie Max zu. »Deshalb verfolgst du mich und hältst den Zug an?«

Max lachte. »Nein, meine holde Prinzessin. Ich bin hier,

um dir zu sagen, dass es Moritz gibt.« Er klopfte sich gegen die Brust. »Hier drin! Da gibt es ihn! Und er ist ebenso gegenwärtig wie deine Großmutter. Deshalb frage ich dich noch einmal: Willst du meine Frau werden und mit mir Seite an Seite die Welt in eine bessere verwandeln?«

Ein Raunen ging durch die Menge. Eine der Frauen fing an zu weinen. Eine andere wimmerte ihrem Mann zu: »Gott, wie rührend!«

Cinderella schluckte. Ihre Augen füllten sich mit Tränen, und ihr Herz schlug Purzelbäume. Über das Gesicht des Penners huschte ein Lächeln. Er nickte ihr zu.

Tommy riss an ihrer Hand. »Und?«, fragte er mit genauso erwartungsvollen Augen wie Max, der immer noch vor ihr kniete. »Was soll ich sagen? Ja! Ich will!«

Die Zuschauer klatschten und jubelten. Und auch die zwei hinzugerufenen Polizisten, die plötzlich in der Menge standen, schmunzelten.

Max stand auf und umarmte Cinderella. »Ich glaube, du brauchst deine Fahrkarte nicht mehr«, sagte er.

»Welche Fahrkarte? Die hier? Die gehört dem jungen Mann da drüben«, erwiderte sie, dem Vagabunden zuzwinkernd.

»Ist der medizinische Notfall damit erledigt?«, fragte einer der Polizisten.

Max nickte. »Es tut mir wirklich sehr leid, aber …«

»Nehmen Sie ihre Braut und den Kleinen und räumen Sie die Schienen«, unterbrach der Polizist ihn streng. Er drehte sich um und verließ den Zug unter lautem Beifall der Zuggäste. Sein Kollege zerriss das Protokoll und folgte ihm.

Der Zugbegleiter nahm kopfschüttelnd seine Hände vom Landstreicher. »Glück gehabt, mein Freund«, murmelte er ihm zu.

Der Penner nickte und strich seinen Ärmel glatt. Dann wandte er sich zu Cinderella. »Alles Gute für Sie und ich wünsche Ihnen eine tolle Hochzeit.«

»Danke!« Sie griff in ihre Tasche und zog die Visitenkarte des Taxifahrers heraus. »Falls Sie irgendwann auf Sylt sind, fragen sie den Fahrer nach Cinderella. Er wird Sie zu mir bringen.«

Max nickte und klopfte dem Vagabunden freundschaftlich auf die Schulter. Dann nahm er das Gepäck und ging voraus.

Tommy griff nach Cinderellas Hand. »Willst du nicht auch den zweiten Handschuh anziehen?«

Sie lachte. »Klar! Jetzt, wo alles beisammen ist.«

Ehe-AGBs, gibt's die?

Zwei Wochen später ...

Da war es, ein champagnerfarbener Traum von einem Brautkleid, das selbst Schneewittchen hätte erblassen lassen, und es passte Cinderella wie angegossen. Elsbeth Schmiedel saß daneben und strahlte über das ganze Gesicht. »Komm her, Kindchen, lass dich anschauen.«

»Und Sie sind sicher, dass ich es tragen soll?«

Die hagere Rentnerin nickte lächelnd. »Ich denke nicht, dass meine Tochter etwas dagegen hätte. Zumal Sie es schließlich erschaffen haben.« Sie faltete ihre Hände wie zum Gebet und blickte zur Decke hinauf. »Manchmal spüre ich, dass sie da ist. Wie ein Engel, stets um mich herum. Glauben Sie an ein Dasein nach dem Tod?«

Cinderella schaute ebenfalls hoch. »Ich bin sicher, dass Stephanie bei Ihnen ist.«

Elsbeth Schmiedel nickte zufrieden. »Stephanies Tod traf mich unerwartet, wissen Sie. Ich wollte ihr noch so vieles sagen, so vieles geben. Aber dann ...« Sie zog ein Taschentuch aus ihrer Westentasche und schnäuzte sich. »... kam plötzlich dieser Anruf. Es war an einem Dienstagmorgen, eine Woche vor ihrer Heirat mit Gernot, einem gutsituierten Schreiner aus Hamburg. Ein lieber Junge und so fleißig.« Sie schluchzte. »An diesem Dienstag wollten wir uns treffen, um ein Brautkleid auszusuchen. Aber dazu kam es nicht mehr ...« Elsbeth Schmiedel schlug die Hände vor ihre weit aufgerissenen Augen. »Dieser betrunkene Unhold hat sie einfach übersehen und mit seinem Lastwagen überfahren.«

Cinderella ergriff die feuchten Hände der trauernden Seniorin. »Aber all das, was Sie ihr noch sagen und geben wollten, hat Ihre Tochter längst gehört und bekommen.«

»Meinen Sie?«

»Da bin ich mir sicher! Wo sie doch stets bei Ihnen ist.«

Ein sachtes Klopfen an der Tür unterbrach das Gespräch. »Ist die Braut bereit?«, fragte Charlotte Wegener, die Mutter von Max. Sie hatte mit Cinderella zuvor alle Hochzeitsvorkehrungen getroffen und erwies sich als äußerst liebenswert für eine zukünftige Schwiegermutter. Und auch Tommy hatte sie, in Anbetracht ihrer unverhofften Oma-Existenz, den Tümpelschubser verziehen.

»Noch nicht ganz«, erwiderte Cinderella und rieb mitfühlend über den Rücken der alten Dame, die ihr so sehr ans Herz gewachsen war. »Geht es wieder?«, flüsterte sie fragend.

Elsbeth Schmiedel nickte und wischte sich die Tränen aus dem Gesicht. Dann klatschte sie in ihre Hände. »So, Kindchen, dreh dich noch einmal. So wie vorhin. Bezaubernd! Einfach bezaubernd!«

Die Kirche, in der die Trauung stattfinden sollte, lag auf einem kleinen Hügel. Cinderella holte tief Luft und sah hinter sich. Jule hielt die Schleppe des Kleides fest in ihren Händen. Sie nickte Cinderella zu. »Auf geht's! Dein Prinz wartet.« Langsam schritten beide die Stufen, die zum Gotteshaus führten, hinauf. Oben vorm Eingang stand Michael Wiedemann. Er lächelte, als er sie sah. »Wer hätte das gedacht?«, stammelte er vor sich hin.

»Was?«, fragte Cinderella, deren Gesicht von einem seidenen Schleier verdeckt wurde. »Dass aus dem vorlauten Zimmermädchen die Frau des besten Freundes wird?«

Er strich sich durchs gut gestylte Haar und lachte. »Immer noch genauso keck wie vorher.«

Jule legte die Schleppe des Kleides auf den Boden und richtete sie aus. »So, Schätzchen, toi-toi-toi«, sagte sie. Dann blickte sie zu Michael Wiedemann. »Die Braut ist bereit, zum Altar geführt zu werden.«

Er verbeugte sich. »Ich danke der wunderschönen Unbekannten«, erwiderte er, ihr zuzwinkernd.

Jules Gesicht verfärbte sich. »Jule Schönwandt«, hauchte sie verschämt zurück.

»Angenehm, Michael Wiedemann.« Er griff nach ihrer Hand und küsste sie.

König Drosselbart und Jule? Cinderella musste grinsen. Eine unpassendere Verbindung konnte es nicht geben. Als würde sich das Meer mit der Sonne vereinen. Dann wandte er sich Cinderella zu und hielt ihr seinen gebeugten Arm entgegen. »Bereit?«

Cinderella nickte, hakte sich ein und verdrehte die Augen. »O Gott, ich glaube, ich muss …« Sie schlug die Hände vor ihren Mund und lief die steinerne Treppe hinunter.

»Wo willst du hin? Warte!«, rief Jule und rannte hinterher. »Nicht doch! Deine Schleppe, pass auf!« Ein lautes Knacken, gefolgt von einem Ratsch, übertönte das Rauschen der See. »Das Kleid! Das schöne Kleid!«, schrie Jule aufgeregt.

Nachdem sich Cinderella ihres Mageninhalts entledigt hatte, tupfte Jule mit einem Tuch an ihrem Mund herum. »Was war das denn? Die letzte Kotzattacke vor der Ehe oder die erste vor einer Nervenbelastung mit achtzehnjährigem Wohnrecht?«

Cinderella blickte Jule fragend an. *Schwanger? Ich?* »Das ist nicht witzig!«, fauchte sie erzürnt.

Jule riss schützend die Hände hoch. »Hallo? Als ob ich was dafür könnte!«

»Blödsinn! Ich bin nicht schwanger!«

»Gut! Dann hör auf zu kotzen und zieh es durch!«

Cinderella griff die Hand ihrer Freundin. »Du, Jule, gibt es irgendwas, das ich wissen muss?«

Jule grinste. »Was meinst du? Das Handbuch Gottes mit einer Auflistung der Ehe-AGBs?«

»Haha! Ich dachte da eher an eine deiner üblichen Weisheiten«, rechtfertigte Cinderella ihre Frage. Sie biss sich nachdenklich auf die Lippe und musterte Jule. »Ehe-AGBs? Gibt's die denn?«

»Quatsch! Aber eigentlich sollte es die geben – als Aushang in übergroßer Schrift vor jedem Standesamt und jeder Kirche«, gab Jule zurück.

»Wozu?«

Jule zog eine Grimasse. »Mensch, Cindy, überleg doch mal. Heutzutage ist alles an Bedingungen gebunden. Auch die Ehe. Und ohne einen rechtlich relevanten Hinweis darauf ist das doch wie eine Unterschrift auf einem Stück leeren Papier, verstehste?«

Cinderella würgte erneut. »Nee, nicht wirklich. Gott ist mir übel.«

»Das ist quasi eine Lücke im Sumpf der Paragraphen, das mit den AGBs. Sonst könnte doch irgendwer mal auf die verrückte Idee kommen, seine schon vertraglich bestehende Ehe aufgrund nicht existierender allgemeiner Geschäftsbedingungen revidieren zu lassen.«

»Ach ja? Und weshalb hat die dann noch keiner erfunden?«

»Erfunden vielleicht schon. Aber ausgehangen werden die trotzdem nie.«

»Und wieso?«

»O Mann, das ist doch klar. Weil Städte und Gemeinden keine Heiratswilligen abschrecken wollen. Die profitieren doch davon.«

Michael Wiedemann war den beiden gefolgt. »Ist alles in Ordnung?«

»Wenn man von der zerfetzten Schleppe absieht, schon«, sagte Jule und stieß Cinderella an. »Oder?«

Cinderella nickte. »Ja. Nur eine kleine Übelkeit.«

»Gut«, erwiderte er und reichte Cinderella erneut seinen Arm. »Ich glaube, man erwartet uns jetzt.«

»Ja, ich bin so weit.«

Sie streifte ihren Schleier wieder vor ihr Gesicht und ließ sich vom drosselbärtigen Freund ihres zukünftigen Ehemannes zur Kirche führen.

Jule ging kopfschüttelnd hinterher. »Die schöne Schleppe, einfach zerrissen«, murmelte sie in sich hinein. Am Eingang zur Kirche blieb sie stehen.

»Was ist?«, fragte Cinderella. »Kommst du nicht mit hinein?«

»Nee, lass mal, Kleines. Es gibt immer noch einen Inquisitor«, witzelte Jule, mit dem Kopf ins Gotteshaus weisend.

»Der aber gewiss anderes zu tun hat, als aufreizende Schönheiten zu verfolgen«, mischte sich Michael Wiedemann ins Gespräch. »Sie beabsichtigen doch nicht ernsthaft, hier draußen zu erfrieren? Zumal ich dann morgen zu Mittag mit mir alleine speisen müsste.« Er zwinkerte Jule erneut zu.

»Ach was«, säuselte sie, benebelt von seinem Duft und dem bevorstehenden Rendezvous. »Eine Ausrede, um heimlich der Sünde des Rauchens zu frönen.«

»Ein wahrhaft unschönes Laster, auf das Sie vielleicht eines Tages völlig verzichten können.«

»Mag sein«, erwiderte Jule lächelnd. »Wenn der passende Grund dafür käme, gewiss.«

»Diesen gibt es mit Sicherheit«, prophezeite Michael Wiedemann schmunzelnd. »Ladies first«, sagte er und wies

Jule auf charmante und überzeugende Art an, voranzugehen und sich unter die Gäste zu mischen.

»Hallo, Frau Preußer«, rief jemand von ferne. Cinderella drehte sich um. *Der Postbote? Was will der denn?* Vorsichtig eilte er die Stufen zur Kirche hinauf. »Ein Telegramm aus Australien«, sagte er völlig außer Atem.

Vom Major?

Sie öffnete es. »Bin leider aufgehalten worden, Punkt. Verspäte mich diesbezüglich, Punkt. Erklärung folgt, Punkt. Herzlichst, Major Schulze, Punkt.«

Michael Wiedemann blickte auf das Schriftstück in ihrer Hand. »Hoffentlich nichts Schlimmes.«

Cinderella schüttelte den Kopf. »Nein! Aber erfreulich auch nicht.«

»Können wir?«, fragte er.

Sie nickte. »Ja!«

Als beide eintraten, wurde es still. Die geladenen Gäste standen auf und blickten erwartungsvoll zur verschleierten Braut. *Jetzt bloß nicht stolpern!* Ingrid Meißner spitzte ihren Mund zu einem lautlosen Huhu und winkte. Der Mann an der Orgel spielte eine Melodie, in deren Rhythmus Cinderella mit König Drosselbart an ihrer Seite zum Altar schritt. Max strahlte über das ganze Gesicht. *Gott, sieht er süß aus in seinem schwarzen Anzug.* Ein kleines bisschen Wehmut kam auf, als sie Tommys enttäuschte Augen sah. Er hatte sich so sehr auf den Major gefreut und starrte hypnotisierend zum Eingang, in der Hoffnung, dass er plötzlich auftauchen würde. Auch Cinderella war noch voller Zuversicht. Immerhin schrieb Major Schulze von einer Verspätung. Es bestand also noch die Chance, dass er mitten in die kirchliche Zeremonie polterte und schrie. »Auf ewiges Glück und eine deftige Mahlzeit aus der Gulaschkanone!«, bevor er in der

Menge verschwinden würde, um sich eine Träne aus dem Auge zu tupfen.

Cinderella kniete auf der Brautbank neben Max nieder. Ihre Hände ruhten auf dem roten samtigen Bezug der Bank. Sie lauschte den Worten des Priesters, der gestikulierend die feierliche Handlung eröffnete.

Eine Stunde später näherte sich der kirchliche Ritus dem Ende. Max und Cinderella legten die Hände ineinander. Der Pfarrer trat vor sie. Er nahm die Stola von seinen Schultern, beugte sich herab und schlang diese um die Hände des Brautpaares. »Was Gott verbunden hat, sollte der Mensch nicht trennen«, sagte er aufblickend.

Max weinte vor Freude, und auch Cinderella kämpfte bis zum Vaterunser gegen ihre Tränen an. Als sie sich nach dem Dankeslied küssten, applaudierten die Hochzeitsgäste. Elsbeth Schmiedel verfiel in einen Heulkrampf, während Joseph nur unentwegt nickte. Merle Rosch signalisierte Jule Schönwandt, dass es Zeit für eine Raucherpause war. Michael Wiedemann hockte neben Tommy und erläuterte ihm die Halbnacktheit der Engelskinder, die auf dem gewölbten Himmel der kleinen modernen Kirche malerisch vertreten waren. Charlotte Wegener kam angelaufen und umarmte das Brautpaar. Ihr Mann Karl Heinz überreichte Max die Tickets zum Aufbruch in die Flitterwochen.

»Kann ich nicht doch mit?«, bettelte Tommy mit großen Augen.

Cinderella seufzte. »Ach, Schatz …«

»Du bleibst bei Oma und Opa«, wies Charlotte Wegener die kurzzeitige Erweichung ihrer Schwiegertochter ab. »Und außerdem regnet es in London sowieso fast immer.«

Ach London …

Cinderella konnte es kaum fassen. Zwei ganze Wochen

mit Max allein. Sie sah sich schon durch nebelige Straßen spazieren, entlang am königlichen Haus der britischen Monarchin. *Eine echte Königin in einem richtigen Schloss.* Ein kleines Stück Märchenwelt, fand Cinderella. Weder Südsee noch Marokko würde sie dagegen tauschen. Nur ein bitterer Gedanke blieb, dass der Major es nicht zur Hochzeit geschafft hatte.

Einen Monat darauf …

»Drei, zwei, eins«, zählten die Wegeners lautstark hinunter, bevor sie in mit einem »Voilà« klatschend das riesige Tuch vom frisch erbauten Nähstübchen zogen.

Cinderella stand sprachlos daneben. *Eine Muschel?*

Max drückte ihr einen Kuss auf die Wange. »Und? Wie findest du es?«

Cinderella rang nach Worten, die auch nur im Entferntesten das beschrieben, was sie da vor sich sah. »Das ist unglaublich«, murmelte sie kopfschüttelnd. »Du hast tatsächlich diese Muschel bauen lassen? Und die riesige Nadel dort im Sand?«

Max lächelte. »Ja. Und auch entworfen.«

»Du bist verrückt, weißt du das?« Sie umarmte ihn.

»Nicht mehr als du«, flüsterte er in ihr Ohr. »Und schau mal auf den Namen.« Er gab Joseph ein Zeichen und zeigte zum übergroßen Garn, welches sich vom Nadelöhr über den Eingang erstreckte. *Cinderellas Dream?* Cinderella blickte ihn staunend an. »Das wusstest du noch?«

»Alles! Jeden noch so kleinen Moment«, erwiderte er. In seinen Augen brannte das Feuer der Liebe. Und Cinderella wünschte sich, dass es niemals anders sein würde.

»Mama? Arbeitest du da jetzt drin?«, fragte Tommy.

»Sieht fast so aus.«

»Boa, das muss ich gleich Pickelfreddy erzählen«, freute

er sich. Mittlerweile waren sie beste Freunde und spielten auch nach dem Kindergarten zusammen. Dass die Flitterwochen von London nach Sachsen-Anhalt verlegt worden waren, um Martha Preußer vor einer dauerhaften Verschuldung zu bewahren, tat dem frischgebackenen Brautpaar nicht sonderlich weh.

»Aufgeschoben ist schließlich nicht aufgehoben«, hatte Max seine Frau getröstet. Und auch der Major, der ganze zweieinhalb Wochen zu spät kam, hatte bei Marthas Einzug in Cinderellas ehemaliges Apartment geholfen. Der Grund für seine Verzögerung war Tommys nachträgliches Weihnachtsgeschenk in Form eines höckerigen Vierbeiners. Natürlich war das Ganze nur eine fatale Verwechslung, die gewiss an der schlechten Telefonverbindung lag. Denn wie sonst konnte es passieren, dass ein Piratenschiff zum Wüstenschiff wurde? Kein Problem für Tommy, der für das süße Kamelbaby sofort einen Namen parat hatte und es Moritz taufte. Das Schönste allerdings war, dass es rülpsen durfte, soviel es wollte. Alle waren glücklich damit und zufrieden. Nur Inge Lohmann fand den Zimmermädchenwechsel weniger witzig und musste sich nunmehr mit Cinderellas nörgelnder Stiefmutter herumschlagen. Ihre Stiefschwester Sandra hingegen entpuppte sich als lernfähig und tat gute Dienste in der Hotelküche des Sylter Sand. Jule hatte sich Hals über Kopf in König Drosselbart verliebt und war zu ihm nach Hamburg gezogen. Blieben nur noch Cinderellas Kotzattacken, die ständig zunahmen und sie zu einem Schwangerschaftstest zwangen.

Mit dem Ergebnis … Aber das ist wiederum eine ganz andere Geschichte.

LENA JOHANNSON
Rügensommer
Roman
153 Seiten. Gebunden
ISBN 978-3-352-00803-0
Auch als ebook erhältlich

Schöne Tage am Meer

Als ihr Chef ihr mitteilt, sie solle ein neues Magazin auf einer angesagten Ferieninsel herausgeben, denkt Deike an Mallorca oder Ibiza, aber nicht an Rügen. Doch schon bald zieht die Schönheit der Insel sie in den Bann. Einziger Wermutstropfen: ihr Nachbar, der kaum ein freundliches Wort über die Lippen bringt – auch wenn er ganz attraktiv aussieht. Dann erscheint jedoch ihre Schwester Natty auf der Bildfläche, die nicht nur das Nachtleben von Binz entdeckt, sondern auch mit dem Nachbarn flirtet. Deike spürt so etwas wie Eifersucht und beschließt zu handeln.
Ein zauberhafter Ostseeroman voller überraschender Wendungen.

Mehr Informationen erhalten Sie unter www.aufbau-verlag.de
oder in Ihrer Buchhandlung

RL rütten & loening